比较文学与世界文学 研究 丛书

主编 曹顺庆

二编 第 **19** 册

钱钟书《管锥编》入门（之一）
《诗经》篇（下）

周 敏 著

花木兰文化事业有限公司

国家图书馆出版品预行编目资料

钱钟书《管锥编》入门（之一）《诗经》篇（下）／周敏 著
－－初版－－新北市：花木兰文化事业有限公司，2023〔民
112〕
目 4+194 面；19×26 公分
（比较文学与世界文学研究丛书 二编 第 19 册）
ISBN 978-626-344-330-3（精装）
1.CST：钱钟书 2.CST：管锥编 3.CST：诗经 4.CST：学术思想
810.8 111022124

比较文学与世界文学研究丛书
二编 第十九册 ISBN：978-626-344-330-3

钱钟书《管锥编》入门（之一）
《诗经》篇（下）

作 者	周 敏
主 编	曹顺庆
企 划	四川大学双一流学科暨比较文学研究基地
总 编 辑	杜洁祥
副总编辑	杨嘉乐
编辑主任	许郁翎
编 辑	张雅淋、潘玟静 美术编辑 陈逸婷
出 版	花木兰文化事业有限公司
发 行 人	高小娟
联络地址	台湾 235 新北市中和区中安街七二号十三楼
	电话：02-2923-1455／传真：02-2923-1452
网 址	http://www.huamulan.tw 信箱 service@huamulans.com
印 刷	普罗文化出版广告事业
初 版	2023 年 3 月
定 价	二编 28 册（精装）新台币 76,000 元 版权所有 请勿翻印

钱钟书《管锥编》入门（之一）
《诗经》篇（下）

周敏 著

目

次

上 册

钱锺书论"诗之一名三训" ……………… 1

钱锺书论"风之一名三训" ……………… 7

钱锺书论"声成文" ……………… 13

钱锺书论"声与诗" ……………… 19

钱锺书论"兴为触物以起" ……………… 27

钱锺书论"丫叉句法—辗转反侧解" ……………… 35

钱锺书论"话分两头" ……………… 41

钱锺书论"花笑" ……………… 51

钱锺书论"乱离不乐有子" ……………… 57

钱锺书论"匹与甘" ……………… 63

钱锺书论"修辞之反词诘质" ……………… 69

钱锺书论"重章之循序渐进" ……………… 77

钱锺书论"吠龙" ……………… 85

钱锺书论"鉴可茹" ……………… 89

钱锺书论"送别情境——《诗》作诗读" ……………… 93

钱锺书论"契阔诸义" ……………………………… 99

钱锺书论"夫妇与兄弟" ………………………… 107

钱锺书论"耳聋多笑" …………………………… 113

钱锺书论"舟车皆可言'驾'" ……………………… 117

钱锺书论"'莫黑匪乌'之今谚" ………………… 121

钱锺书论"尔汝群物" …………………………… 123

钱锺书论"诗中自述语气非即诗人自陈行事" … 127

钱锺书论"《正义》隐喻时事——诗文中景物不
尽信而可征——君子亦偶戏谑" ……………… 135

钱锺书论"《诗》《骚》写美人——'无使君劳'可
两解" …………………………………………… 147

钱锺书论"叙事曲折——'士''女'锺情之异"
………………………………………………… 153

钱锺书论"诗文之词虚而非伪" ………………… 163

钱锺书论"《伯兮》二章三章之遗意——心愁而致
头痛" …………………………………………… 171

钱锺书论"投赠与答报" ………………………… 175

钱锺书论"暝色起愁" …………………………… 179

钱锺书论"身疏则谗入" ………………………… 185

钱锺书论"韩愈文来历" ………………………… 193

下　册

钱锺书论"憎鸡叫旦" …………………………… 199

钱锺书论"形容词的'情感价值'与'观感价值'
——'都'犹'京样'" ………………………… 205

钱锺书论"含蓄与寄托——《诗》中言情之心理
描绘" …………………………………………… 211

钱锺书论"憎闻鸡声又一例" …………………… 219

钱锺书论"云无心" ……………………………… 223

钱锺书论"已思人乃想人亦思己，已见人乃想人
亦见己" ………………………………………… 229

钱锺书论"诗之象声——风行水上喻文" ……… 239

钱锺书论"正言及时行乐" ……………………… 247

钱锺书论"反言以劝及时行乐" ……………………255

钱锺书论"良人" …………………………………259

钱锺书论"'媚子'与佞幸" ……………………265

钱锺书论"'在水一方'为企慕之象征" ………273

钱锺书论"慰情退步" ……………………………279

钱锺书论"'风人体'——古人审美" ………285

钱锺书论"无情不老" ……………………………297

钱锺书论"伤春诗" ………………………………305

钱锺书论"鸟有手" ………………………………313

钱锺书论"忠孝不能两全" ………………………317

钱锺书论"刻画柳态" ……………………………325

钱锺书论"借卉萋鹳鸣以写思妇" ……………329

钱锺书论"以音声烘托寂静" ……………………333

钱锺书论"鸟为周室王业之象"等共 6 章 ………339

钱锺书论"语法程度" ……………………………359

钱锺书论"炼字" …………………………………367

钱锺书论"有名无实之喻" ………………………371

钱锺书论"巫之一身二任" ………………………377

钱锺书论"师尚父" ………………………………381

钱锺书论"执热" …………………………………385

钱锺书论"《诗》咏兵法" ………………………389

钱锺书论"憎鸡叫旦"

《管锥编—毛诗正义》札记第三十二则

《管锥编—毛诗正义》第三十二则《女曰鸡鸣》，副标题为《憎鸡叫旦》。

【"憎鸡叫旦"及其源流】

"女曰鸡鸣，士曰昧旦：子兴视夜，明星有烂"是《女曰鸡鸣》中的一句诗。

对这句诗，《笺》曰："言不留色也。"意思是女子不留男士在她那里过夜。"色"者，男女交欢之谓也。

钱锺书说"笺语甚简古，然似非《诗》意。"指出郑玄之解很道统，但不切诗意。他认为：此诗应是夫妻对话：妇人说鸡已叫旦，是劝丈夫起床；而丈夫赖床，说天还未亮，并让妻子观看满天的星斗。

钱锺书把男女欢爱不足往往怨怪公鸡打鸣的情形概括为"憎鸡叫旦"。钱锺书指出"憎鸡叫旦"已成为诗人喜欢沿用的意象，《女曰鸡鸣》是源头和"祖述"，后来者是其滥觞。

钱锺书示例以证：

1. 六朝乐府《乌夜啼》："可怜乌臼鸟，强言知天曙，无故三更啼，欢子冒暗去。"——不是乌臼鸟可怜，是贪欢者可怜。人们都说乌臼鸟报晓，哪知它三更半夜就开始叫唤了，害得贪欢者只好冒着黑夜逃跑。

2. 《读曲歌》："打杀长鸣鸡，弹去乌臼鸟，愿得连暝不复曙，一年都一晓。"——把长鸣鸡宰了，用弹弓把乌臼鸟赶走，只求和心爱的人长相厮守，期望那个欢爱的夜晚一年都不要天亮。（对长命鸡怨恨之切）

3. 徐陵《乌栖曲》之二："绣帐罗帏隐灯烛，一夜千年犹不足，惟憎无赖汝南鸡，天河未落犹争啼。"——和心爱的人儿呆在一起的那个夜晚就是绵延到一千年都亲昵不够；谁知星汉灿烂，那可恨的公鸡就争先恐后地叫嚷开了。（想象离奇）

4. 李廓《鸡鸣曲》："长恨鸡鸣别时苦，不遣鸡栖近窗户。"——因为痛恨鸡鸣带来别离的痛苦，不让鸡禽靠近窗边栖息。（耳不听心不烦）

5. 温庭筠《赠知音》："翠羽花冠碧树鸡，未明先向短墙啼，窗间谢女青蛾敛，门外萧郎白马嘶。"——诗人感觉，天还没亮，可恨的鸡就向短墙这边啼鸣。（越是讨厌越是难以回避，鸡声四面传播，听来却是朝向怨鸡者）

6.《游仙窟》："谁知可憎病鹊，夜半惊人，薄媚狂鸡，三更唱晓。"——夜半惊人有病鹊，三更唱晓更狂鸡，讨嫌！

7.《开元天宝遗事》刘国容《与郭昭述书》："欢寝方浓，恨鸡声之断爱，恩怜未洽，叹马足以无情。"——鸡声断爱，马蹄无情，欢情未足，魂绕梦萦。

8.《云溪友议》卷中载崔涯《杂嘲》："寒鸡鼓翼纱窗外，已觉恩情逐晓风。"——快乐嫌夜短，雄鸡尚在鼓翅打鸣，欢情好像已随风而逝了。

钱锺书指出，以上诗篇所描写的情景好像都是《女曰鸡鸣》这首诗"憎鸡叫旦"的遗意。

往下，钱锺书由中世纪"黎明怨别诗"常以更夫报晓或友人望风之来代替报晓鸡，使情侣自酣睡中惊起，联想到《水浒传》第四五回所写和尚裴阇黎和杨雄之妻潘巧云通奸的故事。

潘巧云让丫鬟迎儿安排香桌给和尚裴如海打暗号及开后门放行，和尚裴如海安排头陀打更故意提高嗓门以提醒他黎明了，该撤退了。这个头陀打更代替了公鸡打鸣。

钱锺书增订四中的一段话说得更加明白：

"中世纪德国大诗人有一篇颇谐妙，谓私情幽媾，每苦守夜人报晓催起，若夫与结缡娇妻共枕，则悠然高卧待日上耳。温庭筠《更漏子》所云："惊塞雁，起城乌，画屏金鹧鸪"，殆仿佛此概矣。"

——"私情幽媾"说得比较文雅，实指偷情。这句话是说男女偷情苦了守夜人，要为他们报晓，催他们速速起身，如果是和结发娇妻共枕，大可以高枕无忧到天亮，用不着如此提心吊胆，煞费苦心。

温庭筠《更漏子》有云:"惊塞雁,起城乌,画屏金鹧鸪",写得很文气,钱锺书从"起城乌"推断这大概也是偷情。

以上内容说明诗文中的"憎鸡叫旦"很多反映的是男女偷情的心理和情绪。

读到此,我仿佛看到钱锺书先生莞尔一笑。

【就实构虚】

钱锺书此则有一句话涉及了小说的方法,这不是钱锺书札记的主旨。我这里讨论这句话属于节外生枝。但这个节外所生之枝甚是可爱。

钱锺书这段话如下:

"《东京梦华录》卷三、《梦粱录》卷一三皆记两宋京师风俗,每夜四、五更,行者、头陀打铁板木鱼,沿街循门报晓。故《水浒》此节因俗制宜,就实构虚。"

钱锺书说的此节,是《水浒传》第四十六回《病关索大闹翠屏山,拼命三火烧祝家庄》里杨雄妻潘巧云与报恩寺和尚裴如海偷情的情节。

"两宋京师风俗,每夜四、五更,行者、头陀打铁板木鱼,沿街循门报晓"是《东京梦华录》卷三、《梦粱录》卷一三都记述的情况,是实,《水浒传》写杨雄之妻潘巧云与报恩寺和尚裴如海通奸系小说故事,是虚。施耐庵把头陀打更这个两宋时期实际风俗用来构造故事情节,以提高小说的可信度,这就是"就实构虚"。

"就实构虚"这个词引起了我的特别关注。

我以为钱锺书"就实构虚"这个词非常贴切地表达了小说创作的本质特征和基本方法。

王安忆在《小说家的十三堂课》里用很大篇幅谈论了小说创作的本质,和钱锺书所谓"就实构虚"不谋而合。

王安忆的观点可以简述如下:

小说是什么?

小说不是现实,它是个人的心灵世界,这个世界有着另一种规律、原则、起源和归宿。

小说的价值是开拓一个人类的神界。

但是建造心灵世界的材料却是我们所赖以生存的现实世界。

这个材料一个是语言，另一个是日常生活现实。

"小说语言是我们这个现实的生活所使用的东西，我们必须用我们现在所说的，所用的语言去表现它。我们没有别的工具……我们只能用一些最最日常化的语言，而且我个人也觉得最好的小说应该用最日常化的语言。

一个心灵的世界……它所使用的材料全都是写实的材料，都是人间常态，人间面目的。"（王安忆语）

可见，王安忆所说小说所创造的这个心灵世界，这个神界——就是钱锺书所说的"虚"，而王安忆所说建造这个心灵世界的材料——就是钱锺书所说的"实"。

可以说，从传统现实主义一直到现代各种小说流派，其基本套路都是"就实构虚"。

附录：《管锥编—毛诗正义》第三十二则

女曰鸡鸣

"女曰鸡鸣，士曰昧旦：子兴视夜，明星有烂"；《笺》："言不留色也。"按笺语甚简古，然似非《诗》意。"子兴视夜"二句皆士答女之言；女谓鸡已叫旦，士谓尚未曙，命女观明星在天便知。女催起而士尚恋枕衾，与《齐风·鸡鸣》情景略似。六朝乐府《乌夜啼》："可怜乌臼鸟，强言知天曙，无故三更啼，欢子冒暗去。"《读曲歌》："打杀长鸣鸡，弹去乌臼鸟，愿得连暝不复曙，一年都一晓。"徐陵《乌栖曲》之二："绣帐罗帏隐灯烛，一夜千年犹不足，惟憎无赖汝南鸡，天河未落犹争啼。"李廓《鸡鸣曲》："长恨鸡鸣别时苦，不遣鸡栖近窗户。"温庭筠《赠知音》："翠羽花冠碧树鸡，未明先向短墙啼，窗间谢女青蛾敛，门外萧郎白马嘶。"《游仙窟》："谁知可憎病鹊，夜半惊人，薄媚狂鸡，三更唱晓。"《开元天宝遗事》刘国容《与郭昭述书》："欢寝方浓，恨鸡声之断爱，恩怜未洽，叹马足以无情。"《云溪友议》卷中载崔涯《杂嘲》："寒鸡鼓翼纱窗外，已觉恩情逐晓风。"以至冯犹龙辑《山歌》卷二《五更头》又《黄山谜·挂枝魁·鸡》、黄遵宪《人境庐诗草》卷一《山歌》之四，莫非《三百篇》中此二诗之遗意。盖男女欢会，亦无端牵率鸡犬也，参观论《野有死麕》。古希腊情诗每怨公鸡报晓（the early-rising cock），斥为"妒禽"（the most jealous of fowls）；中世纪盛行《黎明怨别》（alba）诗，堪相连类。

〔增订三〕中世纪"黎明怨别诗"每以报晓更夫（watchman）或望风之友人（a friend of the lovers who has been standing guard）代报晓鸡，使情侣自酣睡中惊起。《水浒传》第四五回裴阇黎宿潘巧云家，"只怕五更睡着了，不知省觉"，因赂头陀胡道人，命其"把木鱼大敲报晓，高声念佛"，俾"和尚和妇人梦中惊觉"，迎儿"开后门放他去了"。头陀正取"乌臼鸟"、"碧树鸡"而代之，事物（character）异而作用（function）同。《东京梦华录》卷三、《梦梁录》卷一三皆记两宋京师风俗，每夜四、五更，行者、头陀打铁板木鱼，沿街循门报晓。故《水浒》此节因俗制宜，就实构虚。倘在今世，则枕边一闹锺便取胡道人而代之。然既省却胡道人，即可省却迎儿"得小意儿"、安排香桌、开后门等事，亦必无石秀闻木鱼声、张望门缝及"只因胡道者，害了海阇黎"等事。私情察破，须出他途；角色情境，变而离宗，另起炉灶而别有天地矣。

〔增订四〕原引《梦华》、《梦梁》两录所记打铁板报晓之俗，陆游诗中屡言之。《剑南诗稿》卷二○《夜坐忽闻村路铁牌》第二首："秋气凄凉雾雨昏，书生老病卧孤村。五更不用元戎报，片铁铮铮自过门"；卷二三《不寐》："熠熠萤穿幔，铮铮铁过门"；卷三三《冬夜不寐》："铮铮闻叩铁，喔喔数鸡鸣。"诗皆作于乞祠退居山阴时，是此俗不限于京师也。中世纪德国大诗人有一篇颇谐妙，谓私情幽媾，每苦守夜人报晓催起，若夫与结缡娇妻共枕，则悠然高卧待日上耳。温庭筠《更漏子》所云："惊塞雁，起城乌，画屏金鹧鸪"，殆仿佛此概矣。

"琴瑟在御，莫不静好。"按张尔歧《蒿庵闲话》卷一曰："此诗人凝想点缀之词，若作女子口中语，似觉少味，盖诗人一面叙述，一面点缀，大类后世弦索曲子。《三百篇》中述语叙景，错杂成文，如此类者甚多，《溱洧》、齐《鸡鸣》皆是也。'溱与洧'亦旁人述所闻所见，演而成章。说者泥《传》'淫奔者自叙'之词，不知'女曰'、'士曰'等字如何安顿？"明通之言，特标出之：参观前论《桑中》又《楚辞·九歌·东皇太一》。

钱锺书论"形容词的'情感价值'与'观感价值'——'都'犹'京样'"

《管锥编—毛诗正义》札记第三十三则

《管锥编—毛诗正义》第三十三则《有女同车》，副标题为《形容词的"情感价值"与"观感价值"——"都"犹"京样"》。

【形容词的"情感价值"与"观感价值"】

〔释"舜"〕

"颜如舜华"、"颜如舜英"是《诗经—有女同车》中的一句诗。

如何解释这句诗？

"颜"：女人的容颜；"如"：好比；"华"、"英"：花。这几个字一目了然。难解的字是"舜"？

舜是什么？

《传》曰：舜，木槿也。

据钱锺书介绍，对"舜"为木槿，谢肇淛表示赞同；恽敬表示不赞同。

谢肇淛的观点：

谢肇淛《五杂俎》卷一〇曰："木槿……朝开暮落，妇人容色之易衰若此；诗之寄兴，微而婉矣！"

谢肇淛同意毛《传》注，"舜"就是木槿。并且指出，之所以取木槿做比，是因为木槿朝开暮落犹如妇人容色易衰。用于做诗的比兴，微妙而委婉。

恽敬的观点相反，他不同意毛《传》，认为"舜"不是"蕣"。"舜"不是木槿，"蕣"才是木槿。

恽敬说，"舜"的花"红而晕"。

而"蕣"——木槿，花心处是黑色，向外微有光耀。

恽敬认为，怎么能用黑色来形容女人的美颜呢？

恽敬还举诗经《东门之枌》句"视尔如荍"的"荍"字为例。毛《传》训"荍"为芘芣（注：今名锦葵）。芘芣是紫赤色。他于是反问，怎么能拿紫赤色来形容容颜之美呢？所以他认为，"视尔如荍"的"荍"不是指"女色"，而是指"惭色"——即"荍"不是指女人的美颜，而是指女人的羞愧表情（注：生活、读书、新知三联书店1999年和2007年版《管锥编》均将诗经"视尔如荍"错印为"视尔如荍"。荍是油麦，荍才是芘芣。）

恽敬认为，"蕣"（木槿）和"荍"（锦葵）的花朵均带有黑色，都不适宜形容妇人的美颜。

钱锺书肯定谢肇淛的观点。

钱锺书指出，谢肇淛认"舜"为木槿并解读其朝开暮落的特性暗合女颜的易衰，是"空外听音"。对比恽敬考论草木形状，花卉颜色的论证，谢氏之说更切诗意，更解人颐。

钱锺书不赞同恽敬的解读。

恽敬认为紫色不适宜用来形容女人的美颜，因为紫中有黑。

钱锺书就此反驳：《史记·赵世家》武灵王梦见处女歌曰："美人荧荧兮，颜若苕之荣"。苕（注：凌霄花），也有紫色的，常用来比喻女人容貌之美。

紫色是红色和黑色的中间色，其近红部分形容女颜当然没问题；其近黑部分，就不能形容丽女的容颜吗？未必。

《左传》所记述的丽人仍氏就很黑，被称作"玄妻"，"妲己"被称为"昆仑妲己"，也是黑美人。

因此，黑并不妨碍美。"蕣"（木槿）和"荍"（锦葵）的花朵即使带有黑色，也并不妨碍用它来形容女人的美颜，并不妨碍毛《传》将"舜"训诂为木槿。（注：猜想古代的木槿是紫色的，现在有多种颜色是改良的结果）

〔形容词的"情感价值和观感价值"〕

钱锺书为什么特别推崇谢肇淛的观点，而否定恽敬的看法呢？因为前者揭示了"舜"为木槿的"情感价值"，而后者则斤斤计较"舜"的花色这一"观感价值"。

形容词有"观感价值和情感价值"对诗文写作和鉴赏具有十分重要的意

义,值得我们认真探讨。

诗文创作除了少量采用直抒胸臆而外,绝大部分都是通过景物描写来表达自己的思想和感情。

王国维说:"一切景语皆情语"。我们创作诗文,不是为了写景物而写景物,而是为了表达某些思想感情而写景物。

景物描写最常用的就是形容词。

因此,一个表达景物的形容词往往就兼具"观感价值和情感价值"。

"颜如舜华"、"颜如舜英",试想,花卉纷纭,《诗经—有女同车》选木槿花来形容丽人的美颜,是随意的,还是特意的呢?

花卉很美,因为它的"观感价值",所以常用来形容丽人的美颜。木槿花除了美之外,还兼具其他花卉所不具有的朝开暮落的独有特性。木槿花朝开暮落的特性,暗合丽人美颜的易衰。因此,木槿花对人除了"观感价值"之外,还兼具"情感价值"。

大家知道,诗文是用来表达思想感情的,因此,诗文中形容词的观感价值只是表层价值,形容词的情感价值才是其深层价值。表层价值是载体,深层价值寄寓在表层价值之中。"颜如舜华"、"颜如舜英",用木槿花来形容丽人的美颜,除了表达对丽人美颜的倾慕而外,还寄寓了对丽人青春易老的深深怜惜和叹惋。

王国维说"昔人论诗,有情语、景语之别"。知诗有情语、景语之别是一般见识。王国维又说:"一切景语皆情语"。知"一切景语皆情语"才能领悟诗的真谛。

美丽的花朵千千万,《有女同车》为什么单单选木槿来比喻女人的容颜,不是因为木槿最美,而是因为木槿兼具朝开暮落的特性,因为木槿不仅能表达女人的容颜美,而且也能表达美颜的容易凋零、衰落。用木槿来形容的妙处不在它的"观感价值",而在它的"情感价值"。用舜华、舜英即木槿花来形容丽人容颜虽美而易衰,寄托了诗人深沉的怜惜和感慨。

因此,钱锺书赞扬谢肇淛的解读"仿佛空外传音"。空外传音,是跳出就事论事的藩篱,在更深更广的角度领略它的妙处。

相反,恽敬斤斤于"舜"的种类和花色,是死在句下,是舍本逐末。

懂得形容词有"情感价值"和"观感价值",对诗文的创作和鉴赏都是十分重要而有益的。

诗人创作的水平和艺术正体现为能在观感价值之中更多、更准、更形象地寄寓其情感价值。

读者鉴赏的水平和艺术也正体现为能在观感价值之中更多、更准、更形象地品咂、体会出其情感价值。

认识并运用好形容词的"观感"和"情感"的双重价值，对创作者和鉴赏者来说，都需要独具慧眼。

【"都"犹"京样"】

"彼美孟姜，洵美且都"是《诗经—有女同车》中的另一句诗。钱锺书此则后半部分是讨论历史上对这句诗中的"都"字的训诂。

"彼美孟姜，洵美且都"译成白话是，孟姜这个女人确实美，而且确实"都"。

"都"字何解呢？

《传》："都，闲也。"陈奂引《楚语》、《上林赋》附和，但不能尽意，没有把"都"字的含义说完全。

程大昌说，古时候荒村称鄙野，京城称"都"。杨慎据《诗》曰："山姬野妇，美而不都"，《左传》"都鄙有章"等语，将"都"解释为"闲雅之态"，当时叫"京样"。

犹如我们现在的都市和乡村的区别。都市人洋气、时髦，就是"京样"，乡村人土气，乡气。

赵翼将城乡作对比："都美本于国邑，鄙朴本于郊野。"颇为可取。

马融《长笛赋》："尊卑都鄙"，又将城乡之别视同贵贱之分，是势利眼的表现。

《敦煌掇琐》有："及时衣着，梳头京样"；刘禹锡《历阳书事七十韵》有："容华本南国，妆束学西京"；赵德麟《侯鲭录》有"京师妇人梳妆"；陆游《五月十一日夜且半梦从大驾亲征》有："凉州女儿满高楼，梳头已学京都样"，均说明"都"即"京样"。"京样"是出生或自幼就生活在都市的人所养成的一种气质，体现在衣着、语言、举止等方方面面。

"彼美孟姜，洵美且都"，说孟姜天生丽质，而且透着京都女人所特有的时尚、时髦、典雅、闲适之情态。

附录:《管锥编—毛诗正义》第三十三则

有女同车

(一)形容词之"情感价值"与"观感价值"

"颜如舜华"、"颜如舜英";《传》:"舜、木槿也"。按谢肇淛《五杂俎》卷一〇:"木槿……朝开暮落,妇人容色之易衰若此;诗之寄兴,微而婉矣!"空外听音,较之取草木状、群芳谱考论者,似更解人颐也。恽敬《大云山房文稿》二集卷一《释舜》谓此篇之"舜"非《月令》之"蕣";"舜"之华"红而晕","蕣"则"近莆(下为方)黑,远莆(下为方)微有光耀,以拟女之颜,比物岂若是欤?"同卷《〈东门之枌〉说》又谓"视尔如荍",毛云"荍"即芘芣,盖"指惭色",非"指女色",因"芘芣紫赤色,颜色之美而喻以芘芣,左矣!"真固哉高叟之说诗也。信如所说,荍"指惭色",则沈约《丽人赋》所称"含羞隐媚",其色殆"紫赤"肖生猪肝欤?《史记·赵世家》武灵王梦见处女歌曰:"美人荧荧兮,颜若苕之荣",《集解》:"其华紫"。盖紫为间色,其近红者,法语之"pourpre",《论语·阳货》所谓"夺朱",以拟女颜,未为"左"科,古罗马艳诗摹写红晕,亦曰"紫羞"(purpureus pudor),可相发明;其近黑者,英语之"purple",即恽氏所疑也。蕣纵非舜,亦无大害。《左传》昭公二十八年不言仍氏之"玄妻"乎?"妲己"、"媚猪"之流,见诸张萱《疑耀》卷三、俞樾《茶香室续钞》卷五;陶谷《清异录》卷三《兽》门记乌猫号"昆仑妲己",实即"妲己"之确解;黑不妨美。恽氏囿于"红颜"等套语,不免少见多怪。顾斤斤辩此,犹是舍本逐末。夫诗文刻画风貌,假喻设譬,约略仿佛,无大刺谬即中。侔色揣称,初非毫发无差,亦不容锱铢必较。使坐实当真,则铢铢而称,至石必忒,寸寸而度,至丈必爽矣。"杏脸桃颊"、"玉肌雪肤",语之烂熟者也,恽氏或恶其滥而未必以为"左"也。脱若参禅之"死在句下",而想象女之脸颊真为桃杏,女之肌肤实等玉雪,则彼姝者子使非怪物即患恶疾耳。引彼喻此,杏欤桃欤,而依然不失为人之脸颊,玉乎雪乎,而依然不失为人之肌肤:合而仍离,同而存异,不能取彼代此、纳此入彼。作者乃极言其人之美丽可爱,非谓一睹其面而绥山之桃、蓬莱之杏、蓝田之玉、梁园之雪宛然纷然都呈眼底也。舜、荍之拟,政尔同科。皆当领会其"情感价值",勿宜执着其"观感价值"。

〔增订三〕"雪肤"、"玉貌"亦成章回小说中窠臼。《金瓶梅》能稍破匡格。

如屡言王六儿"面皮紫膛色"，"大紫膛色黑"（第三三、第六一回），却未尝摒为陋恶，殆"舜英"、"苕荣"之遗意欤？"紫膛"常作"紫棠"，褚人穫《坚瓠首集》卷四引《黄莺儿》咏"色黑而媚"，即曰"紫棠容"。《夷坚志补》卷二四《龙阳王丞》有"颜色紫堂"语，"堂"字未他见，或讹刻也。《旧约全书·沙罗门情歌》已有女"黑而美"之夸（"Song of Songs", 1:5 "Iamblack,butcomely"）文艺复兴时情诗，每赞"黑美人"，堪与"妲己"、"玄妻"连类。吾国诗词皆重"白人"（参观 1176～1177），《疑雨集》卷一《寒词》第一首："从来国色一光寒，昼视常疑月下看"，《陶庵梦忆》卷四："所谓'一白能遮百丑'者"，足以概之。

绘画雕塑不能按照诗文比喻依样葫芦，即缘此理。若直据"螓首蛾眉"、"芙蓉如面柳如眉"等写象范形，则头面之上虫豸蠢动，草木纷披，不复成人矣。古希腊大诗人索福克利斯（Sophocles）早言"黄金发"（gold-haired）、"玫瑰指尖"（rosy-fingered）乃诗中滥熟词藻，苟坐实以作画像，其状貌便使人憎畏。近人论文，亦谓学僮课作，掎撦陈言，摇笔即云："空色如铅，暑气沉重"，倘画家据以作图，写天空成铅色大块，下垂压人，观者必斥为风汉之颠笔（pazzia）。余所见前人著作中，伯克剖析此意，切理餍心，无以加之矣。

（二）"都"犹"京样"

"彼美孟姜，洵美且都"；《传》："都，闲也。"按陈奂《诗毛氏传疏》谓"闲"即"娴"，美也，引《楚语》"富都那竖"、《上林赋》"妖冶闲都"等为例，似尚未尽。程大昌《演繁露》续集卷四："古无村名，今之村，即古之鄙野也；凡地在国中邑中则名之为'都'，都、美也。"杨慎《升庵太史全集》卷四二、七八本此意说《诗》曰："山姬野妇，美而不都"，又据《左传》"都鄙有章"等语申之曰："闲雅之态生，今谚云'京样'，即古之所谓'都'。……村陋之状出，今谚云'野样'，即古之所谓'鄙'；赵翼《陔余丛考》卷二二亦曰："都美本于国邑，鄙朴本于郊野。"窃有取焉。人之分"都"、"鄙"，亦即城乡、贵贱之判，马融《长笛赋》："尊卑都鄙"句可参，实势利之一端。《敦煌掇琐》二四《云谣集·内家娇》第二首："及时衣着，梳头京样"；刘禹锡《历阳书事七十韵》："容华本南国，妆束学西京"；赵德麟《侯鲭录》卷四记与苏轼历举"他处殆难得仿佛"、"天下所不及"诸事物，"京师妇人梳妆"居其一；陆游《五月十一日夜且半梦从大驾亲征》："凉州女儿满高楼，梳头已学京都样"；皆"都"之谓欤。

钱锺书论"含蓄与寄托
——《诗》中言情之心理描绘"

《管锥编—毛诗正义》札记第三十四则

《管锥编—毛诗正义》第三十四则《狡童》，副标题为《含蓄与寄托——〈诗〉中言情之心理描绘》

《狡童》是诗经—国风中的一首古诗：

彼狡童兮，不与我言兮。维子之故，使我不能餐兮。

彼狡童兮，不与我食兮。维子之故，使我不能息兮。

译文

那个帅小伙啊，不肯和我说话呀。都是因为你，使我茶饭不思。

那个帅小伙啊，不肯和我共餐呀。都是因为你，使我夜不安寝。

【含蓄与寄托】

〔诗写男女未必是说君臣〕

关于《狡童》所写何事，有两种截然不同的意见。

一种是汉代经儒们的解读——《狡童》为寓意君臣事。

毛诗小序注《狡童》："刺忽也，不能与贤人图事，权臣擅命也。"郑笺云："权臣擅命，祭仲专也。"毛、郑注此诗，认为郑昭公忽不能与贤人共图国事，致使祭仲擅权，危害国家。诗人写此诗正是讽刺这件事。后人多从其说。

一种是宋代朱熹的解读——《狡童》为叙说男女情事。

朱熹《集传》与汉代经儒们见解不同，他说《狡童》是"淫女见绝"之作，即女子被情侣冷落而写出的情诗。"见绝"即现今之断绝交往、劈腿。

我们知道，汉儒和朱熹对《诗》的研究方法是不同的：

汉儒们把《诗》当作经书看，说《狡童》在寓意君臣；朱熹是把《诗》当作诗看，或者说，当作民歌看，所以朱熹说《狡童》在叙述男女情事。

朱熹曾质疑"解《诗》凡说男女事皆是说君臣"的论调，反对千篇一律，认为：《诗》写男女事，有的是在说君臣，有的不是在说君臣。

朱熹解诗从文本出发，就诗论诗；汉儒把《诗》当经读，从政教的角度，注诗习惯把说男女解释成说君臣，其依据在诗外。

钱锺书力挺朱熹。称赞他的观点为："明通之论"。

他把朱熹和汉儒相比较，说："窃以朱说尊本文而不外骛，谨严似胜汉人旧解。"认为就解诗方法看，朱熹比汉儒要严谨一些，也切合实际一些。

〔诗写男女未必是指淫奔〕

钱锺书赞成朱熹的观点，诗写男女未必是说君臣，但不同意朱熹把《狡童》的女主人公视为淫女。

朱熹指《狡童》为"淫女见绝"之作，其中有个"淫"字，就是把诗中女主人公看作淫女。西周以降，男女缔结婚姻必须经过"父母之命，媒妁之言"，否则，私自结合即是非礼非法，称为"淫奔"，不为宗族和社会所承认。朱熹沿袭的是封建道统的观点，习惯把《诗》中写有男女的篇什解为"淫奔"，这是他的偏见。

钱锺书引用有关史籍，通过归谬法，指出习惯把诗写男女看作是说"淫奔"的荒谬可笑。高攀龙在东林讲学，曾质问，《木瓜》诗没有"男、女"二字，为何说它是"淫奔"呢？来风季说，即使有"男女"二字，何必一定是"淫奔"呢？张衡《四愁诗》有"美人赠我金错刀"语，难道张衡淫奔吗？箕子《麦秀歌》有："彼狡童兮，不与我好兮！"此狡童指纣，纣是君王，难道纣王淫奔吗？此类诘问非常有力，攀龙表示叹服。

结论：诗写男女未必是指淫奔，朱熹"淫女见绝"的"淫"字是站不住脚的。如若不信读者通览一下《狡童》，何曾有一个字表明诗的女主人公涉嫌"淫奔"？

〔含蓄与寄托的概念〕

钱锺书澄清了《狡童》的一些偏颇之后，进入正题，开始谈诗的含蓄和寄托问题。

诗比其他文体蕴藉、深厚、意味隽永，是因为诗有"言外之意"。

钱锺书说,诗的"言外之意"有含蓄和寄托两种情况,需界定和分辨清楚。

"含蓄"是言语节制,不把想法像竹筒倒豆子那样全部说出来,只是提示、或暗示一下,其余由读者去咀嚼、寻味、领悟和补足,所谓"含不尽之意,见于言外"。

"寄托"是"言在此而意在彼",是指桑骂槐,或指东说西,或托物言志,或借景言情等等。

含蓄和寄托的共同之处,是均有"言外之意";不同之处是,含蓄"言外之意"的根据在诗内,其"言外之意"是从诗内所写推理、联想出来的;寄托"言外之意"的根据在诗外,从诗内所写无法寻求,唯有根据别的材料如写作背景、作者生平遭遇等外在东西来指认出诗内所述实是某事、某意。

钱锺书指出:诗之含蓄,诗内所写和"言外之意"犹形之与神;诗之寄托,诗内所写和"言外之意"则犹形之与影。形与神——诗内和诗外是一体的,而形与影——诗内和诗外是两张皮。

〔《狡童》之含蓄和寄托〕

关于《狡童》诗的含蓄,钱锺书是这样表述的:

首章云:"彼狡童兮,不与我言兮,维子之故,使我不能餐兮。"而次章承之云:"彼狡童兮,不与我食兮,维子之故,使我不能息兮。"是"不与言"非道途相遇,掉头不顾,乃共食之时,不瞅不睬;又进而并不与共食,于是"我"餐不甘味而至于寝不安席。……若夫始不与语,继不与食,则衾余枕剩、冰床雪被之况,虽言诠未涉,亦如匣剑帷灯。……其意初未明言,而寓于字里行间,即"含蓄"也。

"始不与语,继不与食"即帅小伙不搭理她、不和她共餐是《狡童》诗内所述,"衾余枕剩、冰床雪被之况"即该女子的空床寂寞景象是《狡童》"言外之意"。"衾余枕剩、冰床雪被之况"是钱锺书想象、推断的结果,读者也不难得出和钱先生同样的结果。《狡童》诗言有尽而意未穷,这就是《狡童》诗的含蓄。

关于《狡童》诗的寄托,钱锺书是这样表述的:

"寄托"也者,"狡童"指郑昭公,"子"指祭仲擅政;贤人被挤,不官无禄,故曰"我不能餐息"。则读者虽具离娄察毫之明,能为仓公洞垣之视,爬梳字隙,抉剔句缝,亦断不可得此意,而有待于经师指授,传疑传信者也。

毛诗小序说,《狡童》诗中"狡童"指郑昭公,"子"指祭仲擅政,贤人遭排挤，所以说"我不能餐食"。对于这样的"寄托"，如果没有经师的指点，读者纵然有离娄、仓公明察秋毫、穿墙透视的本领，对字隙和句缝进行挖掘探寻，也无法知悉。

比较一下，《狡童》诗的"含蓄"易解，而《狡童》诗的"寄托"难察。

〔诗必取足于己，空诸依傍〕

钱锺书在分析、比较《狡童》诗之"含蓄"与"寄托"的分别之后，发表了他对诗艺的主张。

钱锺书指出：

"诗必取足于己，空诸依傍而词意相宜，庶几斐然成章；苟参之作者自陈，考之他人载笔，尚确有本事而寓微旨，则匹似名锦添花，宝器盛食，弥增佳致而滋美味。芜词庸响，语意不贯，而借口寄托遥深、关系重大，名之诗史，尊以诗教，毋乃类国家不克自立而依借外力以存济者乎？尽舍诗中所言而别求诗外之物，不屑眉睫之间而上穷碧落、下及黄泉，以冀弋获，此可以考史，可以说教，然而非谈艺之当务也。"

钱锺书这段话讲了几层意思。

第一，主张诗要立足于以诗句本身来传情达旨，斐然成章。诗如何做到"取足于己，空诸依傍"呢？

薛雪《一瓢诗话》云：

"作诗必先有诗之基，基即人之胸襟是也。有胸襟然后能载其性情智慧，随遇发生，随生即盛。千古诗人推杜浣花，其诗随所遇之人、之境、之事、之物，无处不发其思君王、忧祸乱、悲时日、念友朋、吊古人、怀远道，凡欢愉、忧愁、离合、今昔之感，一一触类而起，因遇得题，因题达情，因情敷句，皆因浣花有其胸襟以为基。"

杜浣花即杜甫，忧国爱民之志士，有胸襟之人也。有胸襟便能随遇、随触而诗，如此写出的诗来源于现实，来源于遭际，来源于生活，必然取足于己，空诸依傍。

取足于己，空诸依傍就是不蹈袭前人，不固守程式。

第二，我们说某诗有寄托，必须要有依据，反对没有根据的主观臆断，反对捕风捉影、故作高深。如果诗人自陈诗有某种寄托，并且有其他材料相印证，当然可以认定。而如果诗人之诗本来就是粗词陋句，语气不顺，却借口寄托遥深、关系重大，自诩为诗史，自夸为诗教，就很可笑了。

第三，不排斥诗有寄托，但更提倡诗人将自己的情志体现在诗句的字里行间，读者欣赏诗也要立足于诗句所写，在诗中已有字句的基础上去生发、联想诗的"言外之意"，揭示其丰富蕴藉，不赞成凭空臆断。那些抛开诗中所写而在诗外去无端寻求深意，对眼前的东西视而不见，却上穷碧落、下及黄泉，希望在别处得到意外收获，绝不是诗艺的正路。

【《诗》中言情之心理描绘】
《诗》中言情之心理描写

《狡童》、《褰裳》、《丰》、《东门之墠》等诗，颇可合观。《东门之墠》云："岂不尔思，子不我即。"《褰裳》云："子不我思，岂无他人。"《王风·大车》云："岂不尔思，畏子不奔。"三者相映成趣。

以上是《诗经》中几篇诗意相近的句子。第一句：我难道不想念你，哪知你不来亲近我。第二句：你不想我，你就不怕别人惦记？第三句：我怎么不想你，怕你不敢和我私奔啊。这都是心理描写，因女子性格差异而口气不同，钱锺书将其捉置一处，使其相映成趣。

《褰裳》那一篇，男士投桃以求，女子也芳心暗许，但后来女子因胆怯及其它原因，没有和心仪走到一起，强自安慰。《丰》说，"悔予不送兮"，"悔予不将兮"。后悔当初没有跟随心仪而去，不管是因为自己耍小性子，还是父母的阻扰，她都深深地后悔了。《子衿》云："纵我不往，子宁不嗣音？""子宁不来"即：纵然我不曾去会你，难道你就此断音信？你为何不来找我。——此女宽宥自己却厚望情人。《丰》："衣锦褧衣，裳锦褧裳"，"驾予与行"，'驾予与归"，即《氓》之"以尔车来，以我贿迁"；盖虽非静女，亦非奔女。——里面穿着锦缎衣，外面罩着披风，等着你的车来，把我连同嫁妆一起带走吧。凡此等等，谅不赘述。

钱锺书此则是告诉我们，中国小说的心理描写实际上肇始于《诗经》。

大家知道，中国的小说与西方小说相比，长于语言、动作、情态描写，而短于心理刻画；西方小说的心理活动往往是大段的独立的，中国小说的心理描写则常常是和情节糅合在一起的。这些特点在《诗经》的心理描写中已见端倪。

附录：《管锥编—毛诗正义》第三十四则

狡童

（一）含蓄与寄托

《狡童·序》："刺忽也，不能与贤人图事，权臣擅命也。"按《传》、《笺》皆无异词，朱熹《集传》则谓是"淫女见绝"之作。窃以朱说尊本文而不外骛，谨严似胜汉人旧解。王懋竑《白田草堂存稿》卷二四《偶阅义山〈无题〉诗、因书其后》第二首云："何事连篇刺'狡童'，郑君笺不异毛公。忽将旧谱翻新曲，疏义遥知脉络同。"自注："《无题》诗、郑卫之遗音，注家以为寓意君臣，此饰说耳。与'狡童'刺忽，指意虽殊，脉络则一也。"盖谓李商隐《无题》乃《狡童》之遗，不可附会为"寓意君臣"，即本朱说，特婉隐其词，未敢显斥毛、郑之非耳。朱鉴《〈诗传〉遗说》卷一载朱熹论陈傅良"解《诗》凡说男女事皆是说君臣"，谓"未可如此一律"；盖明通之论也。

尤侗《艮斋杂说》卷一、毛奇龄《西河诗话》卷四均载高攀龙讲学东林，有问《木瓜》诗并无"男、女"字，何以知为淫奔；来风季曰："即有'男，女'字，亦何必为淫奔？"因举张衡《四愁诗》有"美人赠我金错刀"语，"张衡淫奔耶？"又举箕子《麦秀歌》亦曰："彼狡童兮，不与我好兮！"指纣而言，纣"君也，君淫奔耶？"攀龙叹服。尤、毛亦津津传达，以为超凡之卓见，而不省其为出位之卮言也。夫"言外之意"（extralocution），说诗之常，然有含蓄与寄托之辨。诗中言之而未尽，欲吐复吞，有待引申，俾能圆足，所谓"含不尽之意，见于言外"，此一事也。诗中所未尝言，别取事物，凑泊以合，所谓"言在于此，意在于彼"，又一事也。前者顺诗利导，亦即蕴于言中，后者辅诗齐行，必须求之文外。含蓄比于形之与神，寄托则类形之与影。欧阳修《文忠集》卷一二八《诗话》说言外含意，举"鸡声茅店月，人迹板桥霜"及"怪禽啼旷野，落日恐行人"两联，曰："则道路辛苦、羁愁旅思，岂不见于言外乎？"兹以《狡童》例而申之。首章云："彼狡童兮，不与我言兮，维子之故，使我不能餐兮。"而次章承之云："彼狡童兮，不与我食兮，维子之故，使我不能息兮。"是"不与言"非道途相遇，掉头不顾，乃共食之时，不瞅不睬；又进而并不与共食，于是"我"餐不甘味而至于寝不安席。且不责"彼"之移爱，而咎"子"之夺爱，匪特自伤裂纨，益复妒及织素。若夫始不与语，继不与食，则衾余枕剩、冰床雪被之况，虽言诠未涉，亦如匣剑帷灯。盖男女乖离，初非一律，所谓"见多情易厌，见少情易变"（张云璈《简松草堂集》卷六《相见词》之三），亦所谓情爱之断终，有伤食而死于过饱者，又有乏食而死于过饥者。

〔增订四〕曹邺《弃妇》："见多自成丑，不待颜色衰"，即张云璈所谓"见多情易厌"；邺《登岳阳楼有怀寄座主相公》："常闻诗人语，西子不宜老"，则言色衰爱弛。爱升欢坠（《后汉书·皇妃传》上），赵盛班衰（刘孝绰《遥见邻舟主人投一物，众姬争之，有客请余咏之》），察其所由，曹氏四语可以囊括矣。

阔别而淡忘，迹疏而心随疏，如《击鼓》之"吁嗟洵兮，不我信兮！"是也。习处而生嫌，迹密转使心疏，常近则渐欲远，故同牢而有异志，如此诗是。其意初未明言，而寓于字里行间，即"含蓄"也。"寄托"也者，"狡童"指郑昭公，"子"指祭仲擅政；贤人被挤，不官无禄，故曰"我不能餐息"。则读者虽具离娄察毫之明，能为仓公洞垣之视，爬梳字隙，抉剔句缝，亦断不可得此意，而有待于经师指授，传疑传信者也。诗必取足于己，空诸依傍而词意相宜，庶几斐然成章；苟参之作者自陈，考之他人载笔，尚确有本事而寓微旨，则匹似名锦添花，宝器盛食，弥增佳致而滋美味。芜词庸响，语意不贯，而借口寄托遥深、关系重大，名之诗史，尊以诗教，毋乃类国家不克自立而依借外力以存济者乎？尽舍诗中所言而别求诗外之物，不屑眉睫之间而上穷碧落、下及黄泉，以冀弋获，此可以考史，可以说教，然而非谈艺之当务也。其在考史、说教，则如由指而见月也，方且笑谈艺之拘执本文，如指测以为尽海也，而不自知类西谚嘲犬之逐影而亡骨也。《文选》录《四愁诗》有序，乃后人依托，断然可识，若依序解诗，反添窒碍，似欲水之澄而捧土投之。故倘序果出张衡之手，亦大类作诗本赋男女，而惩于"无邪"之戒，遂撰序饰言"君臣"，以文过乱真，卖马哺而悬牛骨矣。后世诲淫小说，自序岂不十九以劝诫为借口乎？

〔增订四〕当世美国史家亦谓历来秽书作者每饰说诲淫为劝善；其描摹媟亵，穷形极态，托言出于救世砭俗之苦心，欲使读之者足戒（their [the pornographers'] pious alibi that the offen¬ding work was a covert moral tract excoriating the very vices it was compelled to explore so graphically）。

"我"不必作者自道，已详前论《桑中》。抑尚有进者。从来氏之说，是诗中之言不足据凭也：故诗言男女者，即非言男女矣。然则诗之不言男女者，亦即非不言男女，无妨求之诗外，解为"淫奔"而迂晦其词矣。得乎，欲申汉绌宋，严礼教之防，辟"淫诗"之说，避埑而堕阱，来、高、尤、毛辈有焉。

（二）《诗》中言情之心理描写

　　《狡童》、《褰裳》、《丰》、《东门之墠》等诗，颇可合观。《东门之墠》云：
"岂不尔思，子不我即。"《褰裳》云："子不我思，岂无他人。"《王风·大车》
云："岂不尔思，畏子不奔。"三者相映成趣。《褰裳》之什，男有投桃之行，
女无投梭之拒，好而不终，强颜自解也。《丰》云："悔予不送兮"，"悔予不将
兮"，自怨自尤也。《子衿》云："纵我不往，子宁不嗣音？""子宁不来"，薄
责己而厚望于人也。已开后世小说言情之心理描绘矣。《丰》："衣锦褧衣，裳
锦褧裳"，"驾予与行"，'驾予与归"，即《氓》之"以尔车来，以我贿迁"；盖
虽非静女，亦非奔女。"衣锦"、"裳锦"，乃《汉书·外戚传》上："显因为成
君衣补"，颜注："谓缝作嫁时衣被也。"《焦仲卿妻》亦云："阿母谓阿女：'适
得府君书，明日来迎汝；何不作衣裳，莫令事不举'。……左手执刀尺，右手
执绫罗；朝成绣挟裙，晚成单罗衫。"

钱锺书论"憎闻鸡声又一例"

《管锥编—毛诗正义》札记第三十五则

《管锥编—毛诗正义》第三十五则《鸡鸣》，副标题为《憎闻鸡声又一例》。

在《女曰鸡鸣》那一则，钱锺书论述了"憎鸡叫旦"，即男女欢爱不足往往怨怪公鸡打鸣。这一则，他又引《诗经—鸡鸣》为例，再论这个问题。

《鸡鸣》

鸡既鸣矣，朝既盈矣。匪鸡则鸣，苍蝇之声。（首章）

东方明矣，朝既昌矣。匪东方则明，月出之光。（次章）

虫飞薨薨，甘与子同梦。会且归矣，无庶予子憎。（末章）

如何解读这首诗？

《笺》、《正义》皆以"鸡既鸣矣"二句、"东方明矣"二句为夫人警君之词，而以"匪鸡则鸣"二句，"匪东方则明"二句为诗人申说之词；谓"贤妃贞女，心常惊惧，恒恐伤晚"，故"谬听"蝇声，"谬见"月光。

按郑玄、孔颖达的解读，《鸡鸣》首章和次章前句为夫人之言，后句是诗人对夫人之言的评判。（夫人：或者指贤妃，或者指贞女即臣妻）如此，可把夫人之言加上引号：

首章可写成："鸡既鸣矣，朝既盈矣。"匪鸡则鸣，苍蝇之声。

前句："鸡既鸣矣，朝既盈矣。"——贤妃（或贞女）催促夫君赶快起床：鸡叫了，大臣已上朝了。

后句：匪鸡则鸣，苍蝇之声。——诗人解释：贤妃（或贞女）幻听了，并不是鸡叫，是苍蝇之声。

次章可写成："东方明矣，朝既昌矣。"匪东方则明，月出之光。

前句："东方明矣，朝既昌矣。"——贤妃（或贞女）催促夫君赶快起床：东方日出了，大臣已来齐啦。

后句：匪东方则明，月出之光。——诗人解释：贤妃（或贞女）谬见了，那光亮不是日光，是月光。

末章"虫飞薨薨，甘与子同梦。会且归矣，无庶予子憎。"按文气判断应是贤妃（或贞女）之言。钱锺书将"会且归矣，无庶予子憎。"解读为：我难道不想和君王多温存，只是怕朝臣等久了，会怨恨于我。（钱锺书注"无庶予子憎"：陈奂谓"子"乃"于"之讹，夫人盖言："毋使卿大夫憎我"也。）

郑玄、孔颖达把《鸡鸣》解读为夹叙夹议，诗人介入其中，前句是夫人（贤妃或贞女）催促君王或卿相早朝，后句是诗人指出夫人（贤妃或贞女）之言为误判——"谬听"蝇声，"谬见"月光。

钱锺书以为将诗句看成男女对答更显妙趣：

窃意作男女对答之词，更饶情致。女促男起，男则淹恋：女曰鸡鸣，男辟之曰蝇声，女曰东方明，男辟之曰月光。亦如《女曰鸡鸣》之士女对答耳；何必横梗第三人，作仲裁而报实况乎？

女子催促男士起床，男士则继续赖床——女子说，鸡叫了，该起床了，男士说，不是鸡叫，是苍蝇的声音；女子说，东方已拂晓，男士说，那是月光。

这里犹如《女曰鸡鸣》之士女对答。何必无端插进一个诗人（第三人）来做解说——作仲裁而报实况呢？

按钱锺书的解读，则郑玄、孔颖达说《鸡鸣》首、次章的后句为诗人申说（评判）是多此一举。

钱锺书又举莎剧所写和《鸡鸣》诗比照，贯彻他打通中外的意图。

莎士比亚剧中写情人欢会，女曰："天尚未明；此夜莺啼，非云雀鸣也。"男曰："云雀报曙，东方云开透日矣"。女曰："此非晨光，乃流星耳。"。可以比勘。

莎剧写情人欢会，女子说，天还没亮；那鸟叫是夜莺声，不是云雀鸣。男士说，云雀报曙，东方已云开日出了。女子说，那透进窗纱的微光，不是晨光，是流星之光也。

《鸡鸣》中鸡鸣之声和苍蝇之声差别大，难以混淆，出现"谬听"显得比较奇怪，《毛传》试图解释：

"苍蝇之声，有似远鸡之鸣。"

钱锺书认为，毛传此注也是多此一举。鸡、蝇都不是罕见之物，无论它们鸣声相像还是不像，都不值得特别注明。如果说苍蝇之声和鸡鸣之声相像，诗句就是这样写的，不必再注；如果说苍蝇之声和鸡鸣之声不像，也无大碍，把它理解为该女子因心怀惊惧而"风声鹤唳、草木皆兵"即可，不必特意纠正。（其实，把蝇声幻听成鸡声可以作多种理解：可能是女子以公务为重，因常怀惊惧之心而误判，也可能是男子神志朦胧致误判，抑或男贪恋床笫而戏语骗女。）

钱锺书举郭象注《庄子·逍遥游》为例。郭象自称并不清楚鹏鲲（体大能几千里）是否为实有，但绝不去妄加求证，认为领会庄子写鹏鲲的寓意就行了，无需费心去附会解说。钱锺书以为注《诗》者当仿效郭象之解鹏鲲。

附录：《管锥编—毛诗正义》第三十五则

鸡鸣·憎闻鸡声又一例

"会且归兮，无庶予子憎"；《傳》："卿大夫朝会于君，……夕归治其家事，……无见恶于夫人。"陈奂谓"子"乃"于"之讹，夫人盖言："毋使卿大夫憎我"也。其说足从，但士与女"夙夜警戒"亦可，不必定属君与妃。以"朝既盈"、"朝既昌"促起，正李商隐《为有》所云："无端嫁得金龟婿，辜负香衾事早朝。"《笺》、《正义》皆以"鸡既鸣矣"二句、"东方明矣"二句为夫人警君之词，而以"匪鸡则鸣"二句，"匪东方则明"二句为诗人申说之词；谓"贤妃贞女，心常惊惧，恒恐伤晚"，故"谬听"蝇声，"谬见"月光。窃意作男女对答之词，更饶情致。女促男起，男则淹恋：女曰鸡鸣，男辟之曰蝇声，女曰东方明，男辟之曰月光。亦如《女曰鸡鸣》之士女对答耳；何必横梗第三人，作仲裁而报实况乎？莎士比亚剧中写情人欢会，女曰："天尚未明 (It is not yet near day)；此夜莺啼，非云雀鸣也。"男曰："云雀报曙，东方云开透日矣。"（the severing clouds in yonder East)。女曰："此非晨光，乃流星耳。"(It is some meteor)。可以比勘。毛传曰："苍蝇之声，有似远鸡之鸣。"岂今蝇异于古蝇？抑古耳不同今耳？此等处加注，直是无聊多事。鸡、蝇皆非罕见之异物，使二物鸣声相肖，则夫人而知之，诗语本自了然，不劳注者证明；二物声苟不类，诗语亦比于风鹤皆兵之旨，初无大碍，注者挺身矢口而助实焉，适成强词圆谎之伪见证尔。陆佃《埤雅》卷一〇："青蝇善乱色，苍蝇善乱声。"亦即本《诗》

附会，非真博物之学。黄生《义府》卷上采焦竑说，谓"蝇"乃"(圭黾)"之讹；然吠蛤亦安能乱啼鸡哉！况阁阁之声彻宵连晓，绝非如喔喔之报旦，彼士若女且已耳熟（back-ground noise）而不至"谬听"矣。《庄子·逍遥游》郭象注曰："鹏鲲之实，吾所未详也。……达观之士宜要其会归，而遗其所寄，不足事事曲与生说。"大极鲲鹏，小至蝇蚋，胥不足"曲与生说"。言《诗》者每师《尔雅》注虫鱼之郭璞，实亦不妨稍学鹏鲲未详之郭象也。

钱锺书论"云无心"

《管锥编—毛诗正义》札记第三十六则

《管锥编—毛诗正义》第三十六则《敝笱》，副标题为《云无心》

《敝笱》

敝笱在梁[1]，其鱼鲂鳏[2]。齐子归止[3]，其从如云[4]。

敝笱在梁，其鱼鲂鱮[5]。齐子归止，其从如雨。

敝笱在梁，其鱼唯唯[6]。齐子归止，其从如水。

注释

注 1. 敝笱（gǒu）：敝，破。笱，竹制的鱼篓。梁：捕鱼水坝。河中筑堤，中留缺口，嵌入笱，使鱼能进不能出。

注 2. 鲂（fáng）：鳊鱼；鳏（guān）：鲲鱼。

注 3. 齐子归止：齐子，指文姜。归，已嫁文姜回故乡。止，语气词。

注 4. 其从如云、如雨、如水：皆言随从众多。

注 5. 鱮（xù）：鲢鱼。

注 6. 唯唯：形容鱼儿出入自如。

译文

破鱼篓子架在堤坝上，鲂鱼鳏鱼游进游出。齐侯的妹子归来了，
仆从如云啊多得不可胜数。

破鱼篓子架在堤坝上，鲂鱼鲢鱼出入无碍。齐侯的妹子归来了，
仆从如雨啊多得不可胜数。

破鱼篓子架在堤坝上，这些鱼儿通行自由。齐侯的妹子归来了，
仆从如水啊多得不可胜数。

关于此诗的背景，《毛诗序》说："《敝笱》，刺文姜也。齐人恶鲁桓公微弱，不能防闲文姜，使至淫乱，为二国患焉。"

文姜，齐僖公之女，齐襄公异母妹，鲁桓公的夫人。文姜与异母哥哥齐襄公乱伦被鲁桓公得知，齐襄公令彭生杀鲁桓公。

这就是《左传·桓公十八年》所载史实，也是《齐风·敝笱》一诗的创作背景。文姜作为鲁国的国母，地位显贵，回娘家齐国无可厚非。而她却在齐国伤风败俗，与其兄乱伦丢丑，自然引起人们的憎恶唾弃。"鱼"在《诗经》中常隐射两性关系。"敝笱在梁"作为《敝笱》各章的起兴意味深长。一个破鱼笼子架在拦鱼坝上，鱼儿来往无碍，隐射文姜和齐襄公私通。

《敝笱》的诗旨在讽刺文姜。

诗人采用"敝笱在梁"起兴，暗讽文姜的淫乱和鲁桓公的无能，同时，用直笔书写文姜回乡场面宏大，随从众多，文姜行为的卑污和表面的光鲜恰成强烈的对照。诗没有直接描写和痛斥文姜的淫乱，却用对比和暗讽的手法收到了意想不到的艺术效果。

杜甫《丽人行》的艺术手法和《敝笱》一脉相承，异曲同工。

"齐子归止，其从如云。……其从如雨。……其从如水"。

钱锺书此则开篇即节选《敝笱》上句进行解读。

《传》："云言盛也，……雨言多也，……水喻众也"；《笺》："其从者之心意，如云然，云之行，顺风耳。……如雨言无常。……水之性可停可行。"按郑《笺》穿穴密微，似反不如毛《传》之允惬。

毛《传》注解：云为盛，雨为多，水为众。诗写文姜回故乡，场面盛大，随从众多；如云、如雨、如水，词异而意同。

郑《笺》注解：如云、如雨、如水是形容跟从者的心意，即如云随风、如雨无常，如水可驻可流。

钱锺书再引一例，说《郑风·出其东门》有言："有女如云。"对"如云"二字，《传》注："众多也。"《笺》解："如其从风，东西南北，心无有定。"

合观《敝笱》、《出其东门》，可知：对"如云"二字，毛《传》注为数量众多，郑《笺》则解为"心无有定"。

钱锺书比较毛《传》和郑《笺》，认为郑《笺》之解穿凿附会，似乎不如毛《传》原注允当切意。

然而，钱锺书话锋一转，说：虽然郑玄将"如云"解为"云无心"，对《敝笱》、《出其东门》而言，有点故作高深、阐释过度了。但是，如果单从"云无心"用云来形容心，着眼于比喻的"情感价值"这一点来看，却是颇为可取、饶有趣味的。

钱锺书在此重提他的一个修辞学发现。

其言云如心无定准、意无固必，正陶潜《归去来辞》名句所谓："云无心以出岫。"……郑谓云"心无定"，乃刺荡妇，陶谓云"无心"，则赞高士，此又一喻之同边而异柄者。

钱锺书说，郑玄说《敝笱》之"如云"用"云无心"来寓意文姜的水性杨花，是针砭荡妇的；陶渊明《归去来辞》"云无心以出岫"，用"云无心"来称颂隐士的无意出山做官，是夸赞高士的，这是喻之同边而异柄的又一佳例。

"比喻有两柄亦有多边"是钱锺书关于比喻的新说，为以往的修辞学所未有。

关于"比喻有两柄亦有多边"，钱锺书在《周易正义》札记第十六则有专题论述。

比喻由本体、喻体和喻词构成。如姑娘像花儿一样。姑娘是本体，花儿是喻体，像是喻词。所谓"比喻有两柄"（或言"喻之同边而异柄"）是指同一个喻体可以有两个相反的本体。联系上述例子，"云无心"是喻体，它可以用于两个品行相反的本体，一个为荡妇，另一个为高士。如果用"云无心"来比喻荡妇，就是说荡妇三心二意、水性杨花，为贬义；如果用"云无心"来比喻高士，则是称赞高士心无所碍，随遇而适的逸情，为褒义。

最后，钱锺书援引释家经典来谈"云无心"。

《华严经·世主妙严品》第一："有诸菩萨，其众如云。"

《经》文即《华严经》曰"众如云"，解"如云"为盛也，繁多也。这是毛《传》之意。恰如现今之"美女如云"。而《疏》即清凉澄观《疏钞》解"如云"为"云无心"，随遇而安也，心体澄明也。这又是郑《笺》之意。

"云无心"这一个意象深堪玩味。陶渊明用它来赞颂高士，释家用它来表达一种禅境。人为何都把"云无心"作为超凡入圣的至境来歆慕呢？

因为他们领悟了：人之所以不能像云那样自由自在，无忧无虑，主要源自于一己之心，源自于此心之过于计较尘世的利害得失。

每个人都来自于自然，是自然造化和天缘巧合的结果。人，或迟或早也一定会回到自然的怀抱中去。

试问，人有什么理由对生命的来之不易不假思索，不知感恩和庆幸，而对于其必将归去却千般不忍，万般忧心呢？

生命短暂，人能运用、享受的只是这非常有限的百年左右的岁月，相对于无穷无尽之宇宙如白驹过隙。

试问，人有什么理由对身外之物斤斤计较，贪多务得，而疏忽和遗忘去享受短暂而美好的人生呢？

明人洪应明的对联写道："宠辱不惊，闲看庭前花开花落。去留无意，漫随天外云卷云舒。"

现今社会，人凭自己的心力尚不能维持温饱、敬老养幼者，渺乎微矣。人生的沉重和痛苦大都来源于过于看重尘世间的宠辱和生死，而忽视、遗忘了用这有限的生命去享受、体会大千世界的美妙和人间的真情。人生的修养，就是逐步消减尘世的计较，珍惜并享受有限的生命，消减心的烦恼，增益心的欢愉；人生的智慧在于懂得和运用好这有限的生命去享受文明、创造文明。享受文明需要一颗闲逸有品的素心，创造文明更需要一颗感恩自然、回报社会、克己利他的善心。人生在世，首要而重要的是冶炼和纯化自己的内心。人只要秉持正直、善良、认知去行事就行了，得失宠辱均是身外之物。倘若出现生命之虞而无法挽救，也只是把自然赋予之物归还原主而已，当坦然奉还。人惟有遥想未生之前和归天之后是何景象，把偶寄之身彻底看清想透，才能真正地放下执着之念、虚妄之心，获得宁静。人惟有滤尽了内心的渣滓，做到不以物喜，不以己悲，宠辱不惊，去留任之，才会真正达到"云无心"的境界，以致心体澄明，像云一样自由自在，无忧无虑，潇洒雅逸地渡过一生。

附录：《管锥编—毛诗正义》第三十六则

敝笱·云无心

"齐子归止，其从如云。……其从如雨。……其从如水"；《传》："云言盛也，……雨言多也，……水喻众也"；《笺》："其从者之心意，如云然，云之行，顺风耳。……如雨言无常。……水之性可停可行。"按郑《笺》穿穴密微，似反不如毛《传》之允惬。张衡《西京赋》："实繁有徒，其从如云。"以"如云"喻"繁"，即毛《传》之言"盛"也。《郑风·出其东门》："有女如云。"《传》："众多也。"《笺》："'有女'谓诸见弃者也：'如云'者，如其从风，东西南北，心无有定。"与《敝笱》之《传》、《笺》相同。然郑义以之解《诗》，虽不免贻讥深文，而作体会物色语观，则颇饶韵味。其言云如心无定准、意无固必，正陶潜《归去来辞》名句所谓:"云无心以出岫。"可补《文选》李善注;《陈书·江总传》载《修心赋》云:"鸟稍狎而知来,云无情而自合。"杜甫《西阁》云:"孤云无自心。"郑谓云"心无定",乃刺荡妇,陶谓云"无心",则赞高士,此又一喻之同边而异柄者。《华严经·世主妙严品》第一:"有诸菩萨,其众如云";清凉澄观《疏钞》卷一:"无心成行,故如云出。……陶隐君云:'云无心而出岫,鸟倦飞而知还';举凡云义,虽有多种,多明无心。"夫《经》文曰"众如云",毛《传》之意也,而《疏》曰"云无心",又郑《笺》之意矣。

钱锺书论"己思人乃想人亦思己，己见人乃想人亦见己"

《管锥编—毛诗正义》札记第三十七则

《管锥编—毛诗正义》第三十七则《陟岵》，副标题为《己思人乃想人亦思己，己见人乃想人亦见己》

《陟岵》

陟彼岵兮[1]，瞻望父兮。父曰：嗟！予子[2]行役，夙夜无已。上[3]慎旃哉，犹来[4]！无止！

陟彼屺[5]兮，瞻望母兮。母曰：嗟！予季行役，夙夜无寐。上慎旃哉，犹来！无弃！

陟彼冈兮，瞻望兄兮。兄曰：嗟！予弟行役，夙夜必偕[6]。上慎旃哉，犹来！无死！

注释

注1.陟（zhì 志）：登上。岵（hù 户）：有草木的山。

注2.予子：我儿。予季：我小儿。予弟：我弟。

注3.上："通尚"，希望。旃（zhān 瞻）：之，作语助。

注4.犹来：还是归来。

注5.屺（qǐ 起）：无草木的山。

注6.偕：俱。

译文

登临葱茏山岗上，遥望故乡的老父啊。似闻我爹对我说："我的儿啊日夜不息。要保重身体呀，早日归来吧，不要留恋他乡。"

登临荒芜山岗上，遥望故乡的老母啊。似闻我妈对我道："我的儿啊昼夜无眠。要保重身体呀，早日归来吧，不要忘记爹娘。"

登临那座山岗上，遥望故乡的兄长啊。似闻我哥对我讲："我的弟啊日夜奔忙。要保重身体呀，早日归来吧，不要死在他乡。"

《陟岵》诗三章。每一章，诗人前句写自己登高回望故乡亲人（父、母、兄），后句写亲人（父、母、兄）对自己所说的话。

对《陟岵》各章的后句如何解读，钱锺书和郑玄、孔颖达有所不同。

郑玄、孔颖达认为，那些话，是亲人们对征人的临别叮咛。

钱锺书认为，那些话，不像是临别赠言，而像是征人想念亲人，想象远在故乡的亲人也想念自己所发的祈愿。

钱锺书这样判断的根据是词气：

"嗟女行役"为当面口吻，而"嗟予子（季、弟）行役"不像当面口吻。即：如果是亲人当面叮咛，应直呼"你"；但诗中却写"我儿"、"我小儿"或"我的弟"，不像当面口吻。

钱锺书认为《陟岵》所写的情境是：征人在外思念父母、哥哥，想到此时父母、哥哥也在思念自己。不要太劳累，要保重身体，早日归来等等是亲人们思念自己时，向空自言自语，或跟近旁的人倾诉的祈愿。

钱锺书指出，《陟岵》所写的情境在诗文中颇具代表性，用两句话来概括它，即："己思人乃想人亦思己，己见人乃想人亦见己"，自己思念他人，想到此人同时也在思念自己；自己的脑海浮现他人，想到此人脑海同时也浮现自己。

《陟岵》是该诗境的源头（或祖述），后世此类诗作是该诗境的余波（或遗意）。

【"己思人乃想人亦思己"的若干例子】

1. 徐干《室思》："想君时见思。"——我思念你时想到你也在思念我。
2. 高适《除夕》："故乡今夜思千里，霜鬓明朝又一年。"——故乡的亲人在除夕之夜思念千里之外的自己。自己也思念亲人则未写自明。
3. 韩愈《与孟东野书》："以吾心之思足下，知足下悬悬于吾也。"——我思念你（孟东野），知道你无时无刻不在思念我。
4. 刘得仁《月夜寄同志》："支颐不语相思坐，料得君心似我心。"——支颐独坐想你，知道你想我，和我想你一样。

5. 王建《行见月》："家人见月望我归，正是道上思家时。"——月光下家人在盼望我归来，我也正在路上思念家人。

6. 白居易《初与元九别、后忽梦见之、及寤而书忽至》："以我今朝意，想君此夜心。"——以我现今之意，知君此夜之心。

7. 又《江楼月》："谁料江边怀我夜，正当池畔思君时。"——君于江边怀我，我在池畔思君，异地而同时。

8. 又《望驿台》："两处春光同日尽，居人思客客思家。"——故乡和异乡春光仿佛，两地相思竟日，时光渐移而殆尽。

9. 又《至夜思亲》："想得家中夜深坐，还应说着远游人。"——诗人想象家人深夜围坐在一起，谈论着远游的我。

10. 又《客上守岁在柳家庄》："故园今夜里，应念未归人。"——除夕之夜，故乡家园的亲人，应该在怀念着客居外乡的我罢。

11. 孙光宪《生查子》："想到玉人情，也合思量我。"——我在怀想玉女的情意，玉女大约也一样思念我罢。

12. 韦庄《浣溪纱》："夜夜相思更漏残，伤心明月凭阑干，想君思我锦衾寒。"——夜夜相思到夜阑，凭栏望月，想你一定念着我衾寒而孤单。

……

以上诗境表达的是亲人之间、恋人之间、朋友之间身处二地而心系对方的一种心有灵犀和真挚情谊，即心心相印，钱锺书用文言表述："己思人乃想人亦思己"。

钱锺书说凡此种种均为"据实构虚，以想象与怀忆融会而造诗境，无异乎《陟岵》焉。"这一诗境有回忆的成分，也有想象的成分，是回忆和想象的融合。

钱锺书以下面的一段话承上启下，谈相思的另一种情形：

分身以自省，推己以忖他：写心行则我思人乃想人必思我，如《陟岵》是，写景状则我视人乃见人适视我，例亦不乏。

思念对方想到对方也正在思念自己，有时会伴随影像，即脑海中浮现对方，并设想对方脑海中也正在浮现自己。钱锺书把前者称为"写心行"，即心跑到了对方那儿去；把后者称为"写景状"，即相互脑海里出现对方的影像。

【"己见人乃想人亦见己"的若干例子】

"己见人乃想人亦见己"——想对方，对方就浮现在自己目前，因而想到自己也浮现在对方目前。

钱锺书说，"写景状"也不乏其例：

1. 《西厢记》第二本《楔子》惠明唱语，金圣叹窜易二三字，作："你与我助威神，擂三通鼓，仗佛力，呐一声喊，绣幡开，遥见英雄俺！"——《西厢记》写和尚惠明答应帮张生冲破封锁去请援兵，让长老帮其摇旗呐喊，说，你擂三声鼓，呐一声喊，绣幡开，你就可以看见我冲出孙飞虎重围了。这是惠明和尚杀出重围后，想象见到长老他们，并想到长老他们也见到自己的情形。

2. 包融《送国子张主簿》："遥见舟中人，时时一回顾。"——我遥望着渐行渐远的舟中人，那舟中人也时常回望，我也应浮现在他的脑海里。

3. 杨万里《诚斋集》卷九《登多稼亭》之二："偶见行人回首却，亦看老子立亭间。"——忽见行人回头看见我，我正站在亭子间看他。

4. 范成大《望海亭》："想见蓬莱西望眼，也应知我立长风。"——我想象他在蓬莱向西遥望，也应该想到我正站在烈烈风中瞻望着他。

5. 辛弃疾《瑞鹤仙·南涧双溪楼》："片帆何太急，望一点须臾，去天咫尺；舟人好看客。……看渔樵指点危楼，却羡舞筵歌席。"——我站在水边的危楼上，看见那渐行渐远的舟中人正在向这边指指点点，一定在望着我们。

6. 翁孟寅《摸鱼儿》："沙津少驻，举目送飞鸿，幅巾老子，楼上正凝伫。"——顺着飞鸿的方向回望，想到那戴着幅巾的老人还伫立在楼头眺望。

往下，钱锺书在〔增订三〕〔增订四〕中还举有数例，大同小异，恕不赘引。

"己思人乃想人亦思己"和"己见人乃想人亦见己"是相思的两种情形，均是诗人情深意长的体现，区别在于"己见人乃想人亦见己"是相思时脑海中浮现了对方的影像。钱锺书将这种心系对方想到对方也心系自己简称为"心行"（心的流动从此地飞到彼地，又从彼地返回此地）。

我觉得"己思人乃想人亦思己，己见人乃想人亦见己"表述虽精确，但句子颇长，为此，后面我用"心行"来代替它。

"心行"还有另外一种情况，是自己的"心"飞到异地来思念自己。

钱锺书举例说明。

他日读杜子美诗，有句云：遥怜小儿女，未解忆长安；却将自己肠肚，置儿女分中,此真是自忆自。又他日读王摩诘诗,有句云:遥知远林际,不见此檐端;亦是将自己眼光,移置远林分中,此真是自望自。

杜甫诗:遥怜小儿女,未解忆长安。

——天宝十五载(公元756年)春,安禄山由洛阳攻潼关。六月,长安陷落,玄宗逃蜀,叛军入白水,杜甫携家逃往鄜州羌村。七月,肃宗在灵武(今宁夏灵武县)即位,杜甫获悉即从鄜州只身奔向灵武,不料途中被安史叛军所俘,押回长安。八月,作者被禁长安望月思家而作此诗。此诗首联写妻子孤身望月,颔联写儿女因幼小不懂得思念他们的父亲杜甫。

钱锺书说,杜甫这样写,表明杜甫人在长安被拘,魂魄已飞到鄜州羌村妻儿的身边,说儿女不懂忆念长安,实际是"自忆自"。

王维诗:遥知远林际,不见此檐端。

王维和裴秀同隐辋川风景地,但相隔遥远。此诗题为《登裴秀地小台作》,是王维赴裴秀住地的一个观景台所作。

钱锺书说,"遥知远林际,不见此檐端"句,是王维的心魂飞到了他自己的住处——那翠竹猗猗的别墅,深知如果站在自家竹林是望不到裴秀门前之锦绣的。

钱锺书说:王维将自己眼光,移置远林——自己的住地向裴秀这里遥望,是看不见这里的,实际是"自望自"。

这两个例子,是诗人的心魂飞到了另外的地方自己想念自己,自己遥望自己,而不是心上人心系自己。

【"心行"诗境的永恒性和多样性】

诗人,面对茫茫宇宙大千世界,唯独思念的是这一个人,可见诗人之情有独锺;这个人就是自己的心上人,这个心上人或许是亲人,或许是恋人,或许是友人;不仅如此,诗人在思念心上人的时候想到对方也在思念自己,甚或,诗人脑海中浮现心上人影像的时候想到对方脑海中也会出现自己。

思念别人是美妙的,思念别人时别人也在思念你,是更加美妙的事。这种心有灵犀、心心相印的相思之情,写成文字便是绝妙。古往今来许多文人落墨于此便是明证。

问世间情为何物?再问,世间除却情还有何物?细寻思,人除却情则无异于物。

人生在世最重要的东西是情，或亲情、或恋情、或友情，每个人走遍天涯海角都可能牵挂着这份情，思念始终萦绕心头。但相思双方所处的时空和境遇却是千差万别的。其心如一，其态万状。这就给此类诗境的创作提供了永不衰竭的无穷可能性。

可以说，此诗境将与人类共存，此诗境随每个人的境遇不同而刻刻流转。

钱锺书把它拈出来，提升为一个固定的意象和永恒的诗境加以研究和提倡，对文学研究和创作无疑具有十分重要的意义。

【"心行"与现代小说叙事】

钱锺书把"己思人乃想人亦思己，己见人乃想人亦见己"称为："心行"——即心离开自己的身躯飞到了另一个地方。

钱锺书还提到金圣叹的"倩女离魂法"，有利于直观、形象地理解"心行"。

唐·陈玄祐《离魂记》传奇记述了倩女离魂的故事：唐人张镒家住衡州，有一个女儿名叫倩娘，外甥名叫王宙。王宙自幼聪明，镒就答应把倩娘嫁给王宙。倩娘与王宙相处甚洽，相亲相爱。谁知张镒贪财，后毁约把女儿改配他人。两个恋人悲愤不已。一气之下，王宙借故远走他乡。假托赴京办事，便买了船即日登程走了。晚间他昏昏欲睡，朦胧中听倩娘呼唤，醒来见真人，悲喜交加，便相携逃到了蜀川。夫妇五年，育有二孩。后思念家乡因仗有二孩回到衡州，请求接纳。见状，张镒目瞪口呆。原来他的女儿自王宙走后，便一病在床，未出闺门一步，又哪里有随宙私奔的事呢？倩娘走入家中，屋内竟有另一个倩娘，不差分毫，相见之时，翕然合为一身。家人无不骇异。原来离家五载、与宙相偕出奔的竟是倩女之离魂。

金圣叹用这个故事命名心灵在此地和异地之间"回环往复"的表述方法，称为"倩女离魂法"，钱锺书则称为"心行"。

关于"心行"的回环往复，钱锺书指出：

又按词章中写心行之往而返、远而复者，或在此地想异地之思此地，若《陟岵》诸篇；或在今日想他日之忆今日，如温庭筠《题怀贞池旧游》："谁能不逐当年乐，还恐添为异日愁。"朱服《渔家傲》："拚一醉，而今乐事他年泪。"吕本中《减字木兰花》："来岁花前，又是今年忆昔年。"（详见《玉溪生诗注》卷论《夜雨寄北》）。一施于空间，一施于时间，机杼不二也。

按照钱锺书这段论述，《陟岵》及其后一系列诗文所写的相思情境，即"己思人乃想人亦思己，己见人乃想人亦见己"只是"心行"的一种情况。换言之，只是"心行"运用于空间的状况，是心在同一时间不同空间的活动。

"心行"还有另一种情况，是在同一空间不同时间的回环往复。"谁能不逐当年乐，还恐添为异日愁。""拚一醉，而今乐事他年泪。""来岁花前，又是今年忆昔年。"这一类诗句，是"今日想他日之忆今日"，换言之，是心在今日，移植到往后的某个日子，在往后的那个日子来回忆今日。

钱锺书把"心行"以上两种情况，称作"一施于空间，一施于时间"。施于空间的"心行"顺序是：此处——别处——此处，心在瞬间往来于广阔的天地；施于时间的"心行"顺序是：今日——他日——今日，心在瞬间往来于未来和现实之间。

我觉得钱锺书所说的"心行"有助于理解现代小说叙事。

小说叙事离不开时间。故事只能在时间中发生、发展和结局。这是小说人物和事件的物理时间。然而，小说叙述人可以根据自己的需要对故事的物理时间进行自由处理，经过这样处理的时间称"叙事时间"。

传统小说，叙事时间和人物、情节的物理时间是一致的，线性、一维而不可逆。

现代小说，叙事时间并不一定和人物、情节的物理时间相一致，它可以将物理时间中断、倒置、并置、逆转，可以将时间碎片化并自由穿插、自由连接。小说家的心可以在过去——现在——未来之间自由流动。

饶有意味的是现代小说的这一叙事方法，在我国的古诗文中早已运用，《陟岵》就是这种方法的祖述，它的内在机理就是钱锺书所说的"心行"。

谈现代小说叙事，不妨以大家喜用的《百年孤独》开篇一句话为例：

"许多年后，面对行刑队，奥雷良多—布恩地亚上校将会想起他父亲带着他去见识冰块的那个遥远的下午。"

叙述者站在某一时间不确定的"现在"，讲述"许多年以后"——未来的事情，然后，又站在未来，回顾"那个遥远的下午"——过去。

这样叙述的好处，是打断故事的"物理时间"，直接把读者的思路带到未来的某个时刻，交待重要的结果，然后通过人物的回忆和想象等途径返回到产生这个结果的起因开始娓娓道来。叙述借助这种语式随意调度、穿插物理时间，使故事自由中断、转换，形成了现在——未来——回溯（过去）的圆周轨迹。

这个圆周轨道和从《诗经—陟岵》及其后来诸多诗文所表现的相思情境的回环往复是一样的，都是诗人和小说家的"心行"结果。

我国的先锋小说作家，运用"叙述时间"创造性地自由地处理"物理时间"，创作了无数瑰丽无比的叙事样式和叙事风格，也是先锋小说家们"心行"的结果。

故事的"物理时间"是客观的，故事的"叙事时间"是主观的。故事的"叙事时间"的主观性给现代小说、先锋小说提供了创造各种叙事样式的可能性，层出不穷的关于时间的叙述方式如破碎化叙事，多视角、多叙事、多结局等，都是小说家"心行"的杰作。

我以为，用钱锺书"心行"观来看问题，有助于理解现代小说和先锋小说叙事方法的纷纭复杂和绮丽多彩。

附录：《管锥编—毛诗正义》第三十七则

陟岵·己思人乃想人亦思己，己见人乃想人亦见己

"陟彼岵兮，瞻望父兮。父曰：'嗟予子行役，夙夜无已！上慎旃哉，犹来无止。'"《笺》："孝子行役，思其父之戒。"《正义》："我本欲行之时，父教我曰"云云。按注疏于二章"陟屺"之"母曰：'嗟予季"、三章"陟冈"之"兄曰：'嗟予弟'"，亦作此解会，谓是征人望乡而追忆临别时亲戚之丁宁。说自可通。然窃意面语当曰："嗟女行役。"今乃曰："嗟予子（季、弟）行役。"词气不类临歧分手之嘱，而似远役者思亲，因想亲亦方思己之口吻尔。徐干《室思》："想君时见思。"高适《除夕》："故乡今夜思千里，霜鬓明朝又一年。"韩愈《与孟东野书》："以吾心之思足下，知足下悬悬于吾也。"刘得仁《月夜寄同志》："支颐不语相思坐，料得君心似我心。"王建《行见月》："家人见月望我归，正是道上思家时。"白居易《初与元九别、后忽梦见之、及寤而书忽至》："以我今朝意，想君此夜心。"又《江楼月》："谁料江边怀我夜，正当池畔思君时。"又《望驿台》："两处春光同日尽，居人思客客思家。"又《至夜思亲》："想得家中夜深坐，还应说着远游人。"又《客上守岁在柳家庄》："故园今夜里，应念未归人。"孙光宪《生查子》："想到玉人情，也合思量我。"韦庄《浣溪纱》："夜夜相思更漏残，伤心明月凭阑干，想君思我锦衾寒。"欧阳修《春日西湖寄谢法曹歌》："遥知湖上一樽酒，能忆天涯万里人。"张炎《水龙吟·寄

袁竹初》："待相逢说与相思，想亦在相思里。"龚自珍《己亥杂诗》："一灯古店斋心坐，不是云屏梦里人。"机杼相同，波澜莫二。古乐府《西洲曲》写男"下西洲"，拟想女在"江北"之念己望己："单衫杏子黄"、"垂手明如玉"者，男心目中女之容饰，"君愁我亦愁"、"吹梦到西洲"者，男意计中女之情思。据实构虚，以想象与怀忆融会而造诗境，无异乎《陟岵》焉。分身以自省，推己以忖他：写心行则我思人乃想人必思我，如《陟岵》是，写景状则我视人乃见人适视我，例亦不乏。《西厢记》第二本《楔子》惠明唱语，金圣叹窜易二三字，作："你与我助威神，擂三通鼓，仗佛力，呐一声喊，绣幡开，遥见英雄俺！"评曰："斫山云：'美人于镜中照影，虽云看自，实是看他。细思千载以来，只有离魂倩女一人，曾看自也。他日读杜子美诗，有句云：遥怜小儿女，未解忆长安；却将自己肠肚，置儿女分中，此真是自忆自。又他日读王摩诘诗，有句云：遥知远林际，不见此檐端；亦是将自己眼光，移置远林分中，此真是自望自。盖二先生皆用倩女离魂法作诗也。'圣叹今日读《西厢》，不觉失笑；'倩女离魂法'，原来只得一'遥'字也！"小知间间，颇可节取。王维《山中寄诸弟》、《九月九日忆山东兄弟》均有类似之句，亦用"遥"字；然"不见此檐端"乃自望而不自见，若包融《送国子张主簿》："遥见舟中人，时时一回顾。"则自望而并能自见矣。且"遥"字有无，勿须拘泥，金氏盖未省"倩女离魂法"之早著于《三百篇》及六朝乐府也。他如杜牧《南陵道中》："正是客心孤迥处，谁家红袖凭江楼。"杨万里《诚斋集》卷九《登多稼亭》之二："偶见行人回首却，亦看老子立亭间。"范成大《望海亭》："想见蓬莱西望眼，也应知我立长风。"辛弃疾《瑞鹤仙·南涧双溪楼》："片帆何太急，望一点须臾，去天咫尺；舟人好看客。……看渔樵指点危楼，却羡舞筵歌席。"翁孟寅《摸鱼儿》："沙津少驻，举目送飞鸿，幅巾老子，楼上正凝伫。"

〔增订四〕圣叹引王摩诘句，出《登裴秀地小台作》，"端"字作"间"。罗邺《江帆》："何处青楼方凭槛，半江斜日认归人"，犹杜牧诗之言"谁家红袖凭江楼"。《列朝诗集》甲一六王履《朝元洞》："双松阴底故临边，要见东维万里天。山下有人停步武，望中疑我是神仙"；亦即所谓"倩女离魂法"矣。

〔增订三〕姜夔《白石道人诗集》卷下《过德清》之二："溪上佳人看客舟，舟中行客思悠悠。烟波渐远桥东去，犹见阑干一点愁。"亦犹杜、杨、翁等诗词之意。

方回《桐江续集》卷八《立夏明日行园无客》之四："古庙炷香知某客，

半山摇扇望吾家。"锺惺《隐秀轩集》黄集卷一《五月七日吴伯霖要集秦淮水榭》："今兹坐绮阁，闲阅舟迟疾，从舟视阁中，延望当如昔。"厉鹗《樊榭山房续集》卷四《归舟江行望燕子矶》："俯江亭上何人坐，看我扁舟望翠微。"《阅微草堂笔记》卷二四卓奇图绝句："酒楼人倚孤樽坐，看我骑驴过板桥。"罗聘《香叶草堂诗存·三诏洞前取径往云然庵》："何人背倚蓬窗立，看我扶筇上翠微。"张问陶《船山诗草》卷一四《梦中》："已近楼前还负手，看君看我看君来。"钱衎石《闽游集》卷一《望金山》："绝顶料应陶谢手，凭阑笑我未携筇。"江湜《服敔堂诗录》卷三《归里数月后作闽游》之一〇："山上万鬣松，绿映一溪水。……上有榕树林，挐根如曲几。一翁坐且凭，昂首忽延企：远见两童归，担影夕阳里；何来箬篷船，向晚泊于是。若画野趣图，船头著江子。"王国维《苕华词·浣溪纱》："试上高峰窥皓月，偶开天眼觑红尘，可怜身是眼中人。"词意奇逸，以少许胜阮元《研经室四集》卷一一《望远镜中看月歌》、陈澧《东塾先生遗诗·拟月中人望地球歌》、邱逢甲《岭云海日楼诗钞》卷七《七洲洋看月歌》之多许，黄公度《人境庐诗草》卷四《海行杂感》第七首亦逊其警拔。释典中言道场中陈设，有"八圆镜各安其方"，又"取八镜，覆悬虚空，与坛场所安之镜，方面相对，使其形影，重重相涉。"（《楞严经》卷七）；唐之释子借此布置，以为方便，喻示法界事理相融，悬二乃至十镜，交光互影，彼此摄入（《华严经疏钞悬解》卷二七、《宗镜录》卷九又卷一三、《高僧传三集》卷五《法藏传》）。己思人思己，己见人见己，亦犹甲镜摄乙镜，而乙镜复摄甲镜之摄乙镜，交互以为层累也。唐末王周《西塞山》第二首："匹妇顽然莫问因，匹夫何去望千春；翻思岵屺传《诗》什，举世曾无化石人！"谓《陟岵》此篇，虽千古传诵，而征之实事，子之爱亲远不如妇之爱夫。殊洞微得间。《隋书·经籍志》引郑玄《六艺论》言孔子"作《孝经》以总会《六经》"：历代诵说《孝经》，诏号"孝治"。然而约定有之，俗成则未，教诫而已，非即风会，正如表章诏令之不足以考信民瘼世习耳。又按词章中写心行之往而返、远而复者，或在此地想异地之思此地，若《陟岵》诸篇；或在今日想他日之忆今日，如温庭筠《题怀贞池旧游》："谁能不逐当年乐，还恐添为异日愁。"朱服《渔家傲》："拚一醉，而今乐事他年泪。"吕本中《减字木兰花》："来岁花前，又是今年忆昔年。"（详见《玉溪生诗注》卷论《夜雨寄北》）。一施于空间，一施于时间，机杼不二也。

钱锺书论"诗之象声——风行水上喻文"

《管锥编—毛诗正义》札记第三十八则

《管锥编—毛诗正义》第三十八则《伐檀》，副标题为《诗之象声——风行水上喻文》

"坎坎伐檀兮。……河水清且涟猗。……河水清且沦猗"；《传》："'坎坎'伐檀声。……风行水成文曰'涟'。……小风，水成文，转如轮也"。按《文心雕龙·物色》举例如"灼灼'状桃花之鲜，'依依'尽杨柳之貌，'杲杲'为日出之容，'漉漉'，拟雨雪之状，'喈喈'逐黄鸟之声，'嘤嘤'，学草虫之韵"，胥出于《诗》。他若《卢令》之"卢令令"，《大车》之"大车槛槛"，《伐木》之"伐木丁丁"，《鹿鸣》之"呦呦鹿鸣"，《车攻》之"萧萧马鸣"，以及此篇之"坎坎"，亦刘氏所谓"属采附声"者。虽然，象物之声（echoism），厥事殊易。稚婴学语，呼狗"汪汪"，呼鸡"喔喔"，呼蛙"阁阁"，呼汽车"都都"，莫非"逐声"、"学韵"，无异乎《诗》之"鸟鸣嘤嘤"、"有车邻邻"，而与"依依"，"灼灼"之"巧言切状"者，不可同年而语。刘氏混同而言，思之未慎尔。象物之声，而即若传物之意，达意正亦拟声，声意相宜，斯始难能见巧。

钱锺书此则开篇节引了《诗经—伐檀》几句诗"坎坎伐檀兮。……河水清且涟猗。……河水清且沦猗"作为发端，以论述"诗之象声"和"风行水上喻文"两个问题。

【诗之象声】

关于诗的"象声"问题，钱锺书首先举"坎坎伐檀兮"这个《诗经—伐檀》中的句子为例，说毛《传》注："'坎坎'伐檀声"，"坎坎"就是象声词。

接着，钱锺书讨论了文论大家刘勰在《文心雕龙·物色》的论述。

刘勰称《诗经》中风物情采的描写为"属采"，称风物声响的模拟为"附声"，合起来为"属采附声"。

对风物情采的描写，刘勰举了"'灼灼'状桃花之鲜，'依依'尽杨柳之貌，'杲杲'为日出之容，'漉漉'拟雨雪之状"几个例子。

对风物声响的模拟，刘勰举了"'喈喈'逐黄鸟之声，'嘤嘤'学草虫之韵"两个例子。

钱锺书指出，"灼灼"状桃花之鲜，"依依"尽杨柳之貌等是有意蕴的摹状，是"巧言切状"。称赞有加，推崇备至。

而"'喈喈'、'嘤嘤'以及《卢令》之"卢令令"，《大车》之"大车槛槛"，《伐木》之"伐木丁丁"，《鹿鸣》之"呦呦鹿鸣"，《车攻》之"萧萧马鸣"和《伐檀》之"坎坎伐檀"等只是简单的拟声，和小孩学语如呼狗"汪汪"，呼鸡"喔喔"，呼蛙"阁阁"，呼汽车"都都"，没有多大区别。

钱锺书认为，"灼灼"状桃花之鲜，"依依"尽杨柳之貌对风物情采的描写精彩绝伦，惟妙惟肖；而'喈喈'、'嘤嘤'等等只不过是简单的象声，把它们二者放在一起相提并论是不恰当的，它们二者不在一个档次。

然而，钱锺书既然指认那些简单的拟声不适合和有意蕴的摹状平起平坐，那么，什么样的象声，才能和"灼灼'状桃花之鲜，'依依'尽杨柳之貌"的摹状相媲美呢？

钱锺书的回答是：

"象物之声，而即若传物之意，达意正亦拟声，声意相宜，斯始难能见巧。"

即：诗之象声在模拟声音的同时还能表达一定的含义，它既能"象物之声"又能"传物之意"，才是困难而巧妙的。

为了清楚地了解钱锺书所推崇、所赞赏的"诗之象声"，我们来看一下他所列举的一些既拟声且达意，声意相宜的例子：

1.《高僧传》卷九佛图澄言相轮铃语："替戾冈、仆秃当"，在"羯语"可因声达意，而在汉语则有声无意，聆音而难察理，故澄译告大众。

——"替戾冈、仆秃当"是少数民族用羯语模仿铃铛发出的声音，这个发音对羯族是有意思的，"替戾冈"为"出"，"仆秃当"为"捉"。据《晋书·佛图澄传》载，石勒准备攻打刘曜，属下均以为不可。石勒问佛图澄，佛图澄说："相轮铃音云：秀支替戾冈，仆谷仆秃当。"（相轮：佛塔刹杆上的圆环。）佛图澄说：风吹相轮发出的声响是：秀支替戾冈，仆谷仆秃当。按羯语，"秀支"

是军队;"替戾冈"是出;"仆谷"是刘曜;"劬秃当"是捉。表示军队出动可俘获刘曜。后石勒听信佛图澄对铃音的解说,毅然出兵,果然擒曜。

钱锺书说,"替戾冈、劬秃当"这六个字作为羯语可以领会它的意思,它既是铃声也有意思,是声意相宜的象声。可是,译成汉语它就有声无意了,听到此音便不能理会其意义了。

2. 敦煌卷子刘丘子写《启颜录·嘲诮》门记一僧欲弟子温酒,悬铃作"号语"云:"荡荡朗朗铛铛",申之曰:"依铃语荡朗铛子,温酒待我"。

——一老僧想让弟子给自己温酒,懒得开口,就摇铃,发出"荡荡朗朗铛铛"的声音,代替说话,犹如说:郎当子(吊儿郎当的小子),来给我温酒。"荡荡朗朗铛铛"拟声且表意。

3. 苏轼《大风留金山两日》:"塔上一铃独自语,明日颠风当断渡",冯应榴《合注》卷一八引查慎行曰:"下句即铃音也。"此二者声意参印,铃不仅作响,抑且能"语":既异于有声无意,如"卢令令";亦别于中国人只知其出声,外国人方辨其示意,如"替戾冈";又非只言意而不传声,如"遥听风铃语,兴亡话六朝"(唐彦谦《过三山寺》)。

——钱锺书激赏苏轼这两句诗。塔铃"不仅作响,抑且能'语'":"当断"是风铃声,也是禅语,意为"当断不断,反遭其乱",劝人当即"放下",当下安心。妙处在既谐音且谐意。而"卢令令"只有铃音,没有铃意;"替戾冈"因为是汉译铃声,也丧失了铃意。再如唐彦谦《过三山寺》之"遥听风铃语,兴亡话六朝"又是只传铃意,不传铃音。

4. 唐玄宗入蜀,雨中闻铃,问黄幡绰:"铃语云何?"黄答:"似谓:'三郎郎当'"。

——唐玄宗为避安史之乱逃亡蜀地,途中遇雨,风吹铃响,问大臣黄幡绰:铃语何意?(铃语犹如现今的花语,取其寓意)黄幡绰回答:"好像是三郎郎当"。"三郎郎当"也是双关,一为谐音,指铃声;一为谐意,三郎指唐玄宗,因唐玄宗李隆基是唐睿宗李旦第三个儿子;郎当起初是缚人的锁,转意为困顿。连在一起的意思是:三郎唐玄宗陷入了困顿。想玄宗昨日辉煌,而今逃难,失了江山和美人,岂非"三郎郎当"耶?铃语即谶语。

5. 窦巩《忆妓东东》:"惟有侧轮车上铎,耳边长似叫'东东':皆拟声逢意之"号语"也。项鸿祚《忆云词》丙稿《壶中天·元夜宿富庄驿》:"铃语'东东'催客",则只是象声用典,恝置窦巩原句之声中兼意矣。

——"车上铎"声"东东"响，回忆之人也叫"东东"，"东东"既谐音也谐意。而项鸿祚《壶中天·元夜宿富庄驿》词曰："铃语'东东'催客。"只指出了"东东"象声，而把"东东"的谐意放在一边不管了，失去了它的原意。

6. 咀嚼之资，如阮大铖《春灯谜》第一五折："这鼓儿时常笑我，他道是：'不通，不通、又不通！'"；《聊斋志异》卷七《仙人岛》芳云评文曰："羯鼓当是四挝"，绿云释义曰："鼓四挝，其声云：'不通，又不通！'也"。

——打鼓的声音"不通，不通，又不通"，阮大铖《春灯谜》和蒲松林《聊斋志异》均有记载，也是既谐音又谐意的。鼓声成了调侃。

7.《新安文献志》甲集卷五八选录江天多《三禽言》差为一篇跳出；如第三首《鸠》云："布布谷，哺哺雏。雨，苦！苦！去去乎？吾苦！苦！吾苦！苦！吾顾吾姑！"通首依声寓意。

——"布布谷，哺哺雏。雨，苦！苦！去去乎？吾苦！苦！吾苦！苦！吾顾吾姑！"是一首诗，诗名为《鸠》。鸠就是布谷鸟。整首诗模拟布谷鸟的叫声，同时，它也谐意，叹劳作之苦，声意兼备。

大家知道，汉字的美妙在于一字多意，既可传达甲意，亦可传达乙情，如"东边日头西边雨，道是无晴却有晴"，此"晴"既是自然之"晴"又是恋人之"情"。

同样，模拟风物的声响，能做到既"象物之声"又"传物之意"才显高妙，能做到音意俱备、音意相谐才能和"杨柳依依"、"灼灼桃花"这样精妙的摹状描写相提并论，而要做到这一点是不容易的，是要花一番心血的。

【风行水上喻文】

回到钱锺书此则开篇的引文："……河水清且涟猗。……河水清且沦猗"。

毛传释"涟"为"风行水成文"、"沦"为"小风，水成文"。刘禹锡《楚望赋》写秋水云："苹末风起，有文无声。"即此"文"字。《文心雕龙·情采》篇云："夫水性虚而沦漪结，木体实而花木振，文附质也"（参观《定势》篇："激水不漪，槁木无阴。"）又以风水成"文"喻文章之"文"。

"风行水上喻文"，乃谓文章当如风行水上，自然成文。

文如水，水是文之质，文是水之形。

刘勰说，"夫水性虚而沦漪结，木体实而花木振，文附质也。"

质者，内容也；文者，形式也。文章的内容好比水，文章的形式好比水的波纹。

"文附质"文章的形式应依附于、服从于文章的内容。

此其一。

文如水，文亦如火。

《易》涣卦"象曰：风行水上涣。"《论语·泰伯》："涣乎其有文章。"《后汉书·延笃传》载笃与李文德书自言诵书咏诗云："洋洋乎其盈耳也，涣烂兮其溢目也。"章怀注："涣烂，文章貌也。"盖合"涣"与"焕"，取水之沦漪及火之灿灼以喻文章。

涣与焕，同声字，一从水，一从火。以水波的荡漾和火光的灿烂来比喻文章，所谓文采斐然，光芒万丈。前者表现为娓娓道来，后者表现为激情四射。

文章根据内容表达的需要，可婉约如水，澄净如渊，静水流深；亦可豪放若火，激情四射，灿烂如霞。

此其二。

文如水，水缘风起波，无风澄明。形态百变，一切有因。

南宋汪藻在《鲍吏部集序》中说："藻为之言曰：古之作者，无意于文也，理至而文则随之。如印印泥，如风行水上，纵横错综，灿然而成者，夫岂待绳削而后合哉？六经之书，皆是物也。"

文章需讲义理，当因势而然，义理为主，文辞随之，水到渠成。

此其三。

文如水，逢平川一泻千里，遇险阻咆哮飞奔。

南宋楼钥《答綦君更生论文书》曰："来书谓长江东流，不见其怪，瞿唐滟滪之所迫束，而后有动心骇目之观，诚是也。然岂水之性也哉？水之性本平，彼遇风而纹，遇壑而奔，浙江之涛，蜀川之险，皆非有意于奇变，所谓湛然而平者固自若也。滟滪之立中流，或谓其乃所以为平，此言尤有深致。……妄意论文者，当以是求之，不必惑于奇，而先求其平。"

文章可云淡风轻，静水流深；亦可激情澎湃，浪骇涛惊！

此其四。

文如水，水自然行止，随物赋形。

苏轼《文说》云："吾文如万斛泉源，不择地而出。在平地滔滔汩汩，虽一日千里无难，及其与山石曲折，随物赋形，而不可知也。所可知者，常行于所当行，常止于不可不止。如是而已矣。其他虽吾亦不可知也。"

文章之起承转合，一波三折，当随物流转，应势变化，意在必言，意尽而止。此其五。

最后，钱锺书梳理了"风行水上喻文"之源流：

毛传注《伐檀》——刘勰《文心雕龙·情采》、延笃之言——苏洵《仲兄字文甫说》——袁宏道《文漪堂记》。

钱锺书以其学识的广博，喜欢且善于梳理文史上一些文论的脉络，此又一例也。

附录：《管锥编—毛诗正义》第三十八则

伐檀

（一）诗之象声

"坎坎伐檀兮。……河水清且涟猗。……河水清且沦猗"；《传》："'坎坎'伐檀声。……风行水成文曰'涟'。……小风，水成文，转如轮也"。按《文心雕龙·物色》举例如"'灼灼'状桃花之鲜，'依依'尽杨柳之貌，'杲杲'为日出之容，'漉漉'，拟雨雪之状，'喈喈'逐黄鸟之声，'嘤嘤'，学草虫之韵"，胥出于《诗》。他若《卢令》之"卢令令"，《大车》之"大车槛槛"，《伐木》之"伐木丁丁"，《鹿鸣》之"呦呦鹿鸣"，《车攻》之"萧萧马鸣"，以及此篇之"坎坎"，亦刘氏所谓"属采附声"者。虽然，象物之声（echoism），厥事殊易。稚婴学语，呼狗"汪汪"，呼鸡"喔喔"，呼蛙"阁阁"，呼汽车"都都"，莫非"逐声"、"学韵"，无异乎《诗》之"鸟鸣嘤嘤"、"有车邻邻"，而与"依依"，"灼灼"之"巧言切状"者，不可同年而语。刘氏混同而言，思之未慎尔。象物之声，而即若传物之意，达意正亦拟声，声意相宜（the sound an echo to the sense），斯始难能见巧。《高僧传》卷九佛图澄言相轮铃语："替戾冈、仆秃当"，在"羯语"可因声达意，而在汉语则有声无意，聆音而难察理，故澄译告大众。敦煌卷子刘丘子写《启颜录·嘲诮》门记一僧欲弟子温酒，悬铃作"号语"云："荡荡朗朗铛铛"，申之曰："依铃语荡朗铛子，温酒待我"；苏轼《大风留金山两日》："塔上一铃独自语，明日颠风当断渡"，冯应榴《合注》卷一八引查慎行曰："下句即铃音也。"此二者声意参印，铃不仅作响，抑且能"语"：既异于有声无意，如"卢令令"；亦别于中国人只知其出声，外国人方辨其示意，如"替戻冈"；又非只言意而不传声，如"遥听风铃语，兴亡话六朝"（唐彦谦《过三山寺》）。唐玄宗入蜀，雨中间铃，问黄幡绰："铃语云何？"黄答："似谓：'三郎郎当'；窦巩《忆妓东东》："惟有侧轮车上铎，耳边长似叫'东东'：皆拟声逢意之"号语"也。项鸿祚《忆云词》丙稿《壶中天·元夜宿富庄驿》："铃语'东东'催客"，则只是象声用典，恝置窦巩原句之声中兼意矣。咀噱之资，如阮大铖《春灯谜》第一五折："这鼓儿时常笑我，他道是：'不通，不通、又不通！'"；《聊斋志异》卷七《仙人岛》芳云评文曰："羯鼓当是四挝"，绿云释义曰："鼓四挝，其声云：'不通，又不通！'也"；复即鼓之"号语"耳。古诗中"禽言"专用此法；仿禽之声以命禽之名，而自具意理，非若"喈喈"，"嘤嘤"之有音无义。颇窠臼已成，印板文字鲜能旧曲翻新。《新安文献志》甲集卷五八选录江天多《三禽言》差为一篇跳出；如第三首《鸠》云："布布谷，哺哺雏。雨，苦！苦！去去乎？吾苦！苦！吾苦！苦！吾顾吾姑！"通首依声寓意。韦庄《鹧鸪》："'懊恼泽家'知有恨，年年长忆凤城归"，自注："懊恼泽家"，鹧鸪之音也"；张维屏《艺谈录》载许桂林《听燕语》云："世上友朋谁似此，'最相知'亦'最相思'，自注：'燕语如云'。亦声意相宣之例。王安石《见鹦鹉戏作》："直须强作人间语，举世无人解鸟言"；禽言诗者，非"鸟言"也，"强作人间语"耳。（参观《宋诗选注》周紫芝《禽言》注。）

（二）风行水上喻文

毛传释"涟"为"风行水成文"、"沦"为"小风，水成文"。刘禹锡《楚望赋》写秋水云："苹末风起，有文无声。"即此"文"字。《文心雕龙·情采》篇云："夫水性虚而沦漪结，木体实而花木振，文附质也"（参观《定势》篇："激水不漪，槁木无阴。"）又以风水成"文"喻文章之"文"。《易》涣卦"象曰：风行水上涣。"《论语·泰伯》："焕乎其有文章。"《后汉书·延笃传》载笃与李文德书自言诵书咏诗云："洋洋乎其盈耳也，焕烂兮其溢目也。"章怀注："焕烂，文章貌也。"盖合"涣"与"焕"，取水之沦漪及火之灿灼以喻文章。《困学纪闻》卷二〇尝谓苏洵《仲兄字文甫说》乃衍毛传"风行水成文"之语，亦殊得间，而不知延、刘辈早以风来水面为词章之拟象矣。

〔增订四〕袁宏道《瓶花斋集》卷五《文漪堂记》："夫天下之物，莫文于水。……天下之水，无非文者。……取迁、固、甫、白、愈、修、洵、轼诸公之编而读之，而水之变怪无不毕陈于前者。……故文心与水机一种而异形者也。"通篇实即铺陈"洵"之《字文甫说》耳。

钱锺书论"正言及时行乐"

《管锥编—毛诗正义》札记第三十九则

《管锥编—毛诗正义》第三十九则《蟋蟀》，副标题为《正言及时行乐》

《蟋蟀》

蟋蟀在堂，岁聿其莫[1]。今我不乐，日月其除[2]。无已大康[3]，职思其居[4]。

好乐无荒，良士瞿瞿[5]。

蟋蟀在堂，岁聿其逝[6]。今我不乐，日月其迈[7]。无已大康，职思其外[8]。

好乐无荒，良士蹶蹶[9]。

蟋蟀在堂，役车其休[10]。今我不乐，日月其慆[11]。无以大康，职思其忧。

好乐无荒，良士休休[12]。

注释

注1. 聿（yù）：作语助。莫：古"暮"字。

注2. 除：过去。

注3. 无：勿。已：甚。大（tài）康：过于享乐。

注4. 职：相当于口语"得"。居：处，指所处职位。

注5. 瞿（jù）瞿：警惕瞻顾貌。

注6. 逝：去。

注7. 迈：同"逝"，去，流逝。

注8. 外：本职之外的事。

注9. 蹶（jué）蹶：勤奋状。

注10. 役车：服役出差的车子。

注11. 慆（tāo）：逝去。

注12. 休休：安闲自得，乐而有节貌。

译文

蟋蟀进庭堂，一年快过完。今我不寻乐，时光去不返。不可太享福，莫忘肩重任。行乐事不误，贤士当警惕。

蟋蟀进庭堂，一年过去了。今我不寻乐，时光去不留。不可太享福，
内外要兼顾。行乐事不误，贤士该砥砺。

蟋蟀进庭堂，役车可收藏。今我不寻乐，时光追不上。不可太享福，
理应思忧患。行乐事不误，贤士方安详。

"今我不乐，日月其除。……日月其迈。……日月其慆。"《序》："刺晋僖
公。"

按虽每章皆申"好乐无荒"之戒，而宗旨归于及时行乐。《秦风·车邻》
亦云："今者不乐，逝者其耋。"常情共感，沿习成体，正如西洋古希腊、罗马
以降，诗中有"且乐今日"一门也。陆机《短歌行》："来日苦短，去日苦长。
今我不乐，蟋蟀在房。……短歌有咏，长夜无荒。"《读书杂志》余编下谓机诗
之"荒"，"虚也"，言不虚度此长夜，与"好乐无荒"之"荒"异义。

关于《蟋蟀》的诗旨，按毛诗《序》提示，是"刺晋僖公。"

根据《毛诗序》以及王先谦《诗三家义集疏》、郑玄、孔颖达《毛诗正义》
等典籍的解释，这首诗是针对晋僖公而创作的。据史载，晋僖公"俭不中礼"，
为人俭啬，俭啬到不合礼制的程度，因此时人创作了这首诗，希望他能够"及
时以礼自娱乐也"——遵循时令变化的节律，以礼制为尺度，该娱乐的时候也
要娱乐娱乐，不要对自己对百姓要求得那么苛刻。

钱锺书同意毛诗《序》之说：

按虽每章皆申"好乐无荒"之戒，而宗旨归于及时行乐。

并援引《秦风·车邻》印证："今者不乐，逝者其耋。"即：如今不及时行
乐，时光飞逝，倏忽已老。古希腊、罗马以来，西洋亦有专咏"且乐今日"一
派。

《蟋蟀》中有"好乐无荒"一句，钱锺书援引陆机《短歌行》"长夜无荒"
进行对照训诂。指出这两个"荒"字含义的区别。

关于"好乐无荒"之"荒"有二训。

一训为"惑溺"（迷惑、沉溺）：

"好乐无荒"之"荒"犹"色荒"、"禽荒"，谓惑溺也。

声色犬马之类皆乐也。色荒，指贪恋女色；禽荒，指喜欢打猎。

"好乐无荒"就是行乐宜适可而止，尤其不要迷惑和沉溺于女色和打猎。

二训为"亡耗"（丧失、消耗）：

《庄子·缮性》论"乐全"云:"今寄去则不乐,由之观之,虽乐未尝不荒也;故曰丧己于物,失性于俗。"与"全"相对,则"荒"谓"丧"、"失",即亡耗也。

庄子说:而今,有人因为丢了官而闷闷不乐,可见,其为官时洋洋自得,其实生命时光未尝不流逝了;所以说,他们是由于身外之物而丧失了自身,由于世俗偏见而失却了本性。

句中"未尝不荒"之"荒"为"丧"、为"失"、为"亡耗"。

与此相类,"好乐无荒"就是不要因为行乐流失了大好时光。

而陆机《短歌行》中"长夜无荒"之"荒"却与上"好乐无荒"截然不同。

陆机《短歌行》:"来日苦短,去日苦长。今我不乐,蟋蟀在房。……短歌有咏,长夜无荒。"《读书杂志》余编下谓机诗之"荒","虚也",言不虚度此长夜,与"好乐无荒"之"荒"异义。

《楚辞·招魂》:"娱酒不废,沉日夜些。"此"废"字作"止"解,言饮酒无止歇。

陆机《短歌行》之"短歌有咏,长夜无荒"句意是"通宵无罢歇",《短歌行》的诗旨是"行乐勿失时"。

此"荒"可解为:"虚度"、"停歇"。

陆机之"长夜无荒"就是行乐勿失时,不要虚度此长夜,就是人生行乐须尽欢,喝酒要酣饮不辍,夜以继日,歌舞要通宵达旦。

在诗意训诂的基础上,钱锺书将《蟋蟀》和陆机《短歌行》对举,指出:同是及时行乐,"好乐无荒"言及时行乐要适可而止,"长夜无荒"言及时行乐应尽情尽欢。

钱锺书对此持何态度呢?他说:"窃谓言各有当"。

人生当"及时行乐"集中了多少人的思考和智慧,钱锺书竟用"言各有当"四个字就戛然而止了。想他"言各有当"四个字背后一定有很多智慧的理由没有言说。

千万年的造化,千万缘的巧合,才生而为人,自当珍惜。

"今我不乐,日月其除。……日月其迈。……日月其慆。"钱锺书开篇有选择地节取《蟋蟀》这几句诗,是有深意的:今天我为何闷闷不乐,因为人生易老。这正是人们生命意识觉醒后的一种普遍的焦虑心理。"高堂明镜悲白发,朝如青丝暮成雪。"当意识到人生在世,只有短短几十个春秋,算得再精细一点，只能存活三万天左右的时间，过去的生命已经死掉，一去不复返，现今的时光也在风驰电掣的飞走，一颗敏感而又热爱生命的心灵当然会陷入到郁郁不乐的心境。

此生短暂，是共识；不甘心时光空抛，不甘心白来世上走一遭，也是共识；但如何把握、渡过这历历可数的人生？这种关于生命意识的思考和抉择，古今中外，历久弥新，钱锺书谓之"常情共感"。

当直面了人生的窘迫之后，不同人生观、价值观的人会做出不同的抉择：有及时行乐，尽情尽兴者；有放弃行乐却矢志立德、立功、立言者；也有兼顾娱乐和追求，行乐有度者。后者是中道，或中庸之道，强调既要享受人生，又要忠于职守和保持忧患。

此生应该活得幸福和快乐，是人们的共同愿望。

可是，人无法坐享其成，必须先要劳作和创造，才能获得享乐的条件。因此，人又必须勤勉以俸自己、家庭和社会，创造财富和文明。

因此，人生在世应当既懂得创造也懂得享受，二者相辅相成，不可偏废。

但是，在具备了应有的生活条件之后，是去多创造还是多享乐就各凭心意了。

毕竟，每个人都有选择自己活法的权利，站在个体的角度，倾向多创造还是多享乐，都有其合理性，也都有偏颇。有人说，应兼顾创造和享乐，殊不知人生精力和时间有限，很难做到两全其美。

看起来，钱锺书"言各有当"似乎没有倾向性意见，细思量，这也许是最中肯、最允当的立场。

仔细体味，创造和享乐是相互矛盾的，表明了两种不同的心态，钱锺书把这两种心态并置呈现在读者面前，并没有厚此薄彼，也没有分孰是孰非，是一种尊重个体自主的开放态度。

生命太短暂，究竟是放弃享乐去追求其他，抑或放弃其他去尽情享乐，这是千年纠结，也是很多人终其一生会经常出现的现实纠结和徘徊。

选择任何一极都有偏颇，而想兼顾两极又往往任何一极都没有抓住。

究竟采取何种生命策略，各人须根据自己的具体情况去权衡决定，不能一概而论。人境遇不同，价值观有别，采取何种活法，见仁见智，各随其心，难以定论。

也许这就是生命存在的现实和真相，真是一言难尽。

往下，钱锺书向我们介绍了一些"及时行乐"的事例和言论。

《国语·晋语》四重耳适齐，"齐侯妻之，甚善焉，有马二十乘，将死于齐而已矣。曰：'民生安乐，谁知其他！'"晋文公之于僖公殆可谓祖孙异趣者欤！

——话说晋献公共有五子，申生、重耳、夷吾最贤，晋献公之妻骊姬生的儿子叫奚齐，她随嫁妹妹生的儿子叫卓子，卓子尚幼。当时申生已被立为太子，骊姬为奚齐将来计，唆使晋献公把申生、重耳、夷吾分别派往边塞，其后又捏造事实，逼太子自杀，重耳与夷吾被迫出奔他国，终于把奚齐扶上太子宝座。

重耳就是后来的晋文公，带着贤士赵衰、狐偃、贾佗、先轸及其他数十人逃到狄国。不久，晋献公死去，晋国发生宫廷政变，奚齐被杀，夷吾拣了个现成便宜当上国王。重耳在狄国感受到来自国内的压力日益加重，于是再度开始流亡，饱受颠沛之苦，最后来到强大的齐国，受到了齐桓公的厚礼相待，为他准备了华丽的馆邸，拨给骏马二十匹，并把自己宗室的年轻女子嫁给他做妻子，这位女子自然就是晋文公的夫人。

重耳出亡时是四十二岁，来到齐国是五十五岁，已过知命之年，获得了安适，又有如花美眷，正是在此情境下，他说"民生安乐，谁知其他！"，但求"及时行乐"，雄心已如青烟消散。鉴于此，钱锺书评论说，晋文公和他爷爷晋僖公是祖孙异趣。

杨恽《报孙会宗书》自记作诗曰："人生行乐耳，须富贵何时！"

——《报孙会宗书》是西汉杨恽写给好友孙会宗的书信。据《汉书·杨恽传》记载，杨恽失了爵位，以财自娱。友人孙会宗，去信规谏。恽不满朝政，明确表示与官场决裂。对孙之规谏以嬉笑怒骂，逐条驳回，为自己狂放不羁的行为辩解。全信写得情怀勃郁，桀骜不驯。"人生行乐耳，须富贵何时！"系杨恽在家咏唱的自作之诗。

古乐府《西门行》："今日不作乐，当待何时？夫为乐，为乐当及时；昼短苦夜长，何不秉烛游？"（参观《隋书·五行志》上周宣帝与宫人夜中连臂蹋蹀而歌："自知身命促，把烛夜行游。"又同卷和士开语齐武成帝、韩长鸾语陈后主）——人生当及时行乐，叵耐日短夜长，何不秉烛继之？

《古诗十九首》："人生忽如寄，寿无金石固；不如饮美酒，被服纨与素。"——人生在世不过是暂寄而已，岂能金石坚固，不如饮美酒，穿华服。

潘岳《笙赋》："歌曰'枣下纂纂，朱实离离；宛其落矣，化为枯枝。人生不能行乐，死何以虚谥为？"

——人生在世不能行乐，死后的谥号又有什么用呢？

《游仙窟》中赠十娘诗："生前有日但为乐，死后无春更著人。只有倡佯一生意，何须负持百年身？"

——《游仙窟》乃唐宋传奇，作者张文成用第一人称，自叙游"神仙窟"的艳遇。五嫂、十娘皆风情女子，她们款待"下官"，三人用诗酬答调情，暗示、咏叹恋情和性爱。"下官"先是要求牵十娘的素手，说是"但当把手子，寸斩亦甘心"，十娘假意推拒，但五嫂却劝她同意。"下官"牵手之后，又向十娘要求"暂借可怜腰"；搂住纤腰之后，又要索吻，"若为得口子，余事不承望"。而接吻之后，那浪子"下官"又得陇望蜀，但是未等他明说，十娘已经用"素手曾经捉，纤腰又被将，即今输口子，余事可平章"之句，暗示其既已接吻，别事都可商量。

随着五嫂不断从旁撮合，"下官"与十娘的调情渐入佳境，他"夜深情急，透死忘生"，"忍心不得"，"腹里癫狂，心中沸乱"，最后"夜久更深，情急意密"，终于与十娘共效云雨之欢。"下官"于是赠诗劝诱十娘"及时行乐"：但求生前之乐，不负百年之身。

在列举了一系列"及时行乐"的文史资料后，钱锺书总结道：

或为昏君恣欲，或为孱夫晏安，或为荡子相诱，或为逐臣自壮，或则中愉而洵能作乐，或则怀戚而聊以解忧，心虽异而貌则同为《车邻》，《蟋蟀》之遗。朱希真《西江月》："不须计较与安排，领取而今现在。"可以概之。

人生苦短，当及时行乐，各类人等都会以此来解释自己的生活方式和行为，昏君以此纵情恣欲，懦夫以此懒散自慰，荡子以此互诱偷情，逐臣以此放浪形骸，凡此种种，或心愉而作乐，或怀戚而解忧，心理各别，都是《车邻》、《蟋蟀》的遗意。一句话，朱希真《西江月》："不须计较与安排，领取而今现在。"可以概括各类人等的心态。

附录：《管锥编—毛诗正义》第三十九则

蟋蟀·正言及时行乐

"今我不乐，日月其除。……日月其迈。……日月其慆。"《序》："刺晋僖公。"按虽每章皆申"好乐无荒"之戒，而宗旨归于及时行乐。《秦风·车邻》

亦云:"今者不乐,逝者其耋。"常情共感,沿习成体,正如西洋古希腊、罗马以降,诗中有"且乐今日"一门也。陆机《短歌行》:"来日苦短,去日苦长。今我不乐,蟋蟀在房。……短歌有咏,长夜无荒。"《读书杂志》余编下谓机诗之"荒","虚也",言不虚度此长夜,与"好乐无荒"之"荒"异义。窃谓言各有当。"好乐无荒"之"荒"犹"色荒"、"禽荒",谓惑溺也;《庄子·缮性》论"乐全"云:"今寄去则不乐,由之观之,虽乐未尝不荒也;故曰丧己于物,失性于俗。"与"全"相对,则"荒"谓"丧"、"失",即亡耗也;《楚辞·招魂》:"娱酒不废,沉日夜些。""废"者止也,谓酣饮不辍,夜以继日,"荒"亦"废"也,则机句作通宵无罢歇解亦得,不须添"度"字以足成"虚"字之意。机诗之旨为行乐毋失时,"荒"解为虚抑为止,皆无妨耳。《国语·晋语》四重耳适齐,"齐侯妻之,甚善焉,有马二十乘,将死于齐而已矣。曰:'民生安乐,谁知其他!'晋文公之于僖公殆可谓祖孙异趣者欤!杨恽《报孙会宗书》自记作诗曰:"人生行乐耳,须富贵何时!"古乐府《西门行》:"今日不作乐,当待何时?夫为乐,为乐当及时;昼短苦夜长,何不秉烛游?"(参观《隋书·五行志》上周宣帝与宫人夜中连臂蹋蹀而歌:"自知身命促,把烛夜行游。"又同卷和士开语齐武成帝、韩长鸾语陈后主)《古诗十九首》:"人生忽如寄,寿无金石固;不如饮美酒,被服纨与素。"潘岳《笙赋》:"歌曰'枣下纂纂,朱实离离;宛其落矣,化为枯枝。人生不能行乐,死何以虚谥为?"《游仙窟》中赠十娘诗:"生前有日但为乐,死后无春更著人。只有倡佯一生意,何须负持百年身?"或为昏君恣欲,或为屠夫晏安,或为荡子相诱,或为逐臣自壮,或则中愉而洵能作乐,或则怀戚而聊以解忧,心虽异而貌则同为《车邻》,《蟋蟀》之遗。朱希真《西江月》:"不须计较与安排,领取而今现在。"可以概之。

钱锺书论"反言以劝及时行乐"

《管锥编—毛诗正义》札记第四十则

《管锥编—毛诗正义》第四十则《山有枢》，副标题为《反言以劝及时行乐》。

《山有枢》

山有枢[1]，隰[2]有榆。子有衣裳，弗曳弗娄[3]。子有车马，弗驰弗驱。

宛[4]其死矣，他人是愉。

山有栲[5]，隰有杻。子有廷[6]内，弗洒弗扫[7]。子有锺鼓，弗鼓弗考[8]。

宛其死矣，他人是保[9]。

山有漆，隰有栗。子有酒食，何不日鼓瑟？且以喜乐，且以永[10]日。

宛其死矣，他人入室。

注释

注1. 枢（舒 shū）、榆（余 yú）、栲（考 kǎo）、杻（扭 niǔ）：皆为树木名。

注2. 隰（xí）：指低湿的地方。

注3. 曳（叶 yè）：拖。娄：即"搂"，用手把衣服拢着提起来。《正义》："曳娄俱是着衣之事。"

注4. 宛：通"菀"，萎死貌。

注5. 栲（kǎo）：《毛传》："栲，山樗（初 chū，臭椿）。杻，檍（亿 yì）也。"《传疏》："山樗与樗不同。……叶如栎木，皮厚数寸，可为车幅，或谓之栲栎。"

注6. 廷：指宫室。

注7. 埽（扫 sào）：通"扫"。

注8. 考：敲。

注9. 保：占有。

注10.永：《集传》："永，长也。……饮食作乐，可以永长此日也。"

译文

山坡上面有刺榆，洼地中间白榆长。你有上衣和下裳，不穿不戴箱里装。
你有车子又有马，不驾不骑放一旁。一朝不幸离人世，别人享受心舒畅。
山上长有臭椿树，菩提树在低洼处。你有庭院和房屋，不洒水来不扫除。
你家有锺又有鼓，不敲不打等于无。一朝不幸离人世，别人占有心舒服。
山坡上面有漆树，低洼地里生榛栗。你有美酒和佳肴，怎不日日奏乐器。
且用它来寻欢喜，且用它来度时日。一朝不幸离人世，别人得意进你室。

"子有车马，勿驰勿驱：宛其死矣，他人是愉。……子有锺鼓，勿鼓勿考；
宛其死矣，他人是保"；《序》："刺晋昭公也。……有财不能用"。按此诗亦教
人及时行乐，而以身后事危言恫之，视《蟋蟀》更进一解。

——毛诗《序》说，这首诗意在刺晋昭公有财不能用。就诗解诗，这首诗
和《蟋蟀》诗旨略同，教导人应及时行乐，不过不是用时光易逝、生命短暂来
劝，而是用身后之结果呈现来危言劝诫，在说理上比《蟋蟀》更透一层。

张衡《西京赋》："取乐今日，遑恤我后，既定且宁，焉知倾陁，逞志究欲，
穷欢极娱；鉴戒《唐诗》：'他人是愉。'"即敷陈诗旨。

——张衡《西京赋》说，权且享受今日之快乐罢，何必顾虑后日之长久。
天下已定，贵在安乐，宜极情尽意，哪能顾及到终将颓废。有华服不穿，好马
不骑，死后好了别人享受。实际上是承袭《山有枢》的诗旨。

《敦煌掇琐》第三〇、三一种《五言白话诗》反复丁宁："有钱但吃着，
口实莫留柜：一日厌摩师，他用不由你。""妻嫁后人妇，子变他人儿，奴婢换
曹主，马即别人骑。""妻嫁亲后夫，子心随母意：我物我不用，我自无意智。"
"无情任改嫁，资产听将陪，吾在惜不用，死后他人财。"

——口语白话诗，反复叮咛：有钱要舍得吃，财物莫多藏，他日升天后，
别人使用不由你；你死后，妻子会改嫁变成别人的老婆，你的后代变成别人的
小孩，奴婢换主子，马被别人骑；妻子改嫁后，定和后夫亲昵，你的后代也会
随其母改变心意，自己的东西自己不用，不理智；我死后，她无情任她改嫁，
资产也听任她带走，我在世时吝啬不舍得用，死后都是他人的财产。诗的主人
公或用第二人称，或用第一人称，实际可以替换成任何一个人，因为是人必有
死。

杜甫《草堂》云："鬼妾与鬼马，色悲充尔娱。"

——杜甫《草堂》用大量篇幅回溯了徐知道乱蜀的始末及其严重后果，徐

知道部下一方面残害百姓，一方面寻欢作乐。他们在谈笑间滥杀百姓，长街上溅满了无辜百姓的鲜血。在他们行刑的地方，甚至风雨之时还可以听到冤魂的哀嚎声。"被杀害之人留下的妻子、马匹为贼徒占有，这些遗孀甚至马匹还要含着内心的悲痛供其取乐。"

白居易《有感》之三："莫养瘦马驹，莫教小妓女。后事在目前，不信君看取。马肥快行走，妓长能歌舞。三年五岁间，已闻换一主。"皆此意。

——养瘦马指明代扬州的人肉买卖交易，是中国明清时期的一种畸形行业。先出资把贫苦家庭中面貌姣好的女孩买回后调习，教她们歌舞、琴棋、书画，长成后卖与富人作妾或入烟花柳巷，以此从中牟利。"瘦马"不是真的马，因贫女多瘦弱，故名。当时，商贸发达，富商巨贾腰缠万贯、富甲天下。他们玩弄女人，不以"丰乳肥臀"为美，而是以身材窈窕为美，所以出现了"养瘦马"的风气。清人吴昌炽《寒窗闲话》卷四"瘦马"条记载："金陵匪徒，有在四方贩买幼女，选其俊秀者，调理其肌肤，修饰其衣服，延师教之，凡书画琴棋、萧管笛弦之类，无一不能。及瓜（指女子十六岁，已经成年），则重价售与宦商富室为妾，或竟入妓院，名之曰'养瘦马'。遇有贫家好女子，则百计诱之。"白居易《有感》之三："莫养瘦马驹，莫教小妓女。后事在目前，不信君看取。马肥快行走，妓长能歌舞。三年五岁间，已闻换一主。"即言此事，好马美妓，当及时享乐，时过境迁，身后易主。

然盛衰转烛，亦有不必待身"后事"者。

——人事之盛衰犹如烛光，转瞬间就会消失，所以，享乐当及时，不要推延。

韩滉（一作司空曙）《病中遣妓》："黄金用尽教歌舞，留与他人乐少年。"

——此诗另题为《听乐怅然自述（一作病中遣妓，一作司空曙诗）》。想当年，韩滉曾因病老而将歌妓遣散了，如今卧床隐约听见那些熟悉的旋律在飘荡萦绕，感慨系之，咏叹道：曾经散尽千金养歌妓、教歌舞，而今留给了他人年少轻狂，轻歌曼舞，尽情潇洒，自己五味杂陈。

王铚《默记》卷中引《江南野史》载李后主降宋，小周后随命妇入宫朝见，辄数日方出；莎士比亚史剧写英王失位幽絷，闻爱马为新王所乘，太息弥襟；又主未为鬼而妾、马已充他娱也。

——《江南野史》有云：李后主与其国后小周后降宋后，后主被封为违命侯，小周后被封为郑国夫人，例随命妇入宫。每一入辄数日而出，回归必大泣骂后主，声闻于外，后主多宛转避之。实指宋太宗曾强奸李煜的皇后小周后，给李煜戴了顶沉重的绿帽。悲夫！

　　莎剧写英王失去王位后被幽禁，听说自己的爱马成了新王的坐骑，泪流满面。主人尚在，其爱妾、爱马均已为别人的娱品了。

　　凡此种种，都是以身后事来警示、劝导世人，世事无常，当及时行乐。

附录：《管锥编—毛诗正义》第四十则

　　"子有车马，勿驰勿驱：宛其死矣，他人是愉。……子有锺鼓，勿鼓勿考；宛其死矣，他人是保"；《序》："刺晋昭公也。……有财不能用"。按此诗亦教人及时行乐，而以身后事危言恫之，视《蟋蟀》更进一解。张衡《西京赋》："取乐今日，遑恤我后，既定且宁，焉知倾陁，逞志究欲，穷欢极娱；鉴戒《唐诗》：'他人是愉。'"即敷陈诗旨。《敦煌掇琐》第三〇、三一种《五言白话诗》反复丁宁："有钱但吃着，口实莫留柜：一日厌摩师，他用不由你。""妻嫁后人妇，子变他人儿，奴婢换曹主，马即别人骑。""妻嫁亲后夫，子心随母意：我物我不用，我自无意智。""无情任改嫁，资产听将陪，吾在惜不用，死后他人财。"杜甫《草堂》云："鬼妾与鬼马，色悲充尔娱。"白居易《有感》之三："莫养瘦马驹，莫教小妓女。后事在目前，不信君看取。马肥快行走，妓长能歌舞。三年五岁间，已闻换一主。"皆此意。然盛衰转烛，亦有不必待身"后事"者。韩滉（一作司空曙）《病中遣妓》："黄金用尽教歌舞，留与他人乐少年。"王铚《默记》卷中引《江南野史》载李后主降宋，小周后随命妇入宫朝见，辄数日方出；莎士比亚史剧写英王失位幽絷，闻爱马为新王所乘，太息弥襟；又主未为鬼而妾、马已充他娱也。

钱锺书论"良人"

《管锥编—毛诗正义》札记第四十一则

《管锥编—毛诗正义》第四十一则《绸缪》，副标题为《良人》。

《绸缪》

绸缪[1]束薪[2]，三星[3]在天。今夕何夕？见此良人[4]。子兮子兮！如此良人何！

绸缪束刍[5]，三星在隅[6]。今夕何夕？见此邂逅[7]。子兮子兮！如此邂逅何！

绸缪束楚，三星在户。今夕何夕？见此粲者[8]。子兮子兮！如此粲者何！

注释

注1. 绸缪：音仇谋，缠绕，捆束。

注2. 束薪：捆住的柴草，比喻婚姻缠绵不解。

注3. 三星：即参星，是由三颗星组成。

注4. 良人：妻子称丈夫，或丈夫称妻子，或泛指喜欢之人。

注5. 刍：柴草。楚:荆条。

注6. 隅：房角。

注7. 邂逅：相遇。

注8. 粲者：称女性，犹言"漂亮人儿"。《通释》："见此粲者，见其女也。"

余冠英今译

柴枝捆得紧紧，抬头正见三星。今晚是啥夜晚？见着我的好人。

你看，你看啊！把这好人儿怎么办啊！

紧紧一把刍草，三星正对房角。今晚是啥夜晚？心爱人儿见着。

你看，你看啊！把这心爱的怎么办啊！

荆树条儿紧缠，三星照在门前。今晚是啥夜晚？和这美人相见。

你看，你看啊！把这美人儿怎么办啊！

钱锺书此则阐述前人对"良人"一词的训诂，并讲述自己对《绸缪》一诗结构的看法。

【前人对"良人"一词的训诂】

钱开篇引《绸缪》诗两句"见此良人。……见此粲者。"

然后，列出毛《传》、孔颖达《正义》等对上句"良人"、"粲者"二词的训诂：

《传》："良人，美室也。……三女为粲。"《正义》："《小戎》云：'厌厌良人。'妻谓夫为'良人'；此言'美室'，以下云：'见此粲者。'，'粲'，是三女，故知'良人'，为美室。"按《孟子·离娄》章"其良人出"，赵注："良人、夫也。"焦循《正义》并引《士昏礼》为佐证。

训诂结果提示：《传》释"良人"为"美室"，即妻子。《正义》释"良人"既可为丈夫，也可为妻子。《孟子》也释"良人"为丈夫。

合起来看，良人既可为男，亦可为女。

毛《传》、孔《正义》等如此训诂，意在斡旋《绸缪》一诗用词之间的抵牾，这点留待后面再叙。

这里，我把钱锺书此则后面的一些引录提到前面来，以便对前人关于"良人"一词的训诂归类陈述。

钱锺书考订，良人不限于夫妻，还可以指"妾"以及一切喜欢之人。

《汉书·外戚传》上记上官安"醉则裸行内，与后母及父诸良人侍御皆乱"，颜师古注："良人谓妾也。"——良人指妾。

叶廷琯《吹网录》卷三载咸丰初出土王頊《唐故颖川陈夫人墓铭》有云："所痛者，以余天年未尽，不得与良人偕死。……於戏良人，道光母仪。"王乃陈之夫。则皆毛传"美室"之谓。——良人指"美室"，即妻子。

六朝乐府《读曲歌》："白帽郎，是侬良，不知乌帽郎是谁。""良"即"良人"，所欢亦得称此，不必限于结缡之夫妻也。——良人指喜欢的人。

【钱锺书对《绸缪》结构内容的判定】

钱锺书如下的一段话，似乎透露了《传》、《正义》训诂"良人"所指可男可女的目的：

窃谓此诗首章托为女之词，称男"良人"；次章托为男女和声合赋之词，故曰"邂逅"，义兼彼此；末章托为男之词，称女"粲者"。

单而双，双复单，乐府古题之"两头纤纤"，可借以品目。

譬之歌曲之“三章法”（ternary thematic scheme）：女先独唱，继以男女合唱，终以男独唱，似不必认定全诗出一人之口而斡旋“良人”之称也。

我们先看“似不必认定全诗出一人之口而斡旋“良人”之称也”这句话：

从这句话可以推断，原来，前人将此诗看成出于一人之口。

那么，出于何人之口呢？我们在诗句中寻找答案。

《绸缪》一诗主人公只有夫妇二人，因此，判断此诗出于何人之口，只有在此二人中选择其一，或者出于男之口，或者出于女之口。

《绸缪》每章首句为起兴，对出于何人之口问题无从判断。

判断只能根据每章的第二句，我们来看一下：

首章第二句为：“见此良人。”

次章第二句为：“见此邂逅。”

末章第二句为：“见此粲者。”

根据称谓判断，“粲者”一词只见用于女性，未见用于男性，由此可见，“见此粲者”是只能指男见女，即丈夫见到妻子，而不能指女见男，因此，此诗无疑是出于丈夫之口。

可见，此诗出于男之口这个判断的根据基于两点：一、此诗出于一人之口；二、“粲者”一词只能用于女性。

而“良人”与“粲者”不同。“良人”既可指男，亦可指女。

但既然假定了《绸缪》出于一人之口，又由“见于粲者”这句诗确定了是男见女，是出于丈夫之口，那么，只有认定“见于良人”这句诗也是出于丈夫之口。否则，就会造成逻辑混乱。

但是，钱锺书和前人对《绸缪》一诗结构内容的看法不同，他不同意前人认为《绸缪》出于一人之口这个大前提。

钱锺书指出，不必认定全诗出于一人之口。

他另辟蹊径。指出《绸缪》一诗首章、次章、末章分别出于不同人之口。

他把《绸缪》比喻成“三章法”的歌曲，或“单而双，双复单”的曲目，即首章，女先独唱；次章，男女二声唱；末章，男生独唱。

我以为，这种解释是符合诗经时代的情况的，当时的诗都是用于歌唱的，诗和歌是一体的。（诗和歌分离是后来的事。）

顺着钱锺书的思路，可以把《绸缪》看成两位新人在结婚典礼上的表演——

新娘先唱：绸缪束薪，三星在天。今夕何夕？见此良人。子兮子兮！如此良人何！

接着，新娘、新郎合唱：绸缪束刍，三星在隅。今夕何夕？见此邂逅。子兮子兮！如此邂逅何！

最后，新郎独唱：绸缪束楚，三星在户。今夕何夕？见此粲者。子兮子兮！如此粲者何！

两位新人的演唱，演绎了二人的爱情经历，表达了二人的爱慕之情，赢得了来宾们的一致喝彩。

还可以设想婚礼当夜，屋外三星高照，篝火正旺，屋内彩灯高悬，乐曲悠扬，喝喜酒的嘉宾们兴高采烈、喜气洋洋！

按钱锺书的提示、点拨，《绸缪》诗可比拟为一幕诗剧，它犹如一颗恒星，历千年而熠熠生辉！

这里，我们看到了中国戏曲的肇始和萌芽！

比较而言，前人将《绸缪》视为出于一人之口，难以协调诗的措词、内容，即使勉强协调好，也会显得单调而乏味，相反，钱锺书将《绸缪》视为分章出于不同人之口，诗的措词和内容即刻顺理成章，而且全诗显得丰富多彩。

附录：《管锥编—毛诗正义》第四十一则

绸缪·良人

"见此良人。……见此粲者。"《传》："良人，美室也。……三女为粲。"《正义》："《小戎》云：'厌厌良人。'妻谓夫为'良人'；此言'美室'，以下云：'见此粲者。'，'粲'，是三女，故知'良人'，为美室。"按《孟子·离娄》章"其良人出"，赵注："良人、夫也。"焦循《正义》并引《士昏礼》为佐证。窃谓此诗首章托为女之词，称男"良人"；次章托为男女和声合赋之词，故曰"邂逅"，义兼彼此；末章托为男之词，称女"粲者"。单而双，双复单，乐府古题之"两头纤纤"，可借以品目。譬之歌曲之"三章法"（ternary thematic scheme）：女先独唱，继以男女合唱，终以男独唱，似不必认定全诗出一人之口而斡旋"良人"之称也。《汉书·外戚传》上记上官安"醉则裸行内，与后母及父诸良人侍御皆乱"，颜师古注："良人谓妾也。"叶廷琯《吹网录》卷三载咸丰初出土王顼《唐故颍川陈夫人墓铭》有云："所痛者，以余天年未尽，不得与良人偕死。……於戏良人，道光母仪。"王乃陈之夫。则皆毛传"美室"之谓。六朝乐府《读曲歌》："白帽郎，是侬良，不知乌帽郎是谁。""良"即"良人"，所欢亦得称此，不必限于结缡之夫妻也。

〔增订三〕于濆《古别离》之二："郎本东家儿，妾本西家女。……岂知中道间，遣作空闺主。自是爱封侯，非关备胡虏。知子去从军，何处无良人。"亦唐诗中以"良人"为"美室"之例。

钱锺书论"'媚子'与佞幸"

《管锥编—毛诗正义》札记第四十二则

《管锥编—毛诗正义》第四十二则《驷铁》，副标题为《"媚子"与佞幸》。

"公之媚子，从公于狩"是《诗经—驷铁》中的一句诗，其中有"媚子"一词。

钱锺书探讨《诗经》时，常常把《传》、《正义》、《笺》作为注《诗》原典，然后由此展开讨论，这里也是如此。

关于"媚子"一词：

毛《传》曰："媚子"是"能以道媚于上下者。"（道：能说会道。）

孔颖达《正义》引《卷阿》之语："媚于天子"、"媚于庶人"来解以释"上下"。

郑玄《笺》曰"媚，爱也。"

按陈奂《诗毛氏传疏》虽谓《正义》"失《传》旨"，所据亦即《卷阿》，并引《思齐》传："媚，爱也"及《左传》昭七年"不媚不信"而已。《大雅·假乐》亦云："百辟卿士，媚于天子。"《笺》："媚，爱也。"

陈奂认为，孔颖达《正义》把"媚"看作恶词（贬义词）是没有遵循毛《传》的原意，郑《笺》注"媚，爱也"才是毛《传》的本意。

陈奂的根据是《诗经—思齐》"思媚周姜"（周姜，周文王祖母，"媚"为美好）以及《左传》昭七年"不媚不信"。

钱锺书反驳了陈奂。

钱锺书反其道而行之，举《诗经—大雅—假乐》"百辟卿士，媚于天子"的诗句来支持孔颖达的观点。

陈奂举《诗经》的例子说明"媚子"是美词（褒义词），钱锺书也举《诗经》的例子说明"媚子"是恶词（贬义词）——钱锺书这样做的用意在证明单引孤证都是不足为据的。

钱大昕《潜研堂答问》卷三："'公之媚子'，朱氏《传》以为所亲爱之人，严华谷直以便嬖当之。田猎讲武，以便嬖扈从，诗人美君，殆不如是。'媚子'之义，当从毛、郑。《诗》三百篇言'媚于天子'，'媚于庶人'，'媚兹一人'，'思媚周姜'，'思媚其妇'，皆是美词。《论语》'媚奥'、'媚灶'，亦敬神之词，非有谄渎之意。唯伪古文《尚书》有'便僻侧媚'字，而《传》训为谄谀之人。"钱氏意在尊经卫道，助汉儒张目，而拘挛于单文互训，未为得也；严氏《诗缉》之说，颇有见于前代之敝政邪风，亦未为失也。

钱大昕也说"媚"字是美词（褒义词）。他援引朱熹《诗经传》注"媚"为"所亲爱之人"，为自己佐证，指出严粲直接把"媚"当"便嬖"的同义语来使用的做法是不妥当的。（便嬖：能说会道，善于迎合的宠臣，亲信。）

钱大昕以为"'媚子'之义，当从毛、郑。"（毛：毛亨、毛苌；郑：郑玄）即把"媚"认作美词（褒义词）。

他举二例为证：

其一："《诗三百篇》言'媚于天子'，'媚于庶人'，'媚兹一人'，'思媚周姜'，'思媚其妇'，皆是美词。"

其二："《论语》'媚奥'、'媚灶'，亦敬神之词，非有谄渎之意。"

钱锺书如何看待这一问题呢？

钱锺书不赞成钱大昕的观点，指出他的目的是尊经卫道，为汉代经儒张目助势，也是局限于单文互训，不足为据。

钱锺书的观点很明确，他支持孔颖达，不同意陈奂、钱大昕，主张把"媚子"看作恶词（贬义词），反对把"媚子"看作美词（褒义词）。

为了坐实自己的见解，钱锺书枚举了一系列古籍加以论证：

1. 然"媚"是"美词"；然孟子斥乡原曰："阉然媚于世也者"，岂非恶词乎？焦循《正义》即引《思齐》之什"思媚周姜"句毛传释之。——把"媚子"斥为像公公一样被阉割的媚世者，"媚子"难道不是贬义词吗？

2. "爱"非恶词：然孟子曰："爱而不敬，兽畜之也。"又曰："君子之于物也，爱之而弗仁。"夫"不敬"、"弗仁"之"爱"，岂佳词乎？此皆不过就《尽心》一章举例耳。——孟子说:"爱他却不尊重他,是把他当宠物也。""君子爱物而不仁,并非真爱"(孟子的仁是有等级的,由爱亲人进而爱百姓,再进而爱万物,是为仁。)

试问:"不敬"、"弗仁"之"爱",难道是美词(褒义词)吗?

3. 《国策·楚策》一记楚王射兕云梦,安陵君缠泣数行而进曰:"臣入则侍席,出则陪乘。"是田猎而以便嬖扈从,时习之常,诗人亦据实赋咏而已。——《战国策》文大意为:楚王游云梦,马车千乘,旌旗蔽日,犀牛过野声若雷霆,楚王弯弓而射之,一发而中,仰天大笑:今天真是痛快啊,想寡人万岁千秋之后,谁再与我同乐呢?安陵君名缠者哭着跑到大王面前说:"大王万岁千秋之後,臣也愿意以身相伴,'入则侍席,出则陪乘。'楚王大悦,从此对其宠爱有加,但凡田猎都让他随从。

4. 《左传》襄公二十一年云:"叔虎美而有勇力,栾怀子嬖之。"《史记·佞幸列传》称韩嫣"善骑射";则便嬖之徒又未必不孔武有力。——《左传》襄公二十一年有记载:"叔虎美而有勇力,栾盈很喜欢他。"(叔虎:春秋时期晋国公族弟子;栾盈:称栾怀子,春秋时期晋国下军佐。)《史记·佞幸列传》称韩嫣"善骑射"(韩嫣,是汉武帝贴身男宠。司马迁《史记》记载"时嫣常与上卧起",即谓汉武帝和韩嫣同性恋,对其宠爱异常。)可见,"媚子"未必不是孔武之人。

5. 王符《潜夫论·忠贵》:"息夫、董贤,主以为忠,天以为盗。……是故媚子以贼其躯者,非一门也;骄臣用灭其家者,非一世也。"正以董贤为"媚子"也。——王符《潜夫论·忠贵》说:"息夫、董贤之流,君主把他们当忠臣,上天知道他们是贼子。……所以,媚子因虚伪诤谀而终害自身的并非一人;放纵臣子招致其灭门的并非一世。"正是说董贤是"媚子"。(董贤是美男子,被汉哀帝独宠为贴身侍从。)

6. 《书·伊训》所谓"远耆德,比顽童",即《汲冢周书·武称解》之"美男破老",《国策·秦策》一记荀息尝援引以说晋献公者。——远耆德:远离德高望重者;比顽童:亲近愚钝无知者。"美男破老",年轻貌美的男宠在君王面前进谗言,祸害老臣。忠臣荀息以前史警诫晋献公。

7. 《礼记·缁衣》:"毋以嬖御人疾庄后,毋以嬖御士疾庄士、大夫、卿、士。"(《逸周书·祭公》篇语略同)郑玄注:"嬖御人,爱妾也;嬖御士，爱臣也。"——《礼记·缁衣》："不要因为爱妾而疏远皇后，不要因为爱臣而排斥其他正人君子，大夫，卿士，谋臣。"（嬖御人：爱妾；嬖御士：爱臣）

8. 《左传》闵公二年狐突曰："内宠并后，外宠二政。"昭公三年"燕简公多嬖宠，欲去诸大夫而立其宠人。"——内宠并后——把妾媵与王后并列。（杜预注：妾如后。）
外宠二政——嬖人权位与执政的大臣相等。燕简公有很多嬖宠（侍卫、宠儿），他想要免去大夫们的官职而任命宠儿。

9. 《国语·晋语》一狐突曰："国君好艾，大夫殆。"——《国语·晋语一》:国君宠幸嬖臣，致使贤臣们陷入危险。

10. 《国策·赵趄策》四客见赵趄王曰："所谓柔痈?者，便辟左右之近者，及夫人优爱孺子也。"——有游说之士拜见赵孝成王说："所谓柔痈，是指您左右受宠幸的亲近之臣以及您的夫人、宠儿。"因为人们十分谨慎地防备自己憎恶的人，可祸患往往却发生在自己溺爱的人身上。

11. 《墨子·尚贤》中、下两篇反复论"王公大人"于"面目佼好则使之"，"爱其色而使之"。——不要因为一个人面容姣好就启用他，或者因为有几分姿色就授予重权。

12. 《韩非子·八奸》篇曰："一曰在同床：贵夫人、爱孺子；便僻好色，此人主之所惑也。"——臣下实现奸谋的途径有八种:其一叫同床，即：君主身边尊贵的夫人，疼爱的儿女，受宠宫佞，皆是容易迷惑君主的人。做臣子的用金玉财宝贿赂她们，让她们蛊惑君主，让君主承诺，从而达到他们的目的。

13. 盖古之女宠多仅于帷中屏后，发踪指示，而男宠均得出入内外，深闱广廷，无适不可，是以宫邻金虎，为患更甚。——古代的女宠大多在帷中屏后活动，而男宠则穿梭于宫室与广廷，出入内外，无所不适，因此，小人一旦得宠，伴随帝王左右，贪婪如金之坚，凶恶如虎之猛，为害更甚。

14. 《史记》创《佞幸列传》之例，开宗明义曰："非独女以色媚，而士宦亦有之。"亦征心所谓危，故大书特书焉。——《史记》首创《佞幸列传》，开宗明义说："并非只是女宠以姿色媚惑皇上，大臣也不乏其人。"足见司马迁忧心之深，故而大书特书之。

15. 李贺作《秦宫诗》，自序谓咏"梁冀之嬖奴"，又有《荣华乐》，则咏梁冀。求之《后汉书》本传，冀"鸢肩豺目"，风仪不美，绝非冠鶸〔义鸟〕、傅脂粉之辈，其得君揽政，初不由于"色媚"。而贺诗乃曰："台下戏学邯郸倡，口吟舌话称女郎，锦袪绣面汉帝傍。"一若冀之于顺帝即如秦宫之于冀者。倘亦深有感于嬖幸之窃权最易、擅权最专，故不惜凭空杜撰，以寓论世之识乎？——李贺作《秦宫诗》，自序说写"梁冀之嬖奴"，查询《后汉书》得知，梁冀面目丑陋，不能"色媚"，称其口舌面貌如邯郸歌女，实在是深感宠幸之徒窃权最易、擅权最专，因此不惜凭空假借，以寄托自己论世之见。

16. 阮籍《咏怀》赋"双飞比翼"，"永世不忘"，乃引安陵、龙阳之要君为例，沈约注谓"托二子以见其意"；合之《晋书·五行志》："自咸宁、太康之后，男宠大兴，甚于女色"云云，则阮诗亦不失为见霜而知冰者欤。苟征西故，亦足相发。——阮籍《咏怀》引安陵、龙阳之要君为例，状"自咸宁、太康之后，男宠大兴，甚于女色"："昔日繁华子，安陵与龙阳。夭夭桃李花，灼灼有辉光。悦怿若九春，磬折似秋霜。流盼发姿媚，言笑吐芬芳。携手等欢爱，宿昔同衣裳。愿为双飞鸟，比翼共翱翔。丹青着明誓，永世不相忘。"盖阮籍为国担忧，其思遥深，见微知著。

列举数例后，钱锺书总结道：

乱于其政，相率成风，经、史、诸子，丁宁儆戒，必非无故。——凡此种种，因为"媚子"惑乱朝政，形成了历史上相当恶劣的不良风气，经、史、诸子等反复叮咛对其要保持高度警惕，一定不会是无缘无故、空穴来风的。

钱锺书指出，"媚子"不独中国有，外国也不乏其人。苟征西故，亦足相发。英国一名剧即据英王以男宠失位丧身事谱为院本，至谓国君莫不有嬖幸。——英国一名剧根据英王因为男宠丢掉了王位并丢掉了性命，剧中曾言凡是国君均有宠爱的姬妾或侍臣。

法国一诗人弹射朝政，亦谓若欲进身，莫忘谄事君之嬖幸。讽《驷铁》之诗，可相说以解矣。——法国一诗人言及朝政，也说如果想上位，千万不要忘了去巴结君王身边的宠儿。

纵观漫长的封建社会，各朝各代内宫和外廷都不乏佞幸之人——"媚子"。

自古以来，上有所好，下必甚焉。"媚子"的滋生和繁盛根源在君主专制制度。君主和"媚子"二者因各自的私欲相互需要，相互利用。

君主何以佞幸"媚子"？原因很多，有两点较为明显：

1. 因为"媚子"更会揣摩圣上的心思，讨圣上欢心。

2. 因为"媚子"能帮助圣上做一些不光彩的事情。

所谓佞幸，即因佞见幸，即通过谄佞手段而得到君主宠爱，成为"媚子"。能得到君主宠爱，就算幸运，俗谚有"力田不如逢年，善仕不如遇合"，故历朝历代都有人不择手段而求之，宦者为之，卿士也为之。

"媚子"为害极大极深，君主因此亡国者不乏其例。

附录：《管锥编—毛诗正义》第四十二则

驷铁·"媚子"与佞幸

"公之媚子，从公于狩"；《传》："能以道媚于上下者。"《正义》引《卷阿》："媚于天子"、"媚于庶人"以释"上下"。按陈奂《诗毛氏传疏》虽谓《正义》"失《传》旨"，所据亦即《卷阿》，并引《思齐》传："媚，爱也"及《左传》昭七年"不媚不信"而已。《大雅·假乐》亦云："百辟卿士，媚于天子。"《笺》："媚，爱也。"钱大昕《潜研堂答问》卷三："'公之媚子'，朱氏《传》以为所亲爱之人，严华谷直以便嬖当之。田猎讲武，以便嬖扈从，诗人美君，殆不如是。'媚子'之义，当从毛、郑。《诗》三百篇言'媚于天子'，'媚于庶人'，'媚兹一人'，'思媚周姜'，'思媚其妇'，皆是美词。《论语》'媚奥'、'媚灶'，亦敬神之词，非有谄渎之意。唯伪古文《尚书》有'便僻侧媚'字，而《传》训为谄谀之人。"钱氏意在尊经卫道，助汉儒张目，而拘挛于单文互训，未为得也；严氏《诗缉》之说，颇有见于前代之敝政邪风，亦未为失也。"媚"是"美词"；然孟子斥乡原曰："阉然媚于世也者"，岂非恶词乎？焦循《正义》即引《思齐》之什"思媚周姜"句毛传释之。"爱"非恶词：然孟子曰："爱而不敬，兽畜之也。"又曰："君子之于物也，爱之而弗仁。"夫"不敬"、"弗仁"之"爱"，岂佳词乎？此皆不过就《尽心》一章举例耳。《国策·楚策》一记楚王射兕云梦，安陵君缠泣数行而进曰："臣入则侍席，出则陪乘。"是田猎而以便嬖扈从，时习之常，诗人亦据实赋咏而已。《左传》襄公二十一年云："叔虎美而有勇力，栾怀子嬖之。"《史记·佞幸列传》称韩嫣"善骑射"；则便嬖之徒又未必不孔武有力。王符《潜夫论·忠贵》："息夫、董贤，主以为忠，天以为盗。……是故媚子以贼其躯者，非一门也；骄臣用灭其家者，非一世也。"正以董贤为"媚子"也。《书·伊训》所谓"远耆德，比顽童"，即《汲冢周书·武称解》之"美男破老"，《国策·秦策》一记荀息尝援引以说晋献公者。乱于其政，相率成风，经、史、诸子，丁宁儆戒，必非无故。《礼记·缁衣》："毋以嬖御人疾庄后，毋以嬖御士疾庄士、大夫、卿、士。"（《逸周书·祭公》篇语略同）郑玄注："嬖御人，爱妾也；嬖御士，爱臣也。"《左传》闵公二年狐突曰："内宠并后，外宠二政。"昭公三年"燕简公多嬖宠，欲去诸大夫而立其宠人。"《国语·晋语》一狐突曰："国君好艾，大夫殆。"《国策·赵策》四客见赵王曰："所谓柔癕者，便辟左右之近者，及夫人优爱孺子也。"《墨子·尚贤》中、下两篇反复论"王公大人"于"面目佼好则使之"，"爱其色而使之"。《韩非子·八奸》篇曰："一曰在同床：贵夫人、爱孺子；便嬖好色，此人主之所惑也。"盖古之女宠多仅于帷中屏后，发踪指示，而男宠均得出入内外，深闱广廷，无适不可，是以宫邻金虎，为患更甚。《史记》创《佞幸列传》之例，开宗明义曰："非独女以色媚，而士宦亦有之。"亦征心所谓危，故大书特书焉。李贺作《秦宫诗》，自序谓咏"梁冀之嬖奴"，又有《荣华乐》，则咏梁冀。求之《后汉书》本传，冀"鸢肩豺目"，风仪不美，绝非冠鶲〔义鸟〕、傅脂粉之辈，其得君揽政，初不由于"色媚"。而贺诗乃曰："台下戏学邯郸倡，口吟舌话称女郎，锦裾绣面汉帝傍。"一若冀之于顺帝即如秦宫之于冀者。倘亦深有感于嬖幸之窃权最易、擅权最专，故不惜凭空杜撰，以寓论世之识乎？阮籍《咏怀》赋"双飞比翼"，"永世不忘"，乃引安陵、龙阳之要君为例，沈约注谓"托二子以见其意"；合之《晋书·五行志》："自咸宁、太康之后，男宠大兴，甚于女色"云云，则阮诗亦不失为见霜而知冰者欤。苟征西故，亦足相发。英国一名剧即据英王以男宠失位丧身事谱为院本，至谓国君莫不有嬖幸（The mightiest kings have had their minions）；法国一诗人弹射朝政，亦谓若欲进身，莫忘谄事君之嬖幸。讽《驷铁》之诗，可相说以解矣。

钱锺书论"'在水一方'为企慕之象征"

《管锥编—毛诗正义》札记第四十三则

《管锥编—毛诗正义》第四十三则《蒹葭》，副标题为《"在水一方"为企慕之象征》。

《蒹葭》

蒹葭苍苍，白露为霜。所谓伊人，在水一方。

溯洄从之，道阻且长。溯游从之，宛在水中央。

蒹葭萋萋，白露未晞。所谓伊人，在水之湄。

溯洄从之，道阻且跻。溯游从之，宛在水中坻。

蒹葭采采，白露未已。所谓伊人，在水之涘。

溯洄从之，道阻且右。溯游从之，宛在水中沚。

《蒹葭》一诗是唯美的，也是空灵的。关于它的诗旨，毛《传》提出"讽喻说"，姚际恒主张"求贤说"，朱熹倡导"爱情说"，一直纷纭难定。

钱锺书是怎么看待这一问题的呢？

钱锺书关于《蒹葭》这一则札记的副题是《"在水一方"为企慕之象征》。

我想，"'在水一方'为企慕之象征"这句话应该就是《蒹葭》一诗的诗旨。

【"'在水一方'为企慕之象征"的内涵】

蒹葭苍苍，白露为霜。所谓伊人，在水一方。

溯洄从之，道阻且长。溯游从之，宛在水中央。

"伊人"是谁？

伊人，只不过是人们远远望见的一点忽隐忽现。人们无从知道伊人的身份，也无从知道她的容貌。

"伊人"在哪儿？

回答：在水一方。

俗语说"距离产生美"，伊人独立在蒹葭、白露的空灵境界里，因"在水一方"变得十分朦胧而缥缈，给人以雾里看花、若隐若现、卓然超拔的清丽形象。

诗人通过描写清丽、空灵、缥缈的氛围，通过描写向往者的苦苦追寻，喻示了、烘托了伊人的美妙，促使读者凭自己的想象，将一切美好的经验和印象加诸其上，使其成为了俏丽佳人，成为了尽善尽美的化身。

伊人就在那儿，和向往者相隔一湾秋水。当向往者追寻着她所在的方向，无论是溯流而上，还是顺流而下，均无法靠近，二者之间依然隔着一湾秋水。

这不免使追寻者感到一丝焦虑，但并没有动摇他的决心，他一如既往，上下求索，苦苦追寻。

这就是《蒹葭》一诗的大略。

钱锺书告诉读者，《蒹葭》一诗的核心意象是"在水一方"，诗用"在水一方"来象征"企慕情境"。

企慕情境是人喜爱、羡慕某对象，却因为有阻隔而"可望难即、欲求不遂"，越是得不到越是想得到的情形。

象征是用具体可感的东西来表达某种抽象的道理，简洁地说，就是"取象寄意"。

《蒹葭》所取之象是"在水一方"，所寄之意为"企慕情境"。

【"在水一方"作为企慕之象征，是普适的】

"在水一方"作为企慕之象征，适合于表达人们心中一切美好的愿景，比如"求仙"、"求爱"、"求贤"、"求友"、"求官"、"求财"、"求名"、"求福"、"求寿"等等，它是普适的。

但是，如果把这种象征归结为特指，归结为众多欲求之中的某一方面就是狭隘的、局限的。

正如陈子谦所说："作为一种美感经验或人生体验，'企慕情境'不只是限于男女怀意，一切所为憧憬、向往的事物，而又非如其愿望者，都会产生这种'距离怅惘'，表现在艺术中，便是这种意境、情境或境界。"

就是说，钱锺书从《蒹葭》及《汉广》诗中拈出的"企慕情境"是存在于诸多领域的普遍现象，凡是"可望难即，欲求不遂"的情形，都可称之为"企慕情境"。

钱锺书列举了许多例子加以印证。

诗歌类：如《古诗十九首》："迢迢牵牛星，皎皎河汉女。……河汉清且浅，相去复几许，盈盈一水间，脉脉不得语"，孟郊《古别离》："河边织女星，河畔牵牛郎，未得渡清浅，相对遥相望"。

小说类：如《搜神记》卷一一所记：宋康王舍人韩凭娶妻叫何氏美，康王将其占为己有。韩凭不服，康王将其囚禁。何氏美传信给韩凭："其雨淫淫，河大水深，日出当心。"后来被人截获呈康王，无人能懂，唯大臣苏贺解曰："其雨淫淫，言愁且思也；河大水深，不得往来也；日出当心，心有死志也。"

外国诗歌类：如德国古代民歌叹咏"好事多板障"，每每托兴于"深水中阻"；海涅赋小诗，也取象于隔深渊而睹奇卉、闻远香，希望有人为之津梁；但丁《神曲》也以"美人隔河而笑，相去三步，如阻沧海"寄寓此旨。

宗教类：如神仙家所指示的"蓬莱仙境"，佛家所指示的"彼岸世界"，基督教所指示的"天国"，可见，所谓出世间法，都取"在水一方"为象，以寓慕悦之情，示向往之心。

【"在水一方"作为企慕之象征，以受阻为前提】

让我们做一个假设，"伊人"在白露为霜的芳草地，倘若没有一水阻隔，向往者很容易就上前和"伊人"相识了，并两情相悦了，还会有所谓"企慕"之情吗？答案不言自明。

推而广之，一切对愿景的"企慕"之情，都是由阻隔、坎坷、艰难造成的。所以说，"在水一方"即受阻，是产生"企慕情境"的前提。

【"在水一方"作为企慕之象征，以受阻为动力】

"伊人"象征着美好的愿景，"在水一方"言伊人和向往者之间隔着一湾碧水，象征着从现实到愿景有阻隔，且"道阻且长"，需付出艰辛的努力才能达到。它所蕴含的哲理用我们最熟知的一句话来概括，就是：

前途是光明的，道路是曲折的。

越是难以达到，达到的欲求就会越发强烈。阻隔会成为一定要达成愿景的一种动力。

【"在水一方"作为企慕之象征，愿景的追寻和愿景的达成一样美好】

《蒹葭》一诗，自始至终描写的是对理想的追寻，而没有涉及追寻的结果；《蒹葭》的结构和意境是进行式，而不是完成式。

渴慕者对"伊人"的追寻可能有两种结果，一种是达成愿景，另一种是未达成愿景。

我以为，无论是哪种结果，都不会影响追寻的积极意义。

达成愿景的积极意义自不待言。

为何说未达成愿景也有积极意义呢？

因为生命本身就是一个过程，我们能运用、把握和掌控的，也只是它的过程。对一种理想的追寻是生命整个里程的一个或长或短的阶段，而追寻的结果无论成败只不过是生命的一个节点。我们有什么理由只注重那一个短暂的节点，而轻视那较长的过程呢？我们可以体会到达成愿景的快乐和满足，我们同样可以体会到追寻愿景的快乐和满足。生命过程只要能体会快乐和满足，就是充盈和幸福的。

爱因斯坦说过，追求真理比占有真理更加难能可贵。

歌德诗也赞美了追求过程的美好：辽阔的世界，宏伟的人生，长年累月，真诚勤奋，不断探索，不断创新，常常周而复始，从不停顿，啊！这样又会前进一程。

【《蒹葭》一诗没有悲凉、失落的意味】

有一些文章说《蒹葭》渲染了悲凉和失落的意味，我以为不然。

认为《蒹葭》悲凉的，是错解了"可望而不可求"这层意思。

我们仔细拜读和体味《蒹葭》这首诗，便可看到，这首诗从头至尾（从首章到末章）没有一点悲观失望的情绪。伊人的向往者一直怀着热切的希望，溯流而上又顺流而下，不断追寻，不断探索，从不气馁，也从不懈怠。

这是人们对美好愿景积极追求的姿态。

至于"不可求"或"不可即"，应该理解为尚不可求，或尚不可即，即还没有达到的意思，而不能理解成终不可求，或终不可即。

我如此解读《蒹葭》的理由是，如果追寻者认为愿景终不可求，或终不可即，他就会中途停下脚步，不再追寻。

既然我们在诗中读不出任何停步不前的意味，说明追寻者一定坚信，只要不停追寻，就一定会达成愿景。

附录：《管锥编—毛诗正义》第四十三则

蒹葭·"在水一方"为企慕之象征

"所谓伊人，在水一方：溯洄从之，道阻且长；溯游从之，宛在水中央。"《传》："'一方'、难至矣。"按《汉广》："汉有游女，不可求思。汉之广矣，不可泳思。江之永矣，不可方思。"陈启源《毛诗稽古编·附录》论之曰："夫说之必求之，然惟可见而不可求，则慕说益至。"二诗所赋，皆西洋浪漫主义所谓企慕之情境也。

〔增订一〕海涅赋小诗讽谕浪漫主义之企慕，即取象于隔深渊，而睹奇卉、闻远香，爱不能即，愿有人为之津梁。正如"可见而不可求"、"隔河无船"。参观《全上古三代文》卷论宋玉《招魂》。

古罗马诗人桓吉尔名句云："望对岸而伸手向往。"后世会心者以为善道可望难即欲求不遂之致。德国古民歌咏好事多板障，每托兴于深水中阻。但丁《神曲》亦寓微旨于美人隔河而笑，相去三步，如阻沧海。近代诗家至云："欢乐长在河之彼岸"。以水涨道断之象示欢会中梗，并见之小说。《易林·屯》之《小畜》："夹河为婚，期至无船，摇心失望，不见所欢。"（《兑》之《屯》同，《临》之《小过》作"水长无船"、"遥心"、"欢君"）又《屯》之《蹇》："为季求妇，家在东海，水长无船，不见所欢。"（《涣》之《履》同），又《观》之《明夷》："家在海隅，桡短流深，企立望宋，无木以趋。"《古诗十九首》："迢迢牵牛星，皎皎河汉女。……河汉清且浅，相去复几许，盈盈一水间，脉脉不得语。"《华山畿》："隔津叹，牵牛语织女，离泪溢河汉。"孟郊《古别离》："河边织女星，河畔牵牛郎，未得渡清浅，相对遥相望。"《搜神记》卷一一："宋康王舍人韩凭娶妻何氏美，康王夺之。凭怨，王囚之，论为城旦。妻密遗凭书，谬其词曰：'其雨淫淫，河大水深，日出当心。'既王得共书，以示左右，左右莫解其意；臣苏贺对曰：'其雨淫淫，言愁且思也；河大水深，不得往来也；日出当心，心有死志也。'"取象寄意，佥同《汉广》、《蒹葭》。

〔增订四〕罗晔《醉翁谈录》己集卷一《梁意娘与李生诗曲引》李生卜之于日者，得兆曰："隔江望宝，遥遥阻隔；虽欲从之，水深莫测。"取象亦同。抑世出世间法，莫不可以"在水一方"寓慕悦之情，示向往之境。《史记·封禅书》记方士言三神山云："未至，望之如云；及到，三神山反居水下，临之，风辄引去。……未能至，望见之焉。"庾信《哀江南赋》叹："况复舟楫路穷，星汉非乘槎可上：风飚道阻，蓬莱无可到之期。"盖匪徒儿女之私也。释氏言正觉，常喻之于"彼岸"，如《杂阿含经》卷二八之七七一："邪见者非彼岸，正见者是彼岸。"又卷四三之一一七二："彼岸者，譬无余涅槃；河者，譬三爱；筏者，譬八正道。"（参观卷三七之一〇五一、卷四三之一一七四，又《增壹阿含经》卷三八之三），亦犹古希腊神秘家言以"此处"与"彼处"喻形与神、凡与圣，比物此志尔。

钱锺书论"慰情退步"

《管锥编—毛诗正义》札记第四十四则

《管锥编—毛诗正义》第四十四则《衡门》，副标题为《慰情退步》。

《衡门》

衡门之下，可以栖迟。泌之洋洋，可以乐饥。

岂其食鱼，必河之鲂？岂其取妻，必齐之姜？

岂其食鱼，必河之鲤？岂其取妻，必宋之子？

余冠英今译：

支起横木就算门，横木底下好栖身。泌丘有水水洋洋，清水填肠也饱人。

难道吃鱼，一定要吃黄河大鳊鱼？难道娶妻，一定要娶齐国姜家女？

难道吃鱼，一定要吃黄河鲤鱼尝？难道娶妻，一定要娶宋国子家大姑娘？

"衡门之下，可以栖迟；泌之洋洋，可以乐饥。"是《诗经—衡门》的一句诗。

对"泌之洋洋，可以乐饥"这句诗：

《笺》："饥者见之，可饮以疗饥。"

《正义》："饮水可以疗渴耳；饥久则为渴，得水则亦小疗。"

《笺》注和《正义》注，意思大致为：人饿缺食，饮水可以充饥。

作为印证，钱锺书举了《宋书·江湛传》的记叙：牛饿了，驾车的人来要草料，江湛想了很久才说："给牛饮水吧。"

（江湛，南朝宋大臣，廉洁奉公，所以很穷，据《宋书》记载："二十七年，转吏部尚书。家甚贫约，不营财利，饷馈盈门，一无所受，无兼衣余食。尝为上所召，值浣衣，称疾经日，衣成然后赴。牛饿，驭人求草，湛良久曰：

'可与饮。'"）

还有一种解释，是"观水可以忘饥"。

钱锺书认为不靠谱，说这种解释过于闲情雅致了，是不食人间烟火之人说的话，不如《笺》、《正义》的解释平实近人。

对《衡门》后面两章："岂其食鱼？必河之鲂？岂其取妻，必齐之姜？岂其食鱼？必河之鲤？岂其取妻，必宋之子？"

钱锺书指出：

"食鱼"不必"河鲂"、"河鲤"，"取妻"不必"齐姜"、'宋子'，亦皆降格求次，称心易足也。

由此，钱锺书用四个字来概括《衡门》这首诗的诗旨——"慰情退步"。

"慰情"之意，是自我安慰，缓解心情。

"退步"之意，是生活上退一步，用钱锺书的表述是："降格求次，称心易足"。

这是古人经历磨难和挫折后的一种心态调整和处世智慧，即退而求其次。比如：如果不能锦衣玉食，只要能吃饱穿暖，就心满意足了。

以下，钱锺书援数例，以加深对"慰情退步"的理解：

1.《战国策·齐策》

"晚食以当肉，安步以当车。"

——齐宣王召见颜斶，说："颜斶上前来！"颜斶也说："大王上前来！"朝廷之上，君臣不悦，问责于颜斶。颜斶回答："我上前是趋炎附势，大王上前是礼贤下士。与其让我趋炎附势，不如让大王礼贤下士。"接着，就"王贵"与"士贵"一番唇枪舌剑，齐王终于为颜斶折服，以爵禄相笼络，欲拜颜斶为师，劝颜斶进宫，每餐有肉吃，出门有车坐，荣华富贵享受不尽。颜蜀回答道：

我甘当贫民。晚一点吃饭，吃起来觉得香，权当吃肉；悠闲散步，非常自在，权当是乘车。

无肉，不妨降一格，晚点吃；无车，不妨降一格，以步当车。

2. 陶潜《和刘柴桑》

"谷风转凄薄，春醪解饥劬；弱女虽非男，慰情良胜无。"

——醪：浊酒。饥劬（qú）：饥渴劳苦。劬：劳累。薄酒虽不比佳酿、总比无酒强。后一句是比喻，弱女子虽没有男孩管用，作为感情之慰藉，总比没有后代强，用以比喻，也是说劣酒总比无酒强。

没有佳酿，不妨降一格，劣酒聊胜无。

3. 苏轼《薄薄酒》

"薄薄酒，胜茶汤；粗粗布，胜无裳；丑妻恶妾胜空房。"——苏轼《薄薄酒》是白话诗，无需翻译。

无香茗好汤，不妨降一格，以薄酒代之；无锦衣华服，不妨降一格，以粗布遮体；无贤妻美妾，不妨降一格，有丑妻恶妾也行，总比空房强。

4. 刘过《赠术士》

"退一步行安乐法，与三个好喜欢缘。"——如果并行有阻碍，不妨降一格，退后一步行走，是最好的避让方法；对人家说三个好，便能让人喜欢，结个好人缘。

5. 白居易屡道此意——

如《首夏》："食饱惭伯夷，酒足愧渊明，寿倍颜氏子，富百黔娄生。"

"食饱惭伯夷"伯夷叔齐隐居首阳山不食周粟，白居易能饱食终日。

"酒足愧渊明"陶渊明饮酒常不足，白居易藏有家酿，喝酒时有丝竹僮妓相伴。

"寿倍颜氏子"颜回贤德却寿短，只活了 40 年，白居易 74 岁尚举行"七老会"，饮酒赋诗。

"富百黔娄生"黔娄生，操行高洁的贫寒隐士，以穷闻世，白居易财富超出其百倍。

与此诗相映发，公元 838 年，白居易作《吟醉先生传》，曰："吾生天地间，才与行不逮古人远矣，而富于黔娄，寿于颜回，乐于荣启期，健于卫叔宝。幸甚，幸甚，余何求哉！"

白居易说，自己贤德方面的声名不如四人，但食物优于伯夷、饮酒好于渊明、寿命高于颜回、财富多于黔娄，以此自慰。

还有：

《六年立春日人日作》："年方吉郑犹为少，家比刘韩未是贫。"

白居易自注：〔分司致仕官中，吉傅、郑谏议最老，韩庶子、刘员外尤贫。循、潮、封三郡客皆洛下旧游也。〕

《吟四虽》："年虽老犹少于韦长史，命虽薄犹胜于郑长水，眼虽病犹明于徐郎中，家虽贫犹富于郭庶子。"——白居易此诗有自注，曰："分司同官中，韦长史绩年七十余，郭庶子求贫苦最甚，徐郎中晦因疾丧明，予为河南尹时，见同年郑俞始受长水县令，因叹四子而成此篇也。"

诗中四人皆白居易同僚好友，韦长史比白居易年长，郭庶子比白居易家贫，徐郎中比白居易视力差，郑长水比白居易命运坏，白居易借此类对比使自己怏怏不快的心情安慰许多。

6. 陈洪绶《宝纶堂集》卷二《太子湾识》

"吾生虽乏聪明，亦少迟钝；五车不足，百字〔卷？〕有余：书即不工，颇成描画；画即不精，颇远工匠；文即不奇，颇亦〔非？〕蹈袭；诗即不妙，颇无艾气；履非正路，人伦不亏：遇非功勋，醉乡老死。"机杼都同。黄之隽《？堂集》卷一六《颜触说》发挥此意尤隽永。——陈洪绶说，自己的智商和书、画、诗、文以及做人、功业等比上不足比下有余。

达则兼济天下，穷则独善其身，是古代贤士在封建社会唯一可行的处世方略。

致仕称"达"，可以施展才华，惠民建功，罢官号"穷"，惟有回归平民，独善洁身。通观古贤们，起初莫不有济世情怀，一旦现实击碎了理想，其身由"达"转"穷"，大多会选择"慰情退步"。

古贤的"退步"，是以"退一步"的办法来调适人生，由"兼济天下"退到"独善其身"，这是现实处境的迫不得已，也是心灵觉悟的明智抉择。

"退步"，是退一步思维，和混得比自己差的人比处境，和条件比自己苦的人比生活，以缓解激愤之情，慰藉憔悴之心，打开"减压阀"，以免自己的心胸因遭遇不公而郁闷爆裂。

以上所举陶渊明、苏东坡、白居易等，他们"慰情退步"的诗文莫不在丢官之后，莫不在由"达"转"穷"之后。

古贤退一步，降一格不是人格退一步、降一格，而是生活水平退一步降一格。

古贤"慰情退步"，由无可奈何到主动适应，是情非得已，也是一种睿智，有利于使自己心理平衡，心情澹静，不致于使自己崩溃和沉沦，有利于坚守自己的名节和情操，有利于给心灵赢得更多的空间和活力去寄情山水，有利于给自己预留更多的时间和精力去精湛诗文。往往生活水平的退步和降格，换来的是心灵的平静，人格的提升，修为的突进，诗文的精湛！

附录：《管锥编—毛诗正义》第四十四则

衡门·慰情退步

"衡门之下，可以栖迟；泌之洋洋，可以乐饥。"《笺》："饥者见之，可饮以疗饥。"《正义》："饮水可以疗渴耳；饥久则为渴，得水则亦小疗。"按此解颇类《宋书·江湛传》："家甚贫约。……牛饿，驭人求草，湛良久曰：'可与饮！'"或解为观水可以忘饥，似过于逸情雅致，乃不食人间烟火者语，不如《正义》之平实近人也。诗意正类《战国策·齐策》："晚食以当肉，安步以当车。"陶潜《和刘柴桑》："谷风转凄薄，春醪解饥劬；弱女虽非男，慰情良胜无。"苏轼《薄薄酒》："薄薄酒，胜茶汤；粗粗布，胜无裳：丑妻恶妾胜空房。"刘过《赠术士》："退一步行安乐法，与三个好喜欢缘。"《诗》下文言"食鱼"不必"河鲂"、"河鲤"，"取妻"不必"齐姜"、'宋子'，亦皆降格求次，称心易足也。白居易屡道此意，如《首夏》："食饱惭伯夷，酒足愧渊明，寿倍颜氏子，富百黔娄生。"《六年立春日人日作》："年方吉郑犹为少，家比刘韩未是贫。"《吟四虽》："年虽老犹少于韦长史，命虽薄犹胜于郑长水，眼虽病犹明于徐郎中，家虽贫犹富于郭庶子。"（参观王禹偁《小畜集》卷三《除夜》，查慎行《敬业堂续集》卷四《广四虽吟》）。陈洪绶《宝纶堂集》卷二《太子湾识》："吾生虽乏聪明，亦少迟钝；五车不足，百字〔卷？〕有余：书即不工，颇成描画；画即不精，颇远工匠；文即不奇，颇亦〔非？〕蹈袭；诗即不妙，颇无艾气；履非正路，人伦不亏：遇非功勋，醉乡老死。"机杼都同。黄之隽《〔广吾〕堂集》卷一六《颜阖说》发挥此意尤隽永。

钱锺书论"'风人体'——古人审美"

《管锥编—毛诗正义》札记第四十五则

《管锥编—毛诗正义》第四十五则《泽陂》，副标题为《"风人体"——古人审美》。

《诗经—泽陂》

彼泽之陂，有蒲与荷。有美一人，伤如之何？寤寐无为，涕泗滂沱。

彼泽之陂，有蒲与蕳。有美一人，硕大且卷。寤寐无为，中心悁悁。

彼泽之陂，有蒲菡萏。有美一人，硕大且俨。寤寐无为，辗转伏枕。

译文

池塘四周有堤坝，中有蒲草和荷花。那边有个俊人儿，让我爱得没办法。

日夜思念难入睡，哭得眼泪哗啦啦。

池塘四周堤坝高，中有莲蓬与蒲草。那边有个俊人儿，身材修长容貌好。

日夜思念睡不着，内心郁闷愁难熬。

池塘四周堤坝高，中有荷花与蒲草。那边有个俊人儿，身材修长风度好。

日夜思念睡不着，伏枕辗转多烦恼。

【风人体】

〔风人体的概念〕

一般人认为，风人体是古代民歌的一种体裁。这种民歌的特点是"双关借意"。

但钱锺书把古人一切含有"双关借意"的东西统统视为"风人体"，而不限于古代民歌。

双关也称"一语双关"，即一个词（或一个短语、或一句话）具有双重意义，字面上是表层意义，实际上要表达的是内涵意义，"借意"即言在此而意在彼。（有时，"借意"也通过某些物品来作无声的暗示，借物名表达其内涵意思。）

最常见的双关是谐意和谐音。

1. **谐意双关**

利用词的双重意义，使言在此而意在彼，称谐意相关。

如：吴《子夜歌》

自从别郎来，何日不咨嗟。

黄檗郁成林，当奈苦心多。

黄檗是苦木，"苦心"言黄檗树心，意为分别后"相思之苦"。

又如：《红楼梦》

"三春"表层意思是指暮春，内涵意思是指元春、迎春、探春三人的境遇。"将那三春看破，桃红柳绿待如何？把这韶华打灭，觅那清淡天和"。

2. **谐音双关**

利用词的同音或近音，即同音（近音）而异字，使言在此而意在彼，称谐音双关。

如："道是无晴却有晴"。"晴"表层意思是晴天的"晴"，内涵意思是感情的"情"。

〔**"风人体"的源头**〕

关于"风人体"，钱锺书略述了前人的研究：

洪迈《容斋三笔》卷一六考论乐府诗"引喻"，赵翼《陔余丛考》卷二四考论"双关两意诗"，翟灏《通俗编》卷三八考论"风人体"借喻，均未溯《三百篇》。

洪迈考论乐府诗"引喻"，赵翼考论"双关两意诗"，翟灏考论"风人体"借喻，均是对"风人体"的研究，他们讨论涉及的最早资料是六朝民歌，均没有上溯到《三百篇》，说明前人把六朝民歌认作"风人体"的源头。

清代翟灏《通俗编·识余·风人》中的话也印证了这一点：

"六朝乐府，《子夜》、《读曲》等歌，语多双关借意，唐人谓之风人体，以本风俗之言也。"依翟灏之见，"风人体"最初是唐人命名的，他们把六朝乐府《子夜》、《读曲》一类的民歌看作"风人体"的源头。

钱锺书指出,"风人体"肇始于《诗经—泽陂》,"风人体"的源头是春秋时期的《三百篇》——

"有蒲与菡";《笺》:"菡,当作'莲',芙蕖实也,以喻女之言信";《正义》:"莲是荷实,故喻女言信实"。按苟如郑、孔之解,则六朝《子夜歌》之"莲子何能实"、《杨叛儿》之"眠卧抱莲子"等,肇端于是矣。

古乐府中"黄檗"、"石阙"、"牛迹"之类,以至《游仙窟》中五嫂、十娘"向果子上作机警"、《云溪友议》卷下《温、裴黜》中歌曲,莫非莲"实"示信"实"之类,音义双关也。冯犹龙所辑《山歌》中,触处皆此例。

"有蒲与菡"见于《诗经—泽陂》第二章。

按照郑玄《笺》、孔颖达《正义》的注解:

菡、莲也,指荷花莲蓬里面的莲子。此"菡"(莲)一词双关,表层意思是指荷花之实,内涵意思是指女子言语之信实。

钱锺书由此指出:

按郑玄、孔颖达的注解,六朝《子夜歌》之"莲子何能实"、《杨叛儿》之"眠卧抱莲子"等,古乐府的一些诗以及《游仙窟》中的一些歌曲,无不是以莲"实"表示信"实",这种一语双关的修辞,源头是《诗经—泽陂》。

钱锺书的考论,把"风人体"的源头提前了一千四百多年。

此前,钱锺书已数次开创性地将许多文学表现手法上溯到《三百篇》,这是又一个新成果,突破了前人的局限。

〔"风人体"的修辞史〕

钱锺书把古人一切"双关借意"的东西都视为"风人体",并不局限于民歌。他发现"风人体"在经史和后世戏曲中有广泛的存在,于是,将它们一一列举出来,使读者得以在诸多领域中见识"风人体"的演进。

1. 经史中的"风人体"

(1)《论语·八佾》宰我答哀公问社曰:"夏后氏以松,殷人以柏,周人以栗,曰使民战栗。"——鲁哀公问宰我,土地神的牌位应该用什么树木,宰我回答:"夏朝用松树,商朝用柏树,周朝用栗子树。用栗子树的意思是说:使老百姓战栗。"

此"栗"字乃谐音双关。

(2)《礼记·昏仪》:"妇见舅姑,执笲枣、栗、腵修。"郑玄注引何休曰:"妇执腵修者,取其断断自修饰也";《白虎通·瑞贽》说"枣、栗"曰:"又取其早起战栗自正也。"与说社同一机杼，正亦"双关"之"风人体"也。——新妇见公婆，提着盛物的竹器，里面装着枣、栗、腶修。郑玄注引何休的话："腶修"也是谐音双关，寓意"断断自修饰"。

枣、栗、腶修，合起来，意为婚后一定早起，战栗（小心从事），把自己打扮停当。

（3）《三国志·蜀书·姜维传》裴注引孙盛《杂记》："得母书，令求当归，维曰：'……但有远志，不在当归也。'"——姜维，蜀汉名将，他接到母亲的来信，让他帮忙寻求"当归"；姜维领会了母亲的意思，回信说"但有远志，不在当归也。"

此"当归"，言在寻求药材当归，意在劝令姜维回家。

（4）《吴书·太史慈传》："曹公闻其名，遗慈书，以箧封之，发省无所道，而但贮当归。"——太史慈，东汉末年武将，弓马熟练，箭法精良。原为刘繇部下，后被孙策收降，助其扫荡江东。孙权统事后，因其能制刘磐，便将管理南方的要务委托给他。曹操求贤，派人送给太史慈礼物，盒子里装着当归，就是想太史慈归附。

此"当归"即同字异意双关。

（5）《世说·俭啬》卫展在浔阳，有知旧投之，"都不料理，惟饷王不留行一本，此人得饷便命驾。"——卫展，两晋大臣，历任尚书郎，迁南阳太守，转江州刺史。晋王司马睿建国，拜廷尉。他在浔阳时，有故旧知交投奔他，他一概不帮助，只是送一斤王不留行。

王不留行，中药名。李时珍曰：此物性走而不住，虽有王命不能留其行，故名。

这些人得到了礼物，就起身走了。李弘范听到这件事，说："我舅父太刻薄了，竟然役使草木来逐客。"

"王不留行"即同字异意双关。

（6）《魏书·奚康生传》世宗赐枣、柰、果，面敕曰："果者，果如朕心；枣者，早遂朕意。"——果者、枣者，世宗所赐食物，意在传递朕心、朕意。

（7）《隋书·杨素传》周武帝赐竹策，曰："朕方欲大相驱策，故用此物赐卿。"——平定北齐之战，杨素请求率领父亲先前的部下作先锋。武帝答应了他，并且赐给他一条竹鞭，说："我正要驱使天下，所以把这件东西赐给你。"杨素跟随齐王宇文宪在河阴和齐人交战，因战功被封为清河县子，食邑五百户。一年后武帝又授予杨素司城大夫之职。

此"竹策",策马之鞭,双关为周武帝欲"驱策"天下。

(8)《李浑传》奉熨斗于隋文帝曰:"愿执威柄以熨安天下也。"——《隋书》记有李穆让自己的儿子李浑入京,拿了熨斗作为信物给隋文帝,说:"愿执威柄以熨安天下也。"表示自己不会叛变,估计这只熨斗也有刻度,那些不准确的刻度表示为尺,可以丈量天下的意思,算是一种权杖。隋文帝见到此物,了解了李穆归顺的心意,很高兴。

此"熨斗",熨衣之具,双关为"熨安"。

(9)《南部新书》丁高骈致周宝书:"伏承走马,已及奔牛,今附菹一瓶、葛粉十斤,以充道路所要。"谓其将成菹粉。——唐朝光启三年,中书令高骈镇守淮海时,蝗虫施虐,天降雨鱼,人死成塚,叛军周宝逃奔毗陵去了,高骈听说后非常高兴,立刻派使者送给周宝一封信,信上说:"听说你驱马将要到达奔牛("奔牛"堰名,在常州西),现在附带送上一瓶菹盐(姜蒜捣碎加盐制成的酸菜)和十斤葛粉,供你路上之用"。

此"菹粉"亦"双关",名为食物,实则预示叛军周宝将要成为菹粉。

(10)《周礼·秋官司寇》:"朝士掌建邦外朝之法,……面三槐";郑注:"槐之言怀也,怀来人于此,欲与之谋";孙诒让《周礼正义》卷六八:"'槐'、'怀'声类相近。……《初学记·政理》部引《元命包》云:'槐之言归也,情见归实。'"亦古经籍中"风人体"双关之例。——以树木之"槐"双关"怀"人。

(11)周密《癸辛杂识》记南宋太学除夕,各斋祀神,"用枣子、荔枝、蓼花三果,盖取'早离了'之谶。"——用枣子、荔枝、蓼花,双关"早离了"。

(12)刘宗周《刘子全书·文编》卷五《光禄寺少卿周宁宇先生行状》:"有巡方使者,驻元氏候代。日久,先生以邑小,供应不堪,一日,馈进四果,曰:枣、梨、圆、柿。巡方得之,悟曰:'岂欲我早离元氏耶?'"——用"枣、梨、圆、柿"双关"早离元氏"。

(13)施闰章《愚山诗集》卷二《枣枣曲》自序,谓海阳有"香枣",盖取二枣刌剥叠成,中屑茴香,以蜜渍之,询其始,则商人妇所为寄其夫者,"义取'早早回乡'云"。——海阳妇以枣与茴香谐音,望夫"早回"。

(14)汪穰卿《庄谐选录》卷八记丁晏在淮安,闻太平军入扬州,欲以"枣子、粟糕、灯笼、鸡子"犒师,谐"早立登基"。均"风人体"也。——以"枣子、粟糕、灯笼、鸡子"犒劳军队，谐意"早立登基"。

（15）《全唐诗》载张揆妻侯氏《绣龟形诗》："绣作龟形献天子，愿都征客早还乡"，则以"龟"谐音，望夫之"归"，亦唐人不讳龟之证；后世以此"机警"施诸夫妇，便成暴谑矣。——侯氏在衣服上刺绣"龟形"图案，以"龟"谐音，望夫早"归"。钱锺书诙谐地加了一句，唐人不忌讳乌龟，要是在后世就要闹笑话了。

（16）按《坚瓠二集》卷一记无锡旧俗，"凡大试，亲友则赠笔及定胜糕、米粽各一盒，祝曰：'笔定糕粽！'"；谐"必定高中"也。可与《儿女英雄传》所记"送场"物参观。——人们赠送笔及定胜糕、米粽给参加科举大考的试子，意在预祝其"必定高中"。

（17）马瑞辰《毛诗传笺通释》说《秦风·黄鸟》云："诗刺三良从死，而以'止棘'、'止桑'、'止楚'为喻者，'棘'之言'急'也，'桑'之言'丧'也，'楚'之言'痛楚'也。——公元前621年，秦穆公死，殉葬者多达一百七十七人，根据约定，奄息、仲行、针虎三个贤臣随前葬。人们哀悼他们，于是创作了这首挽歌。诗双关以增悲，"棘"谐音"急"，"桑"谐音"丧"，"楚"谐意"痛楚"。

（18）古人用物，多取名于音近，如'松'之言'容'，'柏'之言'迫'，'栗'之言'战栗'，'桐'之言'痛'，'竹'之言'蹙'，'蓍'之言'耆'，皆此类也。"——列举古人用物来借意双关，绝大多数是利用音近的情况。

（19）吴骞《拜经楼诗话》卷四："《左传》：'女贽不过榛、栗、枣、脩'；《正义》曰：'先儒以为栗取其战栗，枣取其早起，脩取其自脩也'；《疏》释云：'惟榛无说。盖以榛声近虔，取其虔于事也。'按司马相如《吊二世赋》："汩减轶以永游兮，注平皋之广衍。观众树之蓊薆兮，览竹林之榛榛'；'衍'、平声，'榛'、渠年切，与疏意合。"——古时女子谒见人时所送的礼物无非是"榛、栗、枣、脩"，均为谐音借意，榛借意为虔敬，栗借意为战栗，枣借意为早起，脩借意为自修。

（20）陆游《老学庵笔记》卷四："绍圣中，蔡京馆辽使李俨……颇久。一日，俨方饮，忽持盘中杏曰：'来未花开，如今多幸。'蔡举梨谓之曰：'去虽叶落，未可轻离。'"——李俨持"杏"言"幸"，蔡京举"梨"说"离"，谐音双关。

（21）岳珂《桯史》卷二："太学列斋匾榜，至除夕，必相率祭之，……

祝词惟祈速化而已。……爵中有数鸭脚,每献则以酒沃之,谓'侥幸'";盖"鸭脚"即银杏,谐音"浇杏"也。——银杏别名鸭脚,以其形似,以酒洒在鸭脚(银杏)上,即"浇杏",谐音为"侥幸"。

(22)尚有不向果实、而向鳞介上"作机警"者,如朱弁《曲洧旧闻》:"刘逵……奉使三韩,道过余杭。时蒋颖叔为太守,……取金色鳅一条与龟献于逵,以致'今秋归'之意。"此亦如唐张揆妻愿"征客早还"而"绣龟形献天子"矣。——蒋太守赠送一条金色鳅和一只龟给刘逵,谐音双关,借意为请他"今秋归"。

综上所述,钱锺书一句话作结:盖以物名"作机警",屡著于经、史。

古人每每将不便直说的事情,转而托物寄意,和用语言进行"双关借意"有异曲同工之妙,钱锺书称为"作机警",这种情况在经书、史典籍中屡见不鲜。

钱锺书又说:观宰我释栗、诗人赋莲、《昏仪》妇执其所从来远在《子夜》、《读曲》之前矣。

比较而言,经书、史籍中的"风人体"远在民歌乐府"风人体"之前,强调二者有渊源关系,当时民俗双关是民歌双关的土壤和来源。

2. 后世戏曲小说中"风人体"

后世戏曲小说中尤多,如

(1)《百花亭》第三折王焕唱:"这枣子要你早聚会,这梨条休着俺抛离,这柿饼要你事事都完备,这嘉庆〔子〕这场嘉乐喜,荔枝离也全在你,圆眼圆也全在你。"——"枣子"、"梨条"、"柿饼"、"嘉庆子"、"荔枝"、"圆眼",皆"双关"语。

(2)《儿女英雄传》三四回:"亲友来送场,又送来状元糕、太史饼、枣儿、桂圆等物,无非预取高中占元之兆。"枣谐早,桂圆谐贵元。——"枣"、"桂圆"为"双关",预祝考生"高中占元",即夺魁。

(3)高文秀《襄阳会》第一折刘琮设宴延刘备,伏刀斧手,刘琦举席上果子作机警,示意于备曰:"叔父,你看这桌上好枣、好桃、好梨也!"双关"早逃离"。——刘琦说"好枣、好桃、好梨"是双关语,叫刘备"早逃离"。

【古人审美】

"有美一人,硕大且卷。……硕大且俨。"《传》:"'卷',好貌;'俨',矜庄貌。"按《太平御览》卷三六八引《韩诗》作"硕大且（女舍）"，薛君曰：
"'（女舍）'、重颐也。""硕大"得"重颐"而更亲切着实。《大招》之状美人
曰："丰肉微骨，调以娱只。"再曰："丰肉微骨，体便娟只"；复曰："曾颊倚
耳。"王逸注："曾，重也。"《诗》之言"（女舍）"，正如《楚辞》之言"曾颊"。

〔增订三〕《全汉文》卷二二司马相如《美人赋》亦云"弱骨丰肌"，即《楚
辞》之"丰肉微骨"。

唐宋画仕女及唐墓中女俑皆曾颊重颐，丰硕如《诗》、《骚》所云。刘过《浣
溪纱》云："骨细肌丰周昉画，肉多韵胜子瞻书，琵琶弦索尚能无？"徐渭《青
藤书屋文集》卷十三《眼儿媚》，云："粉肥雪重，燕赵秦娥。"古人审美嗜尚，
此数语可以包举。叔本华所谓首贵肉丰肌满也；当世德国大家小说中尚持此
论。参观董迪《广川画跋》卷六《书伯时藏周昉画》、杨慎《太史升庵全集》
卷六六论周昉画、王世懋《王奉常集》文部卷五《李郡画六十美人跋》、胡应
麟《少室山房类稿》卷一○九《跋仇英汉宫春晓卷》。

《泽陂》是一首水泽边女子思念一位小伙子的情歌。"有美一人，硕大且
卷。……硕大且俨。"是对小伙子形象的赞美，钱锺书疑似将其看成了对美女
的描写。

钱锺书以下的引证和论述均是写女子之美的——

楚辞《大招》之"丰肉微骨，调以娱只。"再曰："丰肉微骨，体便娟只"；
复曰："曾颊倚耳。"；司马相如《美人赋》亦云"弱骨丰肌"；唐宋画仕女及唐
墓中女俑皆曾颊重颐；刘过《浣溪纱》云："骨细肌丰周昉画，肉多韵胜子瞻
书，琵琶弦索尚能无？"；徐渭《青藤书屋文集》卷十三《眼儿媚》，云："粉
肥雪重，燕赵秦娥。"

钱锺书是否弄错了？把《泽陂》中描写美男的诗句看成了描写美女？

暂且存疑。

附录：《管锥编—毛诗正义》第四十五则

泽陂

"有蒲与菡"；《笺》："菡，当作'莲'，芙蕖实也，以喻女之言信"；《正
义》："莲是荷实，故喻女言信实"。按荀如郑、孔之解，则六朝《子夜歌》之
"莲子何能实"、《杨叛儿》之"眠卧抱莲子"等，肇端于是矣。古乐府中"黄

檗”、“石阙”、“牛迹”之类，以至《游仙窟》中五嫂、十娘“向果子上作机警”、《云溪友议》卷下《温、裴黜》中歌曲，莫非莲“实”示信“实”之类，音义双关也。冯犹龙所辑《山歌》中，触处皆此例。洪迈《容斋三笔》卷一六考论乐府诗“引喻”，赵翼《陔余丛考》卷二四考论“双关两意诗”，翟灏《通俗编》卷三八考论“风人体”借喻，均未溯《三百篇》。《论语·八佾》宰我答哀公问社曰：“夏后氏以松，殷人以柏，周人以栗，曰使民战栗。”孔安国注斥其“妄为之说”；刘宝楠《正义》：“何休《公羊注》又云：‘松犹容也，想见其容貌而事之；……柏犹迫也，亲而不远；……栗犹战栗，谠敬貌。……’皆本此文而附会之。”《礼记·昏仪》：“妇见舅姑，执笲枣。栗、腶脩。”郑玄注引何休曰：“妇执腶脩者，取其断断自修饰也”；《白虎通·瑞贽》说“枣、栗”曰：“又取其早起战栗自正也。”与说社同一机杼，正亦“双关”之“风人体”也。《三国志·蜀书·姜维传》裴注引孙盛《杂记》：“得母书，令求当归，维曰：‘……但有远志，不在当归也。”又《吴书·太史慈传》：“曹公闻其名，遗慈书，以箧封之，发省无所道，而但贮当归。”《世说·俭啬》卫展在浔阳，有知旧投之，“都不料理，惟饷王不留行一本，此人得饷便命驾。”《魏书·奚康生传》世宗赐枣、柰、果，面敕曰：“果者，果如朕心；枣者，早遂朕意。”《隋书·杨素传》周武帝赐竹策，曰：“朕方欲大相驱策，故用此物赐卿。”又《李浑传》奉熨斗于隋文帝曰：“愿执威柄以熨安天下也。”《南部新书》丁高骈致周宝书：“伏承走马，已及奔牛，今附蔺一瓶、葛粉十斤，以充道路所要。”谓其将成蔺粉。盖以物名“作机警”，屡著于经、史。

后世戏曲小说中尤多，如《百花亭》第三折王焕唱：“这枣子要你早聚会，这梨条休着俺抛离，这柿饼要你事事都完备，这嘉庆〔子〕这场嘉乐喜，荔枝离也全在你，圆眼圆也全在你。”《儿女英雄传》三四回：“亲友来送场，又送来状元糕、太史饼、枣儿、桂圆等物，无非预取高中占元之兆。”枣谐早，桂圆谐贵元。观宰我释栗、诗人赋莲、《昏仪》妇执其所从来远在《子夜》、《读曲》之前矣。

〔增订一〕高文秀《襄阳会》第一折刘琮设宴延刘备，伏刀斧手，刘琦举席上果子作机警，示意于备曰：“叔父，你看这桌上好枣、好桃、好梨也！”双关“早逃离”。与王焕之以枣为“早聚会”、梨为“休抛离”，寓旨适反。亦如象征之顺解逆解、譬喻之同边异柄，可供比勘也。

〔增订三〕《周礼·秋官司寇》：“朝士掌建邦外朝之法，……面三槐”；郑

注："槐之言怀也，怀来人于此，欲与之谋"；孙诒让《周礼正义》卷六八："'槐'、'怀'声类相近。……《初学记·政理》部引《元命包》云：'槐之言归也，情见归实。'"亦古经籍中"风人体"双关之例。自《礼记》以还，"枣"、"早"双关之例最多。周密《癸辛杂识》记南宋太学除夕，各斋祀神，"用枣子、荔枝、蓼花三果，盖取'早离了'之谶。"刘宗周《刘子全书·文编》卷五《光禄寺少卿周宁宇先生行状》："有巡方使者，驻元氏候代。日久，先生以邑小，供应不堪，一日，馈进四果，曰：枣、梨、圆、柿。巡方得之，悟曰：'岂欲我早离元氏耶？'"施闰章《愚山诗集》卷二《枣枣曲》自序，谓海阳有"香枣"，盖取二枣刊剥叠成，中屑茴香，以蜜渍之，询其始，则商人妇所为寄其夫者，"义取'早早回乡'云"。汪穰卿《庄谐选录》卷八记丁晏在淮安，闻太平军入扬州，欲以"枣子、粟糕、灯笼、鸡子"犒师，谐"早立登基"。均"风人体"也。海阳妇以枣与茴香谐音，望夫"早回"。《全唐诗》载张揆妻侯氏《绣龟形诗》："绣作龟形献天子，愿都征客早还乡"，则以"龟"谐音，望夫之"归"，亦唐人不讳龟之证；后世以此"机警"施诸夫妇，便成暴谑矣。又按《坚瓠二集》卷一记无锡旧俗，"凡大试，亲友则赠笔及定胜糕、米粽各一盒，祝曰：'笔定糕粽！'"；谐"必定高中"也。可与《儿女英雄传》所记"送场"物参观。

《增订四》马瑞辰《毛诗传笺通释》说《秦风·黄鸟》云："诗刺三娘从死，而以'止棘'、'止桑'、'止楚'为喻者，'棘'之言'急'也，'桑'之言'丧'也，'楚'之言'痛楚'也。古人用物，多取名于音近，如'松'之言'容'，'柏'之言'迫'，'栗'之言'战栗'，'桐'之言'痛'，'竹'之言'蹙'，'蓍'之言'耆'，皆此类也。"吴骞《拜经楼诗话》卷四："《左传》：'女贽不过榛、栗、枣、脩'；《正义》曰：'先儒以为栗取其战栗，枣取其早起，脩取其自脩也'；《疏》释云：'惟榛无说。盖以榛声近虔，取其虔于事也。'按司马相如《吊二世赋》："汩淢靸以永游兮，注平皋之广衍。观众树之蓊薆兮，览竹林之榛榛'；'衍'、平声，'榛'、渠年切，与疏意合。"陆游《老学庵笔记》卷四："绍圣中，蔡京馆辽使李俨……颇久。一日，俨方饮，忽持盘中杏曰：'来未花开，如今多幸。'蔡举梨谓之曰：'去虽叶落，未可轻离。'"岳珂《桯史》卷二："太学列斋匾榜，至除夕，必相率祭之，……祝词惟祈速化而已。……爵中有数鸭脚，每献则以酒沃之，谓'侥幸'"；盖"鸭脚"即银杏，谐音"浇杏"也。尚有不向果实、而向鳞介上"作机警"者，如朱弁《曲洧旧闻》："刘逵……奉使三韩,道过余杭。时蒋颖叔为太守,……取金色鳅一条与龟献于逵,以致'今秋归'之意。"此亦如唐张揆妻愿"征客早还"而"绣龟形献天子"矣。

"有美一人,硕大且卷。……硕大且俨。"《传》:"'卷'、好貌:'俨'、矜庄貌。"按《太平御览》卷三六八引《韩诗》作"硕大且(女酓)",薛君曰:"'(女酓)'、重颐也。""硕大"得"重颐"而更亲切着实。《大招》之状美人曰:"丰肉微骨,调以娱只。"再曰:"丰肉微骨,体便娟只";复曰:"曾颊倚耳。"王逸注:"曾,重也。"《诗》之言"(女酓)",正如《楚辞》之言"曾颊"。

〔增订三〕《全汉文》卷二二司马相如《美人赋》亦云"弱骨丰肌",即《楚辞》之"丰肉微骨"。

唐宋画仕女及唐墓中女俑皆曾颊重颐,丰硕如《诗》、《骚》所云。刘过《浣溪纱》云:"骨细肌丰周昉画,肉多韵胜子瞻书,琵琶弦索尚能无?"徐渭《青藤书屋文集》卷十三《眼儿媚》,云:"粉肥雪重,燕赵秦娥。"古人审美嗜尚,此数语可以包举。叔本华所谓首贵肉丰肌满也;当世德国大家小说中尚持此论。参观董迪《广川画跋》卷六《书伯时藏周昉画》、杨慎《太史升庵全集》卷六六论周昉画、王世懋《王奉常集》文部卷五《李郡画六十美人跋》、胡应麟《少室山房类稿》卷一〇九《跋仇英汉宫春晓卷》。

钱锺书论"无情不老"

《管锥编—毛诗正义》札记第四十六则

《管锥编—毛诗正义》第四十六则《隰有苌楚》，副标题为《无情不老》。

《隰有苌楚》

隰有苌楚[1]，猗傩[2]其枝，夭之沃沃[3]，乐子之无知。

隰有苌楚，猗傩其华[4]，夭之沃沃，乐子之无家[5]。

隰有苌楚，猗傩其实，夭之沃沃，乐子之无室。

注释

注 1. 隰（xí）：低湿的地方。苌（cháng）楚：藤科植物，今称羊桃。

注 2. 猗傩（ēnuó）：同"婀娜"，柔软的样子。

注 3. 夭：少，此指幼嫩。沃沃：润泽的样子。

注 4. 华：花。

注 5. 家：与下章"室"皆谓婚配。《左传·桓公十八年》："女有家，男有室。""无家"、"无室"指无家庭拖累。

译文

洼地有羊桃，枝头迎风摆。柔嫩又光润，羡慕你无知好自在！

洼地有羊桃，花艳枝婀娜。柔嫩又光润，羡慕你无家好快乐！

洼地有羊桃，果随枝儿摇。柔嫩又光润，羡慕你无室好逍遥！

钱锺书此则对《隰有苌楚》中"无知"一词进行了训诂，阐明了诗意，并在此基础上，论述了"无情不老"。

【对《苌楚》中"无知"一词的训诂】

《隰有苌楚》这首诗共有三章，每章两句，第一句起兴，写洼地杨桃柔嫩而光润，婀娜多姿，第二句，用杨桃之鲜嫩光润来暗喻，表达诗人对少男少女两情相悦的羡慕。

"乐子之无家"、"乐子之无室"。诗的第二、三章结尾两句好理解。"子"是诗中主人公，现代汉语就是第二人称"你"。

诗人羡慕"子"快乐、逍遥，因为"子"尽享恋爱之乐而无"室家"之累。

诗人大概是有家室之人，已在"围城"中，感觉不自由，而"子"在"围城"外，自由自在。诗是"围城"中人羡慕"围城"外人。

然而，诗的第一章"乐子之无知"，就没有二、三章那么好理解了。

为什么"无知"却值得羡慕呢？

"无知"二字究竟何意，值得训诂。

"夭之沃沃，乐子之无知。……乐子之无家，乐子之无室。"

《笺》："知、匹也，于人年少沃沃之时，乐共无匹配之意。'无家'谓无夫妇室家之道。"

《正义》："谓十五六时也。"

按《序》："思无情欲者。"注疏胶泥此语，解"知"为知人事、通人道，如《孟子·万章》"知好色则慕少艾"之"知"，甚矣其墟拘墨守也！

毛《序》注"无知"为"思无情欲者"。

"思无情欲"即思无邪，大概意思是，懵懂之少男少女刚刚知晓倾慕异性，心灵是青涩、纯洁的，有情爱之思而无性欲之念，犹如孟子所言：幼小之人，依恋父母；年届少年，知晓男女之情后，刚开始对貌美异性萌生喜爱和倾慕。

《笺》注：知，是匹配的意思；无知，是没有匹配的想法，没有成婚的意愿。

《正义》疏："无知"是指少男少女十五、六岁的时候，即豆蔻年华。

钱锺书说，《笺》、《正义》之注疏过于拘泥于毛《序》。他们解"知"为"知人事，通人道"，即知晓男女之情。解"无知"为"情窦未开"，少年十五六岁尚"无匹配之意"，只知两情相悦而未想到婚配。

钱锺书觉得他们的解读局限而片面，认为"无知"一词的内涵应该是宽泛的：

《荀子·王制》篇："水火有气而无生，草木有生而无知，禽兽有知而无义。"即此处"无知"之意。——草木无知，禽兽有知，草木者，植物也，禽兽者，动物也。植物和动物同为有生，前者无知后者有知。盖有脑、有神经系统并能感觉外物者，为有知者也。人乃高等动物，当然属于有知者也。

"知",知虑也,而亦兼情欲言之,如《乐记》:"知诱于外。"郑玄注:"知犹欲也。""情",情欲也,而亦兼知虑言之,如《易·乾元》:"各正性命。"孔颖达疏:"天本无情,何情之有?而物之性命,各有情也:所秉生者谓之性,随时念虑谓之情。"故称木石可曰"无知之物",又可曰"无情之物",皆并包不识不知、何思何虑、无情无欲而云然。——《乐记》及郑玄注说,有知者必受外界的诱惑,必有情欲;《易·乾元》及孔颖达疏说,随时挂念谓之情,即有情欲者必有知虑也。因此,知虑和情欲密不可分,简言之,有知必有情。这里的情不是狭义的男女之情,而是广义的人对外物的爱憎之情。

由此,钱锺书把"无知"训诂为:无识无知、无思无虑、无情无欲。

"无知"本指草木没有知觉。《隰有苌楚》中的"无知"是指"子"(诗的主人公——15、6岁的少年)像"苌楚"一样没有知虑和情欲的烦恼和忧愁。

可以说,对"无知"一词,郑、孔之解是狭义的,钱锺书之解是广义的。

【"乐子之无知"的诗意】

在对"无知"一词训诂的基础上,钱锺书开始解读"乐子之无知"的诗意:

此诗意谓:苌楚无心之物,遂能夭沃茂盛,而人则有身为患,有待为烦,形役神劳,唯忧用老,不能长保朱颜青鬓,故睹草木而生羡也。室家之累,于身最切,举示以概忧生之嗟耳,岂可以"无知"局于俗语所谓"情窦未开"哉?

苌楚即杨桃是无心之物,无知虑、无情欲,所以能自在自然地蓬勃生长而无任何烦恼和忧愁;人则不同,有性命之忧惧,有期待之烦恼,有生计和欲望驱使其劳形劳神,只会加剧衰老,而无益常葆青春。因此,诗人见杨桃之繁盛便生出如许羡慕之情,是理所当然的。

在人生烦恼中,家庭的羁绊和操劳是最为切近的,所以诗用它为例来慨叹人生之多忧。《笺》、《正义》把人生忧己忧事的诸多烦恼注解为少年"情窦未开",实在是太过局限了。

窃谓元结《系乐府·寿翁兴》:"借问多寿翁,何方自修育?唯云'顺所然,忘情学草木'。"即《诗》意。

而姜夔《长亭怨》:"树若有情时,不会得青青如许。"尤为的诂。"青青如许"即"夭之沃沃","若有情"即"无知"。

姜氏若曰:树无知无情,故猗猗菁菁,不似人之思虑萦结,哀乐侵寻,积衰成敝,婆娑意尽也。

钱锺书说，《苌楚》的诗意是强调，树木倘若有情，就免不了烦恼忧患，就不会长得如许苍翠茂盛。人应顺其自然，学草木而忘情。

根据钱锺书的论述，"乐子之无知"可解读为：你何等年轻，像苌楚一样无忧无虑，自在逍遥，多么令人羡慕啊！

【无情不老】

钱锺书由《苌楚》诗"乐子之无知"谈到"无情不老"。

钱锺书解读姜夔"树若有情时，不会得青青如许"之意说：树无知无情，故猗猗菁菁，不似人之思虑萦结，哀乐侵寻，积衰成敝，婆娑意尽也。

树因为无知无情，蓬蓬勃勃，郁郁青青，人因为有情常纠结难遣，愁肠百转，思虑万千，以至抑郁伤身，丝尽蚕死，油尽灯灭。

简言之，草木因无情而蓬勃茂盛，人因为有情而痛苦早衰。

有一句老话：人非草木，孰能无情？！

人自成年晓事起，情便与生同在了。

然而，人生最大的困惑也正是情，因为情使多少人不堪重负，因为情使多少人一生憔悴，因为情使多少人魂断欲壑。

情是无形的，但情又是实在的，处理不好会成心病，如身上背的包袱，又如心头的乱麻，如果你放不下，解不开，它就是很大的负担，使你寝食难安，久而久之，由精神困境致使身体功能紊乱，使你疾病缠身，最终把你拖垮，让你短寿归西。

正如金庸先生《书剑恩仇录》所言："慧极必伤，情深不寿。"

因此，古哲历尽情累，幡然醒悟：人欲不老，人欲长寿，就要学草木之"无情"，相反，清心寡欲之人，则悠悠长寿，"无情不老"。

钱锺书引古人诗文数则，屡明"无情不老"之旨：

杜甫《哀江头》："人生有情泪沾臆，江水江花岂终极。"——人生只因有情，而时常泪水满襟，岂如江水流淌、江花绚烂之自由自在，无穷无尽。

鲍溶《秋思》之三："我忧长于生，安得及草木。"——我的忧愁比生命还要悠长，怎能比得上草木之安逸自适。

韦庄《台城》："无情最是台城柳，依旧烟笼十里堤。"——诗人凭吊古迹，六朝繁华已殆尽，唯有台城十里长堤，无情之柳，烟笼叠翠，终古常青。

戴敦元《饯春》："春与莺花都作达，人如木石定长生。"（《戴简恪公遗集》

卷四。——春与莺花都很自在旷达，人如果能像木石一样无情，一定会长生不老的。

李贺《金铜仙人辞汉歌》："天若有情天亦老。"亦归一揆，不詹詹于木石，而炎炎大言耳。宋人因袭不厌，如陈著《渔家傲》词："天为无情方不老。"则名学之"命题换质"（ob 天若有情天亦老 version）也。——"天为无情方不老"乃蹈袭"天若有情天亦老"，只是换了一种说法，都是说，天如果有情，天也会苍老的。极言情多之为害。

当然，人之价值观是多元的，古时也有对长生不老不以为然的。

鲍照《伤逝赋》："惟桃李之零落，生有促而非夭；观龟鹤之千祀，年能富而情少。"又谓无情之物，早死不足悲、不死不足羡耳。——龟鹤无情而千年，然而，无情之物，虽长寿而何益？无情之物，早死不足悲、不死不足羡。

桓谭《新论·辨惑》："刘子骏信方士虚言，谓神仙可学。尝问言：'人诚能抑嗜欲，阖耳目，可不衰竭乎？'余见其庭下有大榆树，久老剥折，指谓曰：'彼树无情欲可忍，无耳目可阖，然犹枯槁朽蠹，人虽欲爱养，何能使不衰？'"与《隰有苌楚》之什指趣适反，顾谓树"无情欲"、"无耳目"，则足申"无知"。——桓谭《新论·辨惑》说，见大榆树枯槁朽蠹，申言"无情"不能免朽，与《隰有苌楚》之篇什旨趣适反，元结又有《七不如》一文："常自愧不如孩孺，不如宵寐，又不如病，又不如醉。有思虑不如静而闲，有喜爱不如忘。及其甚也，不如草木。"（《全唐文》卷三八三）。此非羡草木长寿，乃自愧"不如"草木无知，则释老绝思虑、塞聪明之遗意。与《苌楚》复貌同心异，而略近西洋所谓原始主义。——元结《七不如》：不如孩孺，不如宵寐，不如病，不如醉，不如静而闲，不如忘，不如草木，不是羡慕草木长寿，而是羡慕草木没有烦恼，乃愤激语，是释家、道家"绝思虑、塞聪明之遗意"。与《苌楚》之诗旨貌同而意殊。

最后，钱锺书打通古今中外，申论"无情不老"为人类之共悟。

浪漫诗人初向往儿童，继企羡动物，终尊仰植物，为道日损，每况愈下。席勒诗言："草木为汝师。"列奥巴迪文言，不愿为人，而宁为生机情绪较削之物，为禽兽不如为草木。元氏之作，于千载以前，万里而外，已示其几矣。——西方浪漫诗人开始向往为儿童，进而企望为动物，最终仰慕为植物，席勒拜草木为师，列奥巴迪宁可为生机、情绪更低级的东西，成为禽兽不如成为草木，和千载之前、万里而外的元结之《七不如》同一机杼。

近世意大利有学人而工诗者，作咏《碧空》之篇，略谓彼苍者天，昨日如斯，今日如斯，明日仍如斯，无感情，无知觉，不病不衰，不死不灭，不朽不腐，冷如冰，覆如坟，无边无际，压盖下界；持较李贺"天若有情天亦老"之句，似缩之寸幅者伸为万里图，行看子也。——意大利学者兼诗人《碧空》之篇，说苍天无古无今，无情无知，无生无死，和李贺"天若有情天亦老"之句如出一辙，《碧空》所咏为万里长卷，李贺之诗乃浓缩之尺幅。

综上所述，我以为，古人学草木之"无情"，是曾遭情劫、情害后发出的反省悟语，正是深情之产物。

亲爱的朋友们，古人的智慧可资借鉴。

情事多端，数语难尽。

学草木之"无情"，不是灭情，不是绝情，不是成冷血，也不是做呆鸡，而是要学会分析情，整理情，精简情。

要善于分别亲情和友情，分辨真情和虚情，删繁就简，去粗取精，去伪存真，分别对待，力求不为情累，不生情病，多沟通，多付出，多践行，有恩则报，有怨则解；诚心诚信，爱憎分明；但求心安，不责于人；蒙尘力扫，日久自清。遇事真情相待，事过不萦于心。让自己从多情的缠扰中解脱出来，做到清心寡欲，心地澄明，做一棵不老之松郁郁青青。

最后，引用刘德华的唱词《忘情水》作结：

曾经年少爱追梦一心只想往前飞

行遍千山和万水一路走来不能回

蓦然回首情已远身不由已在天边

才明白爱恨情仇最伤最痛是后悔

如果你不曾心碎你不会懂得我伤悲

当我眼中有泪别问我是为谁

就让我忘了这一切

啊给我一杯忘情水换我一夜不流泪

所有真心真意任它雨打风吹

付出的爱收不回

给我一杯忘情水换我一生不伤悲

就算我会喝醉就算我会心碎

不会看见我流泪

附录:《管锥编—毛诗正义》第四十六则

隰有苌楚 · 无情不老

"夭之沃沃,乐子之无知。……乐子之无家,乐子之无室。"《笺》:"知、匹也,于人年少沃沃之时,乐共无匹配之意。'无家'谓无夫妇室家之道。"《正义》:"谓十五六时也。"按《序》:"思无情欲者。"注疏胶泥此语,解"知"为知人事、通人道,如《孟子·万章》"知好色则慕少艾"之"知",甚矣其墟拘墨守也!《荀子·王制》篇:"水火有气而无生,草木有生而无知,禽兽有知而无义。"即此处"无知"之意。"知",知虑也,而亦兼情欲言之,如《乐记》:"知诱于外。"郑玄注:"知犹欲也。""情",情欲也,而亦兼知虑言之,如《易·乾元》:"各正性命。"孔颖达疏:"天本无情,何情之有?而物之性命,各有情也:所秉生者谓之性,随时念虑谓之情。"故称木石可曰"无知之物",又可曰"无情之物",皆并包不识不知、何思何虑、无情无欲而云然。此诗意谓:苌楚无心之物,遂能夭沃茂盛,而人则有身为患,有待为烦,形役神劳,唯忧用老,不能长保朱颜青鬓,故睹草木而生羡也。室家之累,于身最切,举示以概忧生之嗟耳,岂可以"无知"局于俗语所谓"情窦未开"哉?窃谓元结《系乐府·寿翁兴》:"借问多寿翁,何方自修育?唯云'顺所然,忘情学草木'。"即《诗》意。而姜夔《长亭怨》:"树若有情时,不会得青青如许。"尤为的诂。"青青如许"即"夭之沃沃","若有情"即"无知"。姜氏若曰:树无知无情,故猗猗菁菁,不似人之思虑萦结,哀乐侵寻,积衰成敝,婆娑意尽也。杜甫《哀江头》:"人生有情泪沾臆,江水江花岂终极。"鲍溶《秋思》之三:"我忧长于生,安得及草木。"韦庄《台城》:"无情最是台城柳,依旧烟笼十里堤。"戴敦元《饯春》:"春与莺花都作达,人如木石定长生。"(《戴简恪公遗集》卷四;谭献《复堂日记》卷八言以《送春诗》课士得贺汝珩一卷云:"我与莺花同作达,人如木石可长生。"盖谭为此生所欺,不识其窥盗陈编也);均可参印。李贺《金铜仙人辞汉歌》:"天若有情天亦老。"亦归一揆,不詹詹于木石,而炎炎大言耳。宋人因袭不厌,如陈著《渔家傲》词:"天为无情方不老。"则名学之"命题换质"(obversion)也。鲍照《伤逝赋》:"惟桃李之零落,生有促而非夭;观龟鹤之千祀,年能富而情少。"又谓无情之物,早死不足悲、不死不足羡耳。

桓谭《新论·辨惑》:"刘子骏信方士虚言,谓神仙可学。尝问言:'人诚能抑嗜欲,阖耳目,可不衰竭乎?'余见其庭下有大榆树,久老剥折,指谓曰:

'彼树无情欲可忍，无耳目可阖，然犹枯槁朽蠹，人虽欲爱养，何能使不衰？"与《隰有苌楚》之什指趣适反，顾谓树"无情欲"、"无耳目"，则足申"无知"。元结又有《七不如》一文："常自愧不如孩孺，不如宵寐，又不如病，又不如醉。有思虑不如静而闲，有喜爱不如忘。及其甚也，不如草木。"（《全唐文》卷三八三）。此非羡草木长寿，乃自愧"不如"草木无知，则释老绝思虑、塞聪明之遗意。与《苌楚》复貌同心异，而略近西洋所谓原始主义。浪漫诗人初向往儿童，继企羡动物，终尊仰植物，为道日损，每况愈下。席勒诗言："草木为汝师。"列奥巴迪文言，不愿为人，而宁为生机情绪较削之物，为禽兽不如为草木。元氏之作，于千载以前，万里而外，已示其几矣。近世意大利有学人而工诗者，作咏《碧空》之篇，略谓彼苍者天，昨日如斯，今日如斯，明日仍如斯，无感情，无知觉，不病不衰，不死不灭，不朽不腐，冷如冰，覆如坟，无边无际，压盖下界；持较李贺"天若有情天亦老"之句，似缩之寸幅者伸为万里图，行看子也。

钱锺书论"伤春诗"

《管锥编—毛诗正义》札记第四十七则

《管锥编—毛诗正义》第四十七则《七月》，副标题为《伤春诗》。

【"春日迟迟"与"秋日凄凄"之似同实异】

"春日迟迟，采蘩祁祁，女心伤悲，殆及公子同归。"是《诗经—七月》中的一句诗。

钱锺书引录了《传》、《笺》、《正义》对此句的注解，其中孔颖达《正义》对诗中"迟迟"二字的解读，得到他的特别关注和赞赏："按孔疏殊熨帖心理，裨益词学。"

孔颖达《正义》对诗中"迟迟"二字注疏如下：

"迟迟者，日长而暄之意。春秋漏刻，多少正等，而秋言'凄凄'，春言'迟迟'者，……人遇春暄，则四体舒泰，觉昼景之稍长，谓日行迟；……及遇秋景，四体褊躁，不见日行急促，唯觉寒气袭人。……'凄凄'是凉，迟迟非暄，二者观文似同，本意实异也。"

孔疏所说"秋言'凄凄'"不是《七月》诗中的句子，而是《诗经》中另一首诗《小雅—四月》中的句子："秋日凄凄，百卉具腓。"孔颖达将"秋言'凄凄'"引来是为了和"春日迟迟"相比照，指出"春日迟迟"和"秋日凄凄"这两个句子修辞方法的区别：

"'凄凄'是凉，迟迟非暄，二者观文似同，本意实异也。"

"秋日凄凄"是指秋天寒冷，但"春日迟迟"并不是指春天暖和，而是人遇春暖，浑身舒泰，感觉白天长一些，太阳走得慢一点。

"秋日凄凄"是气候变化的实况，"春日迟迟"是气候变化所引起的感觉判断，这种感觉判断和实际是不尽相符的。实际上，时间的流逝在春天和在秋天是一样的——"春秋漏刻，多少正等"。

钱锺书对此进行理论分析：

"皆一言触物而得之感觉，物之体也，一言由觉而申之情绪，物之用也。"——"秋日凄凄"和"春日迟迟"同为修饰，钱锺书说二者似同而实异。二者的同很明显，均是主谓结构，前词"秋日"、"春日"是主语，后词"凄凄"、"迟迟"是谓语，后词是对前词的描述和说明。

重点是二者的区别：

"秋日凄凄"，人所感觉的是"物之体"——寒冷。

"春日迟迟"，人所感觉的不是"物之体"，而是"物之用"。

"春日"的"物之体"是温暖、即春暄；"迟迟非暄"，"迟迟"不是温暖，不是"物之体"。

"迟迟"是因"春暄"（温暖）所引起的浑身舒畅、太阳行走缓慢的感觉，是"体之用"。

"秋日凄凄"——秋天寒冷是客观描写；"春日迟迟"即春天太阳行走缓慢是主观描写。主观描写和客观描写是不同的。

主观描写追求的是人的感觉的逼真，客观描写追求的是和实际情况相吻合的逼真。

主观描写随着人的情绪、心理的变化而变化，往往或夸大，或削弱。

钱锺书写道："按孔疏殊熨帖心理，裨益词学。"对钱锺书的提示，我们应注意领悟。

学一点心理文艺学对我们的鉴赏和写作会大有帮助。

【伤春诗之源流对比】

"春日迟迟，采蘩祁祁，女心伤悲，殆及公子同归。"

《传》："春，女悲，秋，士悲；感其物化也。"

《笺》："春，女感阳气而思男；秋，士感阴气而思女。是其物化，所以悲也。悲则始有与公子同归之志，欲嫁焉。"

钱锺书曾在《管锥编—毛诗正义》札记第十五则，指出《燕燕》之"瞻望弗及，伫立以泣"是送别诗的源头，并将送别诗之源流进行了对比。

这里，钱锺书指出《七月》之"春日迟迟，采蘩祁祁，女心伤悲，殆及公子同归"是伤春诗的源头,并对伤春诗的源流进行对比。

钱锺书指出:

"苟从毛、郑之解,则吾国咏"伤春"之词章者,莫古于斯。"

毛《传》注:"春,女悲",郑《笺》注:"春,女感阳气而思男",就是指认"春日迟迟,采蘩祁祁,女心伤悲,殆及公子同归"为伤春。

关于"女心伤悲,殆及公子同归"为伤春,金性尧《炉边诗话》讨论《七月》中有言:"按照某些古人的说法,这'女'是已经订婚的上层女子,"归"是于归之归。她们在采桑时想到不久要远嫁异地,与'公子同归',因而要与父母分离,心中不免伤悲。"

《七月》作为《诗经》之一,凡写伤春的诗不可能比它还早,即"莫古于斯"。

质言之,《七月》是伤春诗的源头。

往下,钱锺书罗列了一些伤春诗进行源流对比:

1. 唐张仲素《春闺思》

"袅袅城边柳,青青陌上桑,提笼忘采叶,昨夜梦渔阳。"《诗》言因采叶而"伤春",张言因伤春而忘采叶,亦善下转语矣。——《七月》言,因采叶而"伤春",唐张仲素《春闺思》言,因伤春而忘采叶。《春闺思》承袭《七月》而善于变化,变化在于巧妙地将采叶和"伤春"的因果关系倒置了一下,使承袭不着印痕。

2.《召南·野有死麕》

虽曰"有女怀春",而有情无景,不似此章之有暄日、柔桑、仓庚鸣等作衬缀,亦犹王昌龄《闺怨》之有陌头杨柳,《春怨》之有黄鸟啼及草萋萋等物色。——《野有死麕》言"有女怀春",但有情无景,《七月》有暄日、柔桑、仓庚鸣等景物描写,是情景交融的。

3. 曹植《美女篇》

"美女妖且闲,采桑歧路间。"中间极写其容饰之盛,倾倒行路,而曲终奏雅曰:"盛年处房室,中夜起长叹。"是亦怀春而"女心伤悲"也:然此女腕约金环,头戴金钗,琅玕在腰,珠玉饰体,被服纨素,以此采桑,得无如佩玉琼琚之不利步趋乎!——曹植《美女篇》写女子伤春有繁琐的容饰描述:"腕约金环,头戴金钗,琅玕在腰,珠玉饰体,被服纨素",钱锺书笑着反问,穿戴如此去采桑不是非常碍事吗？

4. 欧阳詹《汝川行》

"汝坟春女蚕忙月，朝起采桑日西没；轻绡裙露红罗袜，半蹋金梯倚枝歇。"云云，亦太渲染、多为作。——欧阳詹《汝川行》写女子采桑也浓彩重抹："轻绡裙露红罗袜，半蹋金梯倚枝歇。"太过渲染。

5. 后来如梁元帝《春日》

"春心日日异，春情处处多，处处春芳动，日日春禽变。"李商隐《无题》："春心莫共花争发。"以至《牡丹亭》第一〇出："原来姹紫嫣红开遍。"胥以花柳代桑麻，以游眺代操作，多闲生思，无事添愁，有若孟郊《长安早春》所叹："探春不为桑，探春不为麦，日日出西园，只望花柳色。"华而不实，朴散醇漓，与《七月》异撰。——后世伤春诗不如《七月》古朴醇厚。

对比之后，钱锺书总结道：

"均逊《七月》之简净也。"

即：通观历史上的伤春诗文，还是《七月》的诗句最为简练、明净。

【《诗经》中"怀春""伤春"之诗并非淫诗】

怀春、伤春是女子遇春所产生的一种情怀，她们之惜春、悯春情愫敏感而内敛，往往是怜爱自己，如林黛玉之系。

伤春诗是这种情怀的抒发，非淫可言，亦无可厚非。

腐儒们顽固僵化的礼教思想使怀春、伤春蒙尘，使其陷入淫心、淫情的泥沼。

1.《牡丹亭》中腐儒陈再良授杜丽娘《诗经》，推为"最葩"，历举《燕羽》、《汉皋》诸篇，"敷演大意"（第七出），而又自矜"六十来岁，从不晓得伤个春"（第九出），殆读《三百篇》而偏遗此章欤？抑读此章而谨遵毛公、郑君之《传》、《笺》，以为伤春乃女子事，而身为男子，只该悲秋欤？毛、郑于《诗》之言怀春、伤春者，依文作解，质直无隐。——《牡丹亭》推荐《诗经》，历举《燕羽》、《汉皋》诸篇，独忘《七月》。何故？莫非把《七月》看作淫诗？

毛亨、郑玄注《三百篇》谈论怀春、伤春直言不讳，腐儒们却避之唯恐不及，岂非可笑？！

2. 宋儒张皇其词，疾厉其色，目为"淫诗"，虽令人笑来；然固"晓得伤个春"而知"人欲"之"险"者，故伤严过正。清儒申汉绌宋，力驳"淫诗'

之说，或谓并非伤春，或谓即是伤春而大异于六朝、唐人《春闺》、《春怨》之伤春；则实亦深恶"伤春"之非美名，乃曲说遁词，遂若不晓得伤春为底情事者，更令人笑来矣。——宋儒视《三百篇》中怀春、伤春之诗为淫诗，厉声挞伐，可笑；清儒竭力否认《三百篇》中有怀春、伤春之诗，实际上是避讳怀春、伤春之名，同样可笑。

3. 陆机《演连珠》："幽居之女，非无怀春之情，是以名胜欲，故偶影之操矜。"是囿于名教，得完操守，顾未尝不情动欲起。——幽居之女并非没有怀春之情，只因名教压迫和顾及名声而掐灭了自己的情感。

4. 丁绍仪《听秋声馆词话》卷一一："俗谚：'管得住身，管不住心。'周济《虞美人》衍之曰：'留住花枝，留不住花魂。'"窃谓可作"名胜欲"之的解，"管得住身"亦即"止乎礼义"，"管不住心"又正"发乎情"。——幽女逢春"管得住身，管不住心"、"留住花枝，留不住花魂"，是"名"战胜了"欲"，类似于如今之止于单相思、精神恋爱。

5. 胡承珙《毛诗后笺》卷四说《蝃蝀》曰："《序》云：'止奔也'，……朱《传》以为'刺淫奔'之诗。……夫曰'刺奔'，则时有淫奔者而刺之也；曰'止奔'，则时未有奔者而止之也，所谓'礼止于未然者'尔。"苟非已有奔之事而又常有奔之情与势，安用"止"乎，"止"者，鉴已然而防未然，据成事以禁将事。"礼禁于将然，法禁于已然"，语本贾谊《论治安疏》、《史记·自序》、《大戴礼·礼察篇》；然《礼记·坊记》反复曰："礼以坊德，刑以坊淫，……夫礼坊民所淫，……以此坊民，……犹淫佚而乱于族。"胡氏不愿《三百篇》中多及淫奔，遂强词害理耳。故戟手怒目，动辄指曰"淫诗"，宋儒也；摇手闭目，不敢言有"淫诗"，清儒为汉学者也；同归于腐而已。——封建卫道士将男女未经父母之命媒妁之言而自行结合者称为"淫奔"。对"淫奔"有"刺奔"和"止奔"之说法。说"刺奔"，则当时已有淫奔之事，所以刺之。说"止奔"，则当时尚有跃跃欲试之情和势潜在着。

有情之男女突破父母之命媒妁之言而结合是人之常情，如春草"野火烧不尽春风吹又生"，殊不知对此进行"刺"、"止"是违反人性的，也是无济于事的。

钱锺书指出：

女子求桑采蘩，而感春伤怀，颇征上古质厚之风。

诗经一些篇什写女子"怀春"、"伤春"，正是对上古醇厚民风的自然反映。

将"怀春"、"伤春"列为"淫事"，是道学家们自己心地肮脏。上古之人根本不会将"怀春"、"伤春"视为"淫事"。

宋儒指斥《三百篇》中有淫诗，清儒否定《三百篇》中有淫诗，同为腐儒也。

附录：《管锥编—毛诗正义》第四十七则

七月·伤春诗

"春日迟迟，采蘩祁祁，女心伤悲，殆及公子同归。"《传》："春，女悲，秋，士悲；感其物化也。"《笺》："春，女感阳气而思男；秋，士感阴气而思女。是其物化，所以悲也。悲则始有与公子同归之志，欲嫁焉。"《正义》："迟迟者，日长而暄之意。春秋漏刻，多少正等，而秋言'凄凄'，春言'迟迟'者，……人遇春暄，则四体舒泰，觉昼景之稍长，谓日行迟；……及遇秋景，四体褊躁，不见日行急促，唯觉寒气袭人。……'凄凄'是凉，迟迟非暄，二者观文似同，本意实异也。"按孔疏殊熨贴心理，裨益词学。张衡《西京赋》："夫人在阳时则舒，在阴时则惨。"薛综注："阳谓春夏，阴谓秋冬。"夫"舒"缓即"迟迟"，"惨"烈即"凄凄"，"舒"非"暄"而"惨"是"凉"；潘岳《闲居赋》："凛秋暑退，熙春寒往。"李善注："凛、寒也；熙熙、淫情欲也。"夫"凛"即"凉"义而"熙"非即"暄"义；今语常曰："冷凄凄，暖洋洋"，"凄凄"之意，"冷"中已蕴，而"洋洋"之意，"暖"外另增。皆一言触物而得之感觉，物之体也，一言由觉而申之情绪，物之用也；孔疏所谓"观文似同，本意实异"者。苟从毛、郑之解，则吾国咏"伤春"之词章者，莫古于斯。唐张仲素《春闺思》："袅袅城边柳，青青陌上桑，提笼忘采叶，昨夜梦渔阳。"《诗》言因采叶而"伤春"，张言因伤春而忘采叶，亦善下转语矣。《召南·野有死麕》虽曰"有女怀春"，而有情无景，不似此章之有暄日、柔桑、仓庚鸣等作衬缀，亦犹王昌龄《闺怨》之有陌头杨柳，《春怨》之有黄鸟啼及草萋萋等物色。曹植《美女篇》："美女妖且闲，采桑歧路间。"中间极写其容饰之盛，倾倒行路，而曲终奏雅曰："盛年处房室，中夜起长叹。"是亦怀春而"女心伤悲"也；然此女腕约金环，头戴金钗，琅玕在腰，珠玉饰体，被服纨素，以此采桑，得无如佩玉琼琚之不利步趋乎！欧阳詹《汝川行》："汝坟春女蚕忙月，朝起采桑日西没；轻绡裙露红罗袜，半蹑金梯倚枝歇。"云云，亦太渲染、多为作。均逊《七月》之简净也。《牡丹亭》中腐儒陈再良授杜丽娘《诗经》，推为"最葩"，历举《燕羽》、《汉皋》诸篇,"敷演大意"(第七出),而又自矜"六十来岁,从不晓得伤个春"(第九出),殆读《三百篇》而偏遗此章欤? 抑读此章而谨遵毛公、郑君之《传》、《笺》,以为伤春乃女子事,而身为男子,只该悲秋欤? 毛、郑于《诗》之言怀春、伤春者,依文作解,质直无隐。宋儒张皇其词,疾厉其色,目为"淫诗",虽令人笑来;然固"晓得伤个春"而知"人欲"之"险"者,故伤严过正。清儒申汉绌宋,力驳"淫诗'之说,或谓并非伤春,或谓即是伤春而大异于六朝、唐人《春闺》、《春怨》之伤春;则实亦深恶"伤春"之非美名,乃曲说遁词,遂若不晓得伤春为底情事者,更令人笑来矣。陆机《演连珠》:"幽居之女,非无怀春之情,是以名胜欲,故偶影之操矜。"是囿于名教,得完操守,顾未尝不情动欲起。丁绍仪《听秋声馆词话》卷一一:"俗谚:'管得住身,管不住心。'周济《虞美人》衍之曰:'留住花枝,留不住花魂。'"窃谓可作"名胜欲"之的解,"管得住身"亦即"止乎礼义","管不住心"又正"发乎情"。胡承珙《毛诗后笺》卷四说《蝃蝀》曰:"《序》云:'止奔也',……朱《传》以为'刺淫奔'之诗。……夫曰'刺奔',则时有淫奔者而刺之也;曰'止奔',则时未有奔者而止之也,所谓'礼止于未然者'尔。"苟非已有奔之事而又常有奔之情与势,安用"止"乎,"止"者,鉴已然而防未然,据成事以禁将事。"礼禁于将然,法禁于已然",语本贾谊《论治安疏》、《史记·自序》、《大戴礼·礼察篇》;然《礼记·坊记》反复曰:"礼以坊德,刑以坊淫,……夫礼坊民所淫,……以此坊民,……犹淫佚而乱于族。"胡氏不愿《三百篇》中多及淫奔,遂强词害理耳。故戟手怒目,动辄指曰"淫诗",宋儒也;摇手闭目,不敢言有"淫诗",清儒为汉学者也;同归于腐而已。女子求桑采蘩,而感春伤怀,颇征上古质厚之风。后来如梁元帝《春日》:"春心日日异,春情处处多,处处春芳动,日日春禽变。"李商隐《无题》:"春心莫共花争发。"以至《牡丹亭》第一〇出:"原来姹紫嫣红开遍。"胥以花柳代桑麻,以游眺代操作,多闲生思,无事添愁,有若孟郊《长安早春》所叹:"探春不为桑,探春不为麦,日日出西园,只望花柳色。"华而不实,朴散醇漓,与《七月》异撰。李觏《盱江全集》卷三六《戏题〈玉台集〉》:"江右君臣笔力雄,一言宫体便移风;始知姬旦无才思,只把《豳诗》咏女工!"亦有见于斯矣。《小雅·出车》亦云:"春日迟迟,卉木萋萋,仓庚喈喈,采蘩祁祁。"毛传"春女、秋士"云云,亦见《淮南子·缪称训》。孔疏隐指《小雅·四月》:"秋日凄凄,百卉具腓。"

钱锺书论"鸟有手"

《管锥编—毛诗正义》札记第四十八则

《管锥编—毛诗正义》第四十八则《鸱鸮》，副标题为《鸟有手》。

鸱鸮

鸱鸮鸱鸮[1]，既取我子，无毁我室。恩斯勤斯[2]，鬻子之闵斯[3]。
迨天之未阴雨，彻彼桑土[4]，绸缪牖户[5]。今[6]女下民，或敢侮予?
予手拮据[7]，予所捋[8]荼。予所蓄租[9]，予口卒瘏[10]，曰予未有室家。
予羽谯谯[11]，予尾翛翛[12]，予室翘翘[13]。风雨所漂摇，予维音哓哓[14]!

注释

注1. 鸱鸮（chixiao）：猫头鹰。
注2. 恩、勤：勤劳。斯：语气助词，没有实义。
注3. 鬻（yu）：养育。闵：病。
注4. 彻：寻取。桑土：桑树根。
注5. 绸缪（choumou）：修缮。牖：窗。户：门。
注6. 女：汝，你。
注7. 拮（jie）据：手因操劳而不灵活。
注8. 捋（luo）；用手握住东西顺着抹取。
注9. 蓄：收藏。租：这里指茅草。
注10. 卒瘏（tu）：因劳累而得病。
注11. 谯谯（qiao）：羽毛干枯稀疏的样子。
注12. 翛翛（Xiao）：羽毛枯焦的样子。
注13. 翘翘：危险的样子。
注14. 哓哓（xiao）：由于恐惧而发出的叫声。

余冠英今译

猫头鹰啊猫头鹰!你抓走我的娃，别再毁我的家。我辛辛苦苦劳劳碌碌，累坏了自己就为养娃。

趁着雨下不来云不起，桑树根上剥些儿皮，门儿窗儿都得修理。下面的人们，许会把我欺。

我的两手早发麻，还得去捡茅草花，我聚了又聚加了又加，临了儿磨坏我的嘴，还不曾整好我的家。

我的羽毛稀稀少少，我的尾巴像把干草。我的巢儿晃晃摇摇，雨还要淋风还要扫。直吓得我喳喳乱叫。

这是一篇动物寓言诗，通篇以母鸟自述的口吻，讲述其强忍鸱鸮（猫头鹰）抓走小鸟、毁坏鸟巢的伤痛，奋力重建鸟巢的故事。全诗四章，每章五句。

钱锺书此则谈论《鸱鸮》诗之"鸟有手"为修辞瑕疵。

"予手拮据，……予口卒瘏，……予羽谯谯，予尾翛翛。"——母鸟说，为防猫头鹰再来侵犯小鸟，我奋力重建鸟巢，累的手抽筋、口破皮、羽毛稀少、尾巴枯焦。

《传》："手病，口病，故能免乎大鸟之难。"按《释文》引《韩诗》："口、足为事曰'拮据'"；似觉"鸟羽"、"鸟口"、"鸟尾"皆可言，而"鸟手"不可言，故易"手"为"足"也。此类修词小疵，后世作者亦未能免。——毛《传》注：母鸟弄伤了手（手病），弄伤了口（口病），重建了鸟巢，避免了猫头鹰的再次侵犯。

《释文》注："口、足为事曰'拮据'"。即母鸟重建鸟巢累得"口"、"足"都受伤了。

钱锺书注意到，毛《传》称鸟"手"，《释文》则将鸟"手"改称为鸟"足"；大概《释文》觉得说鸟羽、鸟口、鸟尾都没有问题，唯独说鸟手不妥。

钱锺书指出，《鸱鸮》诗称"鸟有手"确实有问题，但不过是修辞方面的瑕疵，后世也时有出现。

往下，钱锺书列出了后世类似的小疵：

1. 左思《白发赋》："白发临拔，嗔目号呼。"——发有目。

2. 孟郊《济源寒食》："蜜蜂为主各磨牙，咬尽村中万木花。"——蜂有牙。

3. 欧阳修《柳》："残黄浅约眉双敛，欲舞先夸手小垂。"（参观《苕溪渔隐丛话》前集卷二五、《奕斋示儿编》卷一〇）——柳有手。

4. 释惠洪《石门文字禅》卷九《送僧还长沙》："去袂不容挽，子规真滑唇。"——子规有唇。

5. 萧立之《萧冰崖诗集拾遗》卷中《灯蛾》："只道近前贪炙热，不知流祸

及然脐。"又同卷《题危定之〈芳洲吟卷〉》有序引危咏灯蛾:"汝自然
脐何所恨。"——灯蛾有脐。

6. 倪元璐《倪文正公遗稿》卷一《舟次吴江》:"小帆如蝶翅,暗浦乞萤
尻。"——流萤有尻。

7. 王昙《烟霞万古楼诗选》卷一《落花诗》:"寒鸦齿冷秋烟笑,死若能香
那得知!"——寒鸦有齿。

最后,钱锺书先生幽默地写道:

发有目,蜂有牙,柳有手,子规有唇,灯蛾有脐,流萤有尻,寒鸦有齿,
皆鸟而有手之类。聊拈数事,可互相解嘲焉。

钱锺书将这些小疵捉置一处,让它们相互慰藉一下。这些"小疵"们果然
面面相觑,咕哝道:这种小毛病谁还没犯过呢,然后挤眉弄眼地讪笑起来。

附录:《管锥编—毛诗正义》第四十八则

鸱鸮·鸟有手

"予手拮据,……予口卒瘏,……予羽谯谯,予尾翛翛。"《传》:"手病,
口病,故能免乎大鸟之难。"按《释文》引《韩诗》:"口、足为事曰'拮据'";
似觉"鸟羽"、"鸟口"、"鸟尾"皆可言,而"鸟手"不可言,故易"手"为"足"
也。此类修词小疵,后世作者亦未能免。左思《白发赋》:"白发临拔,嗔目号
呼。"孟郊《济源寒食》:"蜜蜂为主各磨牙,咬尽村中万木花。"欧阳修《柳》:
"残黄浅约眉双敛,欲舞先夸手小垂。"(参观《苕溪渔隐丛话》前集卷二五、
《奕斋示儿编》卷一○)释惠洪《石门文字禅》卷九《送僧还长沙》:"去袂不
容挽,子规真滑唇。"萧立之《萧冰崖诗集拾遗》卷中《灯蛾》:"只道近前贪
炙热,不知流祸及然脐。"又同卷《题危定之〈芳洲吟卷〉》有序引危咏灯蛾:
"汝自然脐何所恨。"倪元璐《倪文正公遗稿》卷一《舟次吴江》:"小帆如蝶
翅,暗浦乞萤尻。"王昙《烟霞万古楼诗选》卷一《落花诗》:"寒鸦齿冷秋烟
笑,死若能香那得知!"发有目,蜂有牙,柳有手,子规有唇,灯蛾有脐,流
萤有尻,寒鸦有齿,皆鸟而有手之类。聊拈数事,可互相解嘲焉。

〔增订三〕《全晋文》卷二七王献之《进书诀表》当是伪托,曰:"臣年二
十四,隐林下,有飞鸟,左手持纸,右手持笔,惠臣五百七十五字。"亦如鸱
鸮之有"手"矣!夫《诗》之鸱鸮口吐人言,自称其爪曰"手",犹可说也;

托名献之者何必设身处地，假鸟以"手"，岂其为禽中之麻姑欤？

〔增订四〕《说苑·复恩》载介之推从者书门之词曰："龙饥无食，一蛇割股。龙反其渊，安其壤土。……一蛇无穴，号于中野"；龙之有"渊"，"蛇"之归穴，皆惬当无间，然而具"股"能"号"，则不切蛇矣。李白《天马歌》："严霜五月凋桂枝，伏枥衔冤摧两眉"；趁韵遂使马有"眉"。孙枝蔚《溉堂前集》卷七《偶行市上，遂步至北门，遍观诸家园林》："枝头绣羽并肩立，水面金鳞啣尾行"；禽鸟而有"肩"，恐尚不足语于《西厢记》第一折所谓"軃着香肩"或《红楼梦》第三回所谓"削肩"也！

钱锺书论"忠孝不能两全"

《管锥编—毛诗正义》札记第四十九则

《管锥编—毛诗正义》第四十九则《四牡》，副标题为《忠孝不能两全》。

小雅·四牡

四牡[1]騑騑[2]，周道倭迟[3]。岂不怀归？王事靡盬[4]，我心伤悲。

四牡騑騑，啴啴骆马[5]。岂不怀归？王事靡盬，不遑启处[6]。

翩翩者鵻，载飞载下，集于苞栩。王事靡盬，不遑将父。

翩翩者鵻，载飞载止，集于苞杞。王事靡盬，不遑将母。

驾彼四骆，载骤骎骎。岂不怀归？是用作歌，将母来谂。

注释

注 1. 四牡：指驾车的四匹雄马。

注 2. 騑（fēi）騑：《广雅》："騑騑，疲也。行不止，则必疲。"

注 3. 周道：大路。倭（wēi）迟（yí）：亦作"逶迤"，道路迂回遥远的样子。

注 4. 靡：无。盬（gǔ）：止息。

注 5. 啴（tān）啴：喘息的样子。骆：黑鬃的白马。

注 6. 不遑（huáng）：无暇。启处：指在家安居休息。启，小跪。古人席地而坐，两膝跪着，臀部贴于足跟。

译文

四匹公马跑得累，道路悠远又迂回。难道不想把家回？官家差事没个完，我的心里好伤悲。

四匹公马跑得疲，黑鬃白马直喘气。难道不想把家回？官家差事没个完，哪有时间家中息。

鹁鸪飞翔无拘束，忽高忽低多舒服，累了停歇在柞树。官家差事没个完，哪有时间养老父。

鹎鸠飞翔无拘束，飞飞停停真欢愉，累了歇在枸杞树。官家差事没个完，哪有时间养老母。

四骆马车扬鞭赶，马蹄得得跑得欢。难道不想把家回？将这编首歌儿唱，儿将母亲来思念。

"岂不怀归，王事靡盬，我心伤悲。……不遑将父。……不遑将母。"——难道我不想回家乡？只是国事未成，我心悲伤……顾不上将老父奉养。……顾不上将老母奉养。

《传》："思归者，私恩也；靡盬者，公义也；伤悲者，情思也。"——思归故里，想报恩父母也；不能止息的，是国家大事也；伤悲者，公私两难也。

《笺》："无私恩，非孝子也；无公义，非忠臣也。"——不顾私恩，是不孝也；不顾国事，是不忠也。

综上所引，《诗经—四牡》、毛《传》、郑《笺》均言忠孝不能两全。

钱锺书指出，后世小说、院本所写"忠孝不能两全"，均发端于此。

黑格尔论述"伦理本质"，也是举家恩与国事不容兼顾为例。

以下钱锺书列举史实以述"忠孝不能两全"：

1.《韩诗外传》卷一有楚白公之难，有仕之善者，辞其母将死君一节。

——楚惠王时，白公胜发动政变，杀死令尹子西和司马子期，劫持了惠王。朝廷中有一忠臣，向母亲告别，欲为惠王去拼命。他母亲问："弃母死君可乎？"该忠臣回答："事君者内其禄而外其身，今所以养母者，君之禄也，请往死之。"在去宫中的路上，此臣两腿打战，在车上都站不住，不停地跌倒。帮他赶车的仆人劝他，都吓成这样了，就别去了吧。臣说："惧，吾私也，死君，吾公也。吾闻君子不以私害公。"到了朝堂，白公胜果然把这个大臣给杀了。

2. 卷二记楚昭王使石奢为理，道有杀人者，追之则父也。奢曰："不私其父非孝也，不行君法，非忠也"，刭颈而死。

——石奢，是楚昭王的国相，他刚直廉正，不逢迎，不偏私。一次出行属县，恰逢途中有凶手杀人，令人追捕归案，竟是自己父亲。他放走了父亲，自己囚禁起来。他派人告诉昭王说："杀人凶犯，是为臣的父亲。若以惩治父亲来树立政绩，这是不孝。若违法纵容犯罪，又是不忠；因此我该当死罪。"昭王说："你追捕凶犯而没抓获，不该论罪伏法，你还是去治理国事吧。"石奢说："不偏袒自己父亲，不是孝子；不遵守王法，不是忠臣。您赦免我的罪责，是主上的恩惠；服刑而死，则是为臣的职责。"于是石奢不听从楚王的命令，刭颈而死。

3. 卷六记田常弑简公,"石他曰:……'舍君以全亲,非忠也,舍亲以死君之事,非孝也。……呜呼,生乱世不得正行,劫乎暴人,不得全义,悲夫!'乃进盟以免父母,退伏剑以死其君"。

——春秋时齐国大臣田常杀了齐简公,立简公弟为君,揽权归己。田常昭告齐国大臣们,必须与他结盟。不与盟者,杀其全家。石他说:如果背叛简公保全家人,是不忠;如果不管家人,忠于死去的简公,是不孝。于是,石他前去和田常结盟以保全家人,而后伏剑自杀。

4. 卷八:"可于君不可于父,孝子勿为也,可于父不可于君,君子亦勿为也;故君不可夺,亲亦不可夺也。"

——忠君而不能孝敬父母,孝子不取;孝敬父母而不能忠君,君子也不取也。忠君之志不可夺,孝敬父母之志也不可夺也。

5. 《说苑·立节》记白公之难,申鸣曰:"食君之食,避君之难,非忠臣也;定君之国,杀臣之父,非孝子也。名不可两立,行不可两全。"后世"忠教不能两全"之语昉此。《全后汉文》卷三〇袁绍《上书自诉》亦曰:"诚以忠孝之节,道不两立。"

——楚国士人申鸣,在家奉养其父,以孝闻名。楚王欲拜相,申鸣辞谢。后在其父的劝导下入朝为相。

三年后,白公作乱,杀了司马子期,申鸣将去为楚王战死沙场,其父阻止说:"弃父去送死,可以吗?"申鸣说:"既已侍奉人主了,难道不应该为他牺牲吗?"于是辞别双亲,率军包围了白公。

白公问计于石乞:"如何解围?"石乞说:"申鸣是孝子,劫持其父,申鸣闻信必来投诚。"白公用兵劫持了申鸣的父亲,并告诉他:"你归顺我,我同你分楚国;你不答应,就杀了你的父亲。"申鸣流泪说:"当初我是父亲的孝子,现在是人主的大臣;现在我不可能做孝子了,还能不做忠臣吗?"命令士兵击鼓进军,杀掉了白公,申鸣的父亲也被对方杀掉了。

楚王赏给他一百斤金,申鸣说:"吃人主的饭,又躲避人主的难,不是忠臣;为安定人主的政权,致使父亲被杀,不是孝子;两种名分不可能同时兼得,两种行为不可能同时成立。如果这样活着,还有什么面目立于天下?"于是就自杀了。后世"忠孝不能两全"来源于此。

6. 《汉书·赵、尹、韩、张、两王传》:"王阳为益州刺史,行部至邛崃九折阪，叹曰：'奉先人遗体，奈何数乘此险！'后以病去。及尊为剌史，至其阪，问吏曰：'此非王阳所畏道邪？'吏对曰：'是！'尊叱其驭曰：'驱之，王阳为孝子，王尊为忠臣！'"。

——西汉末年，益州剌史王阳，曾巡行来到险地邛崃九折阪，他认为不应拿父母恩赐的生命去冒险，称病辞官。王尊继任益州剌史，也来到邛崃九折阪，问属下："这不是王阳所害怕经过的险道吗？"回答："是"。王尊说："王阳做孝子，我王尊要做忠臣。"命令策马前行，义无反顾。

7.《后汉书·邳彤传》王郎捕彤父弟及妻子，以书招降，"彤涕泣报曰：'事君者不得顾家。亲属所以至今得安于信都者，刘公之恩也；公方争国事，彤不得复念私也。'"

——邳彤为汉世祖刘秀良臣，常从刘秀征战，时有王郎自称汉成帝之子刘子舆企图消灭刘秀。王郎部下拘捕囚缚了邳彤的叔父及妻子儿女，王郎手书邳彤说："投降就封爵，不投降就灭族。"邳彤流泪回报说："事君王（刘秀）的不得顾家。邳彤亲属所以至今得以安身于信都（郡名），是刘公（刘秀）的恩德。刘公现在正忙于国事，我邳彤不得以私事为念。"

恰好更始（地名）赶去的将士攻下了信都（郡名），王郎兵败走，邳彤家属得免于难。

8.《后汉书·冯衍传》田邑曰："间者老母诸弟见执于军。……诚使故朝尚在，忠义可立，虽老亲受戮，妻儿横分，邑之愿也。"

——田邑说，以前，老母诸弟被执于军，而我安然不顾，这难道不是重节气吗？假使一个人居于天地之间，把寿命看得贵如金石，想要长生而避免陷于死地就可以了。现在百岁寿龄，没有人能达到，老年壮年之间，距离有多大呢？如果更始政权还在，忠义可以建立，虽老母受戮，妻儿身首横分，也是田邑愿意的。

也就是说，现故朝已灭，再言尽忠就没有意义了，须弃忠而尽孝。

9. 又《独行传》，赵苞母及妻子为鲜卑劫质，苞率兵"与贼对阵，苞悲号谓母曰：'……昔为母子。今为王臣，义不得顾私恩，毁忠节。……'母遥谓曰：'何得相顾，以亏忠义！'"

——据《后汉书·独行列传·张苞传》载："赵苞，字威豪……迁辽西太守……以到官明年（即汉灵帝熹平六年，公元 177 年），遣使迎母及妻子，垂当到郡（治阳乐今辽宁义县），道经柳城，值鲜卑万余人入塞寇钞，苞母及妻子遂为所劫质，载以击郡。苞率步骑二万，与贼对阵。贼出母以示苞，苞悲号谓母曰：'为子无状，欲以微禄奉养朝夕，不图为母作祸。昔为母子，今为王臣，义不得顾私恩，毁忠节，唯当万死，无以塞罪。'母遥谓曰：'威豪！人各有命，何得相顾，以亏忠义！……'苞即时进战，贼悉摧破，其母妻皆为所害。"（语近白话，不复译）

　　10.《晋书·周处传》西征，孙秀谓曰："卿有老母，可以辞此也。"处曰："忠孝之道，安得两全！既辞亲事君，父母复安得而子乎？"又《良吏传》潘京答州刺史说："今为忠臣，不得复为孝子。"

　　——面临西征，孙秀对他说："您有老母，可以离开吗？"周处说："忠孝之道，安得两全！既辞亲事君，还能顾得上在家孝敬父母吗？"又《良吏传》潘京答州刺史说："如今既为忠臣，不能在家孝敬双亲了。"

　　以下钱锺书尚列有数例，事异情同，恕不赘引。

　　钱锺书一语申明举例的意图，是揭示《毛诗》《韩诗》所称"忠孝不能两全"的内涵：

　　聊举数事，以申《毛诗》《韩诗》之蕴。

　　在封建家国天下，志士赴国事为尽忠，是公义；孝敬父母，是私恩；尽忠和尽孝往往不能兼顾，两难抉择关乎节操和性命，当此关头，志士或者舍尽忠而取尽孝，或者舍尽孝而取尽忠，或者选择自裁以谢世。

附录：《管锥编—毛诗正义》第四十九则

四牡·忠孝不能两全

　　"岂不怀归，王事靡盬，我心伤悲。……不遑将父。……不遑将母。"《传》："思归者，私恩也；靡盬者，公义也；伤悲者，情思也。"《笺》："无私恩，非孝子也；无公义，非忠臣也。"按《采薇》之"王事靡盬"，仅感"靡室靡家"，此诗"怀归"乃为养亲，故有"孝子"之说。王符《潜夫论·爱日》篇说此诗亦云："在古得闲暇而得行孝，今迫促不得养也。"后世小说、院本所写"忠孝不能两全"，意发于此。《毛诗》中只一见，《韩诗》则屡见，且加厉而为悲剧性之进退维谷，生死以之。黑格尔谓"伦理本质"彼此凿枘，构成悲剧，亦举家恩与国事不容兼顾为例。《韩诗外传》卷一有楚白公之难，有仕之善者，辞其母将死君一节；卷二记楚昭王使石奢为理，道有杀人者，追之则父也。奢曰：

"不私其父非孝也，不行君法，非忠也"，刎颈而死；卷六记田常弑简公，"石他曰：……'舍君以全亲，非忠也，舍亲以死君之事，非孝也。……呜呼，生乱世不得正行，劫乎暴人，不得全义，悲夫！'乃进盟以免父母，退伏剑以死其君"；卷八："可于君不可于父，孝子勿为也，可于父不可于君，君子亦勿为也；故君不可夺，亲亦不可夺也。"

〔增订三〕《说苑·立节》记白公之难，申鸣曰："食君之食，避君之难，非忠臣也；定君之国，杀臣之父，非孝子也。名不可两立，行不可两全。"后世"忠教不能两全"之语昉此。《全后汉文》卷三〇袁绍《上书自诉》亦曰："诚以忠孝之节，道不两立。"

皆言公义私恩，两端难执，顾此失彼，定夺取舍（choice），性命节操系焉：怀归将父，方此又缓急不可同年而语矣。《外传》卷六论石他之死曰："《诗》：'人亦有言，进退维谷。'石先生之谓也！"（参观《吕氏春秋·高义》、《史记·循吏传》、《新序·节士》）；即引《大雅·桑柔》之什，以示羝羊触藩之困，《毛传》、《郑笺》均训"谷"为"穷"，正悲剧中负嵎背水之绝地穷境也。阮元《研经室一集》卷四《进退维谷解》深非《传》、《笺》，以为："'谷'乃'穀'之假借字，……'穀'，善也。……谓两难善全之事而处之皆善也，叹其善，非嗟其穷也。"因谓"汉人训《诗》，究不如周人训《诗》之有据"，举《晏子春秋》叔向语及《韩诗外传》石他节为证。《晏子》吾不知，若《韩诗》此节，则韩婴亦"汉人训《诗》"，似与毛、郑无异。石他固可谓不"舍君"而又"全亲"矣；然仍一死自了，则"全亲"而终"舍亲"也，进盟而后伏剑，则虽死而不得为"死君之事"，不免于"舍君"也。盖折衷斟酌，两不能完，左右为难，此所以悲进退皆穷。他之言曰："呜呼！"曰："悲夫！"曰："不得正行！不得全义！"非"嗟其穷"而何？彼自痛"不得全义"，途穷而就死路，傍人引诗叹之，阮氏遽谓意乃美其"善全两难"。有是哉！经生之不晓事、不近情而几如不通文理也！《汉书·赵、尹、韩、张、两王传》："王阳为益州刺史，行部至邛郲九折阪，叹曰：'奉先人遗体，奈何数乘此险！'后以病去。及尊为刺史，至其阪，问吏曰：'此非王阳所畏道邪？'吏对曰：'是！'尊叱其驭曰：'驱之，王阳为孝子，王尊为忠臣！'"。

〔增订一〕《后汉书·邳彤传》王郎捕彤父弟及妻子，以书招降，"彤涕泣报曰：'事君者不得顾家。亲属所以至今得安于信都者，刘公之恩也；公方争国事，彤不得复念私也。'"

《后汉书·冯衍传》田邑曰:"间者老母诸弟见执于军。……诚使故朝尚在,忠义可立,虽老亲受戮,妻儿横分,邑之愿也)。"又《独行传》,赵苞母及妻子为鲜卑劫质,苞率兵"与贼对阵,苞悲号谓母曰:'……昔为母子。今为王臣,义不得顾私恩,毁忠节。……'母遥谓曰:'何得相顾,以亏忠义!'"《晋书·周处传》西征,孙秀谓曰:"卿有老母,可以辞此也。"处曰:"忠孝之道,安得两全!既辞亲事君,父母复安得而子乎?"又《良吏传》潘京答州刺史曰:"今为忠臣,不得复为孝子。"《世说·言语》:"桓公入峡,绝壁天悬,腾波迅急,叹云:'既为忠臣,不得为孝子,如何!'"《周书·泉企传》高敖曹执企而东,企临发密戒子曰:"忠孝之道,不能两全,宜各自为计,勿相随寇手";《隋书·高颎传》受命监兵,遣人辞母云:"忠孝不可两兼";封演《封氏间见记》卷四《定谥》详记颜真卿、程皓因韦涉谥"忠孝"之争。聊举数事,以申《毛诗》·《韩诗》之蕴。欧阳修《五代史·唐明宗家人传》:"而世之言曰:'为忠孝者不两全。'夫岂然哉?";一若能解连环,而实冈措,观《唐臣传》第一四论乌震可知也。《三国志·魏书·邴原传》裴松之注引《别传》云:"太子建议曰:'君父各有笃疾,有药一丸,可救一人,当救君邪?父邪?'众人纷纭,或父或君;时原在座,不与此论。太子咨之于原,原悖然对曰:'父也!'"亦谓忠孝不能两全。其举例大似高德温著作中设想:"吾母抑吾妻,或乃愚媪,或则荡妇(a fool or a prostitute),受佣于一世文章宗主(Fenelon),其家忽遭焚如,吾奋入火宅,孑然只身,只办救一人出,将负载吾母或妻乎?抑拯救此文雄欤?"自答云:"明连之士(a reasonable man)必以斯文为重,宁舍置妻、母。"读者大哗,渠因追易妻、母为父或兄,易愚媪、荡妇为钝汉或浪子(a fool or aprofligate)。盖谓若同临焦头烂额之危者,一女而一男,则孰弃孰取,尚有犹豫之地;脱二人均为丈夫身,则弃取立决,可抛父或兄无顾尔。

〔增订一〕意大利古有"乘舟问答之戏",既类高德温之设想,复同 144 页论《谷风》所引《楚昭公》之情景。二男同悦一女,女均羁縻勿绝,无所厚薄;旁人因问女曰:"设想汝三人共驾扁舟出游,中流风浪大作,舟不胜载,必抛一人入水,二人庶得全生;孰弃孰留,唯汝所命。敢问:汝于两男子中将以谁投付洪流乎?"

钱锺书论"刻画柳态"

《管锥编—毛诗正义》札记第五十则

　　《管锥编—毛诗正义》第五十则《采薇》，副标题为《刻画柳态》。

　　"昔我往矣，杨柳依依。"

　　钱锺书对《诗经—采薇》这句诗推崇备至，一再激赏。

　　按李嘉祐《自苏台至望亭驿、怅然有作》："远树依依如送客。"于此二语如齐一变至于鲁，尚著迹留痕也。

　　钱锺书言"于此二语如齐一变至于鲁，尚著迹留痕也"是一种比喻的说法。

　　"齐鲁"乃地名，缘起于先秦。西周初建时，周王将现今山东那一片土地分为鲁国和齐国。鲁居泰山之阳，齐居泰山之阴，地方各百里，后不断拓展扩大，幅员辽阔。

　　钱锺书用此作比，指出，从文辞的相似度来看，李嘉祐"远树依依如送客"之于"昔我往矣，杨柳依依"，不啻齐鲁之遥远，但承袭之痕迹犹在。

　　李商隐《赠柳》："堤远意相随。"《随园诗话》卷一叹为"真写柳之魂魄"者，于此二语遗貌存神，庶几鲁一变至于道矣。

　　李商隐的诗"堤远意相随"对"杨柳依依"的相承出神入化，较"远树依依如送客"达到了另一种高度和层次。

　　"堤远意相随"，长长的湖堤，离人且行且远，柳像人一样远目移送，细长的柔条也倾向离人飘拂，恰如心意相随，其情意何其"依依"呢？！诗句没有提到"柳"字，而柳态栩栩如生。

　　《随园诗话》赞叹李商隐"堤远意相随"摄取了"杨柳依依"的魂魄。

　　钱锺书所谓"遗貌存神"是说，在字面上"堤远意相随"已经没有"杨柳依依"的一丝痕迹了，但"杨柳依依"的神韵、精髓却尽在其中。

从"杨柳依依"到"远树依依如送客"再到"堤远意相随"，跨越千年之久，隐然构成了一条刻画柳态的文脉。

钱锺书说"远树依依如送客"和"杨柳依依"的相承关系，"如齐一变至于鲁"，是用齐鲁之两地遥远来形容。

而说"堤远意相随"和"杨柳依依"的相承关系，"庶几鲁一变至于道矣"，已不复用地域之遥来形容了，而是用"道"这个词来定义了。

何谓"道"呢？

我以为，钱锺书所说的这个"道"已不是现实界的事物和现象，而是人对现实界事物和现象的高度抽象和总结，如老子或高僧所言之"道"，是形而上的境界，就诗而言，是领悟了它的"神境"和"神韵"。

在刻画柳态的文脉中，"远树依依如送客"对"杨柳依依"的相承处于形似的层次，两句关系可以用"齐鲁"相隔之遥来形容。而"堤远意相随"对"杨柳依依"及"远树依依如送客"的相承已夺胎换骨，上升到了更高的神似的层次，两句关系用空间概念来形容就不够了，所以改用更高层次的概念"道"来表达了。

简言之，在"杨柳依依"的相承上，"远树依依如送客"处于低级的"形似"的层次，而"堤远意相随"处于高级的"神似"的层次。

说"堤远意相随"和"杨柳依依"的相承关系为"庶几鲁一变至于道矣"，意思是这两句诗的意境已相差无几了。庶几即差不多。如此措辞，说明在钱锺书心目中，刻画柳态，"杨柳依依"句是至美绝伦的，最高的，而"堤远意相随"已经非常接近它的完美了。

钱锺书指出：

"相随"即"依依如送"耳。

但"相随"句没有落笔"依依"二字却尽得"依依"之神韵，这是文脉相承之"不着一字尽得风流"，和写景抒情之"不着一字尽得风流"一样超妙。

钱锺书最后写道：

拟议变化，可与皎然《诗式》卷一"偷语"、"偷意"、"偷势"之说相参。

在文脉相承中，"偷语"是承袭别人的陈词，"偷意"是承袭别人的意思而替换其陈词，"偷势"是融化别人的意境，进行"夺胎换骨"的更新或提升。

对照上述刻画柳态之文脉，"远树依依如送客"对"杨柳依依"的相承大约处于"偷语"的层次，而"堤远意相随"对"杨柳依依"及"远树依依如送客"的相承，已舍弃了"偷语"并突破了"偷意"，上升到了"偷势"的层次。

附录：《管锥编—毛诗正义》第五十则

采薇·刻画柳态

"昔我往矣，杨柳依依。"按李嘉祐《自苏台至望亭驿、怅然有作》："远树依依如送客。"于此二语如齐一变至于鲁，尚著迹留痕也。李商隐《赠柳》："堤远意相随。"《随园诗话》卷一叹为"真写柳之魂魄"者，于此二语遗貌存神，庶几鲁一变至于道矣。"相随"即"依依如送"耳。拟议变化，可与皎然《诗式》卷一"偷语"、"偷意"、"偷势"之说相参。

钱锺书论"借卉萋鹳鸣以写思妇"

《管锥编—毛诗正义》札记第五十一则

《管锥编—毛诗正义》第五十一则《枤杜》，副标题为《借卉萋鹳鸣以写思妇》。

钱锺书此则谈"借卉萋鹳鸣以写思妇"。

"借卉萋鹳鸣以写思妇"是借景写情，所借之景，一为"卉萋"，一为"鹳鸣"。

"卉萋"是繁花盛开，借卉萋以写思妇，是以喜景写怨情；"鹳鸣"是鹳声啁啾，借鹳鸣以写思妇，是以凄景写怨情。

【借卉萋以写思妇】

《枤杜》诗是借卉萋来写思妇。

"卉木萋止，女心悲止，征夫归止。"——花木葱茏啊，女心伤悲，望征人啊早日回归。

"卉萋"是繁花盛开，是喜景；而思妇因征夫未归会落寞惆怅，是怨情。

借景写情，情和景格调应该是一致的，用喜景写乐情，用凄景写怨情。

诗人借繁花盛开来写思妇却是用喜景来写怨情，似乎是不合常理的。

诗人为何要这样做呢？应该是情境表达的需要。

《传》："室家逾时则思。"

汉代桓宽在《盐铁论·徭役》中说："古者无过年之徭，无逾时之役。"

思妇对征夫归来的期望值是以一年为界的。

自征夫从军后，思妇就盼望着征夫早日归来，日子在等待和期盼中渡过，直到有一天，看到繁花盛开时，思妇蓦然惊愕，一年过去了，夫君怎么还未归来？！盼归之情更加迫切，痛苦也骤然加剧。

繁花盛开代表季节变更，宣告一年已去，它触发、催化、反衬、加剧了思妇的怨情。春天的山花开得越热烈、越奔放，思妇的愁苦就越显露、越深重。

这就是以喜景写怨情所产生的良效。

【借柳色以写思妇】

以下是钱锺书所举的另一个例子。

王昌龄《闺怨》："忽见陌头杨柳色，悔教夫婿觅封侯"。

这首诗原有四句：

闺中少妇不知愁，春日凝妆上翠楼。

忽见陌头杨柳色，悔教夫婿觅封侯。

此诗，妙在从少妇不知愁写起，因为年轻，因为向往"夫婿觅封侯"的野心一直占据着心灵，掩盖着她的思夫之愁，只是在瞥见杨柳发青的那一刻，情绪才突然迸发，少妇心中那蓄积已久的哀怨、离愁和遗憾才一股脑儿涌现出来，一发而不可收，发出"悔教夫婿觅封侯"的喟叹。"杨柳色"或使她想起以前的夫妻恩爱，或使她想起与丈夫离别时的依依深情，或使她想到自己的青春在孤寂中一天天消逝，或使她想到眼前的美景不能与心上人共赏……。

这也是以喜景写怨情的佳例。

【借鹳鸣以写思妇】

钱锺书所谓"借鹳鸣以写思妇"，用的不是《诗经—杕杜》中的诗句，而是《诗经—东山》中的诗句：

"鹳鸣于垤，妇叹于室，洒扫穹窒，我征聿至。"——白鹳丘上声啁啾，思妇屋里把气叹。洒扫房舍塞鼠洞，盼夫早早回家转。

郑《笺》："鹳，水鸟也。将阴雨则鸣，行者于阴雨尤苦，妇念之，则叹于室也。"思妇因天要下雨而担忧服役在外的丈夫征途艰苦。

这是以凄景写怨情，寓情于景。这是借景写情惯常的做法。

【借鹊声以写思妇】

钱锺书所引用鸟鸣以写思妇的另一个诗例是李端的《闺情》：

"被衣更向门前望，不忿朝来喜鹊声"。

这也是借景写情，是借喜景以写怨情。

《闺情》也只有四句,清新可喜。

月落星稀天欲明,孤灯未灭梦难成。

被衣更向门前望,不忿朝来喜鹊声。

屋外月落星稀,屋内孤灯荧荧,晨光已熹微,而幽人彻夜未眠。只见她披衣奔到门口张望,却不见心上人归来,很快由惊喜陡转忧伤,莫名地恼恨起黎明前喜鹊的叫声。

"乾鹊噪,行人至。"是喜鹊声预兆心上人的很快归来。现在,她空欢喜一场,又陷入更深的失望、痛苦之中。诗味含蓄隽永。

这也是以喜景写怨情。

综上所述,钱锺书此则共向读者介绍了四首诗,讲述借景写情之种种。所列之景花木和飞禽两类。钱锺书总结道:

柳色、鹊声亦即"卉萋"、"鹳鸣"之踵事增华也。

卉萋、柳色为一类,花木类,鹳鸣、鹊声为一类,飞禽类。这些景物在写情中的作用是"踵事增华"。

所谓"踵事增华"是指景物在抒情中起增益加强作用。

如果以凄景写怨情,景、情格调一致,则写景对抒情的作用是以景寄情、以景寓情;如果以喜景写怨情,景、情格调相反,则写景对抒情往往有触发、催化、加剧、反衬等作用。

总体上看,这四首诗所写之景,均不是在句首作起兴,而是融会在叙事抒情过程中,对叙事和抒情发挥着关键性的转折作用,使情节一波三折,使情感跌宕起伏,使怨心越发深厚沉痛,值得我们认真琢磨和学习。

附录:《管锥编—毛诗正义》第五十一则

杕杜·借卉萋鹳鸣以写思妇

"卉木萋止,女心悲止,征夫归止。"《传》:"室家逾时则思。"按《东山》:"鹳鸣于垤,妇叹于室,洒扫穹窒,我征聿至。"同此机杼。王昌龄《闺怨》:"忽见陌头杨柳色,悔教夫婿觅封侯。"李端《闺情》:"被衣更向门前望,不忿朝来喜鹊声。"柳色、鹊声亦即"卉萋"、"鹳鸣"之踵事增华也。

钱锺书论"以音声烘托寂静"

《管锥编—毛诗正义》札记第五十二则

《管锥编—毛诗正义》第五十二则《车攻》，副标题为《以音声烘托寂静》。

"萧萧马鸣，悠悠旆旌。"

一只威武的队伍迈着整齐划一的步伐从打猎场归来，浩浩荡荡默然行进，只能听到战马的嘶鸣声和风中战旗的猎猎声。这就是上面诗句的气象。

"萧萧"句以声动写静，以战马嘶鸣之萧萧，烘托队伍行进之整肃；

"悠悠"句以物动写静，以旌旗飘荡之悠悠，烘托士兵心情之安闲。

《传》："言不讙哗也。"——"萧萧"句写不喧哗也。

颜之推《颜氏家训·文章》极赞毛亨此解高明，指出王籍诗"蝉噪林逾静，鸟鸣山更幽。"来源于此。

钱锺书说，颜之推只知毛《传》注解之妙，以为是毛亨自出机杼，而不知毛《传》此解是直接从《车攻》后面章节（第八章）"之子于征，有闻无声"得到启发的，是取后句来解释前句的。

"之子于征，有闻无声"——"之子于征"即军队在行进，"有闻"：只能听到脚步声；"无声"：听不到一点人语嘈杂声，犹如仪仗队，行进时只能听到整齐的步履声。

李德裕《文章论》描写这种景象是："千军万马，风恬雨霁，寂无人声。"这段话移来做毛《传》"言不讙哗也"的解说却是恰到好处。

陆象山说："'萧萧马鸣'，静中有动；'悠悠旆旌'，动中有静。"——用马鸣声，旌旗声来烘托队伍行进中的从容肃静。

沈括评王安石集句："风定花犹落，鸟鸣山更幽。"曰："上句乃静中有动，

下句动中有静。"——用鸟鸣声来烘托山林的幽静

苏轼作诗每每模仿此构：

《五丈原怀诸葛公》："吏士寂如水，萧萧闻马挝。"意欲以有声衬托无声，但诗语又是人寂如水、又是鞭马之声，粘皮带骨，牵扯太多。

《五丈原怀诸葛公》的模仿有点拖泥带水，不如《宿海会寺》精到：

"沈如五更天未明，木鱼呼粥亮且清，不闻人声闻履声。"

凌晨，万籁俱寂，木鱼清亮，步履声声，更显寺庙之幽静。此"有闻"而"无声"之妙语。欧阳修《秋声赋》："如赴敌之兵，衔枚疾走，不闻号令，但闻人马之行声。"青出于蓝而胜于蓝。

苏轼的《宿海会寺》已超过老师欧阳修的《秋声赋》了。

陆游承袭苏轼，后又一再蹈袭，就是自己抄袭自己了：

"何时夜出五原塞，不闻人语闻鞭声。"（《题醉中所作草书卷后》）

"数家茅屋门昼掩，不闻人声闻碓声。"（《乍晴泛舟至扶桑埭》）

"家家移床避屋漏，不闻人声闻履声。"（《上元雨》）

"茅檐独坐待僮仆，不闻人声闻碓声"。（《客中作》）

赵翼《瓯北诗话》不知《宿海会寺》"沈如五更天未明，木鱼呼粥亮且清，不闻人声闻履声"三句之佳，而赞《五丈原》"吏士寂如水，萧萧闻马挝"二句形容军容整肃笔法好，是对以"有声衬无声"之文脉知之不足也。然而，赵翼评说"吏士寂如水，萧萧闻马挝"其"魄力远逊杜甫《出塞》之'落日照大旗，马鸣风萧萧'"，却是甚为允当的。

杜乃演推崇《车攻》诗句，指出苏轼之"沈如五更天未明，木鱼呼粥亮且清，不闻人声闻履声"是仿拟《车攻》"萧萧马鸣，悠悠旆旌"的，以无声与有声相对照，隐含"有闻无声"之旨。

还有：

谢贞《春日闲居》有："风定花犹落，鸟鸣山更幽。"

杜甫《题张氏幽居》有："伐木丁丁山更幽。"

苏轼《观棋》有："不闻人声，时闻落子"。

雪莱诗有：啄木鸟声不能破松林之寂，转使幽静更甚。

美国文家霍桑《日记》有："孤舟一人荡桨而过，击汰作微响，愈添毕静"，"群鸦飞噪高空中，不破寂而反增寂"。

诸如此类，皆承"有闻无声"之诗境，皆是以有声烘托无声。

钱锺书从理论层面对以上阐述加以概括：

皆所谓"生于此意"，即心理学中"同时反衬现象"。眼耳诸识，莫不有是；诗人体物，早具会心。寂静之幽深者，每以得声音衬托而愈觉其深；虚空之辽广者，每以有事物点缀而愈见其广。

钱锺书综其所述指出，以音声烘托寂静是心理学中的"同时反衬现象"。

现实界的事物和现象如白和黑、小和大等都是相对的，文学表述要使读者心理形成一个确定的意象，应该用与之相反的意象加以反衬，如以白衬黑，以小衬大，以低衬高，以丑衬美，以暗衬亮等等。这种事物和现象的相对性，不仅存在于耳识界（听到的），而且存在于眼识界（见到的）。

钱锺书说："寂静之幽深者，每以得声音衬托而愈觉其深"。

无声（静），它作为一种存在是无，无的对立物是有，因此，无声最恰当的表现形式就是有声，借声显静则静更静；而且，这种表现方法宜于用局部的有声来衬托整体的无声。在大片山林里，有几处蝉声、几处鸟鸣则宜于反衬山林的寂静和空旷，倘若整片山林到处都是蝉鸣和鸟声，人的心灵就会觉得太吵而烦躁，不再感到它的静谧了。

此耳识界之反衬。

钱锺书说："虚空之辽广者，每以有事物点缀而愈见其广。"

无边无际的蓝天，漂浮着几朵白云，翱翔着几只飞鸟，会显得更加的深邃和浩渺。

钱锺书所举的诗例：

鲍照："直视千里外，唯见起黄埃"，"绝目尽平原，时见远烟浮。"

王维："大漠孤烟直"。

雪莱诗：沙漠浩阔无垠，不睹一物，仅余埃及古王雕像残石。

利奥巴迪诗：放眼天末，浩乎无际，爱彼小阜疏篱，充其所量，为穷眺寥廓微作遮拦。

此眼识界之反衬。

自然界的一切都是相对的，文学艺术也唯有使用相对的意象才能相互反映和表现。要想表现海洋之浩渺，就以小溪来烘托；倘若以天空作背景，海洋就只能相形见绌了。要想表现山林的寂寥无声，就要选取鸟鸣蝉噪等有声来烘托。

懂得反衬之法对鉴赏和写作会有所裨益的。

附录：《管锥编—毛诗正义》第五十二则

车攻·以音声烘托寂静

　　"萧萧马鸣，悠悠旆旌。"《传》："言不讙哗也。"按颜之推《颜氏家训·文章》篇甚称毛公此《传》："吾每叹此解有情致，籍诗生于此意耳。"盖谓王籍《入若耶溪》诗："蝉噪林逾静，鸟鸣山更幽。"实则毛传迳取后章"之子于征，有闻无声"，以申前章之意，挹彼注兹耳。《全唐文》卷七〇九李德裕《文章论》引其从兄翰喻文章高境曰："千军万马，风恬雨霁，寂无人声。"可以移笺毛传。《陆象山全集》卷三四《语录》："'萧萧马鸣'，静中有动；'悠悠旆旌'，动中有静。"亦能窥二语烘衬之妙（参观沈括《梦溪笔谈》卷一四评王安石集成句一联："风定花犹落，鸟鸣山更幽。"曰："上句乃静中有动，下句动中有静。"苏轼作诗频仿此构。《五丈原怀诸葛公》："吏士寂如水，萧萧闻马挝。"持扯太过，殊苦粘皮带骨；《宿海会寺》："沈如五更天未明，木鱼呼粥亮且清，不闻人声闻履声。"亦"有闻"而"无声"之旨，语遂超妙；持较欧阳修《秋声赋》："如赴敌之兵，衔枚疾走，不闻号令，但闻人马之行声。"前贤不觉畏后生矣。陆游《剑南诗稿》卷七《题醉中所作草书卷后》："何时夜出五原塞，不闻人语闻鞭声。"又师苏诗。

　　〔增订四〕《剑南诗稿》尚有卷一四《乍晴泛舟至扶桑埭》："数家茅屋门昼掩，不闻人声闻碓声"；卷四二《上元雨》："家家移床避屋漏，不闻人声闻屐声"；卷六三《客中作》："茅檐独坐待僮仆，不闻人声闻碓声"。盖于东坡句如填匡格者一再而至三四，亦几乎自相蹈袭矣。

　　赵翼《瓯北诗话》卷五不知《宿海会寺》三句之佳，而谓《五丈原》二句"形容军容整肃，而魄力远逊杜甫《出塞》之'落日照大旗，马鸣风萧萧'"；其言虽是，未为真切。杜乃演申《诗》语，苏则依仿《诗》语，且以"寂"与"闻"对照，隐括"有闻无声"也。谢贞《春日闲居》亦云："风定花犹落，鸟鸣山更幽。"杜甫《题张氏幽居》则云："伐木丁丁山更幽。"雪莱诗又谓啄木鸟声不能破松林之寂，转使幽静更甚（That even the busy woodpecker/Made stiller with hersound/the inviolable quietness）。

　　〔增订三〕苏轼《观棋》亦云："谁软棋者，户外屦二；不闻人声，时闻落子"（《苏诗合注》卷四一）。偶阅美国文家霍桑《日记》，见其即景会心，每道声音烘染寂静，与"鸟鸣山更幽"相发明。如云："孤舟一人荡桨而过，击汰作微响，愈添毕静"（the light lonely touch of his paddle in the water, making the silence appear deeper）；又云："群鸦飞噪高空中，不破寂而反增寂"（their loud clamor added to the quiet of the scene, instead of disturbing it）。

皆所谓"生于此意"，即心理学中"同时反衬现象"（the phenomenon of simultaneous contrast）。眼耳诸识，莫不有是；诗人体物，早具会心。寂静之幽深者，每以得声音衬托而愈觉其深；虚空之辽广者，每以有事物点缀而愈见其广。《车攻》及王、杜篇什是言前者。后者如鲍照《芜城赋》之"直视千里外，唯见起黄埃"（参观照《还都道中作》："绝目尽平原，时见远烟浮。"）或王维《使至塞上》之"大漠孤烟直"；景色有埃飞烟起而愈形旷荡荒凉，正如马鸣蝉噪之有闻无声，谓之有见无物也可。雪莱诗言沙漠浩阔无垠，不睹一物，仅余埃及古王雕像残石（Nothing beside remains. Round the decay/Of that colossal wreck, boundless and bare,/The lone and level sands stretch far away）：利奥巴迪诗亦言放眼天末，浩乎无际，爱彼小阜疏篱，充其所量，为穷眺寥廓微作遮拦。皆其理焉。近人论诗家手法，谓不外乎位置小事物于最大空间与寂寞之中，虽致远恐泥，未足囊括诗道之广大精微，然于幽山鸣鸟、大漠上烟之作，则不中不远也。

钱锺书论"乌为周室王业之象"等共6章

《管锥编—毛诗正义》札记第五十三则

《管锥编—毛诗正义》第五十三则《正月》，副标题为《乌为周室王业之象—局天蹐地—"潜伏"而仍"孔炤"—"哿"之字意与句型—怨天—诅祖宗》。

一章、【乌为周室王业之象】

"瞻乌爰止，于谁之屋"是《诗经—正月》中的一句诗，意思是：看那乌鸦将止息，飞落谁家屋檐头？

读者诸君，千万不要以为乌鸦落在谁的屋顶上，意味着大难。在两千年前先民那里，乌鸦落在他的屋顶上，预示着大喜。

《传》："富人之屋，乌所集也。"——富人之屋有乌鸦来聚集。

钱锺书据《传》注之意对"乌"这一意象进行了考证，认为"乌"是周室王业的象征。《传》言：富人之屋有乌鸦来聚集。张穆《〈正月〉瞻乌义》云：乌至，是天授周室以王业之祥；《春秋繁露》篇引《尚书传》载言：周朝将要兴起时，有大赤乌衔着稻谷的种子翔集于武王的屋顶之上，武王和大臣们皆大欢喜。这说明，乌是周室王业的象征，乌止于谁之屋，王业就归于谁。

乌鸦作为一种特殊的禽鸟意象，在中国古代文化中，有时与丑恶、灾异相连，有时又会与吉祥、美丽有关。这两种截然相反的意象，可称为"乌"之两柄。

钱锺书在《周易正义》之《比喻有两柄亦有多边》中介绍过一种修辞方法，即一个喻体可能适合于两个意义相反的本体，一为褒义，一为贬义。在《诗经》中，乌鸦的意象就分属两柄：《北风》中有"莫赤匪狐，莫黑匪乌"，把卫国君臣比作乌鸦，喻其丑恶，是贬义。此为一柄；此则所列《正月》中"瞻乌爰止，于谁之屋"，把周室王业比作乌鸦来集，喻其吉祥，是褒义，此为另一柄。

乌鸦作为比喻两柄中作为褒义的一柄，以诗经《正月》为滥觞，在后代文脉中绵延良久。

曹操《短歌行》中有"月明星稀，乌鹊南飞，绕树三匝，何枝可依"。（按《汉语大词典》解，此乌鹊即乌鸦）一些文章将此句解释为三国鼎立情况下士人犹豫不决，无所适从。其实，作另一种解释可能更接近曹操的本意，"乌"与王业有关，曹操这里很可能是以乌鹊南飞无依来比喻自己不能成就一统天下的王业。

辛弃疾的《永遇乐—京口北固帝怀古》中有"可堪回首，佛狸祠下，一片神鸦社鼓"。很多解释把此鸦看作是庙里偷吃供品的乌鸦，并不确切。乌鸦与社鼓相连，前面还有一个定词"神"字，它的含义是非同一般的。故辛词中所谓"佛狸祠下，神鸦社鼓"似可理解为意在夸赞北魏王朝的兴盛。

二章、【局天蹐地】

"谓天盖高，不敢不局；谓地盖厚，不敢不蹐"——《诗经—正月》里的一句诗。大意为：虽天高，却不敢不蜷缩着身体；地虽厚，却不得不小步走。形容处境困窘之至。

按《节南山》亦云："我瞻四方，蹙蹙靡所骋。"——我瞻望四方，顿感处处狭窄，虽欲驰骋而不知能去何处。

钱大昕申言（大意）：先齐家尔后方能治国。倘若父子恩薄，兄弟不睦，夫妇怼怨，虽厅堂宽敞，也会觉得很狭小。

钱锺书评价此言为："人情切理之论"。

王符《潜夫论·爱日》曰（大意）：国泰，百姓的日子舒心而悠然；国乱，百姓的日子则迫促而短缺。

由此，钱锺书概而论之：

国治家齐之境地宽以广，国乱家哄之境地仄以逼。此非幅员、漏刻之能殊，乃心情际遇之有异耳。

简言之，古人之"局天蹐地"，其原因不是时空窄，而是世道恶也。因为世道昏暗，所以，正人贤能们才会喟叹出门有碍，动辄得咎，寸步难行，走投无路。

往下，钱锺书旁征博引以证前贤于此"同声共慨，不一而足"，其"哀情苦语，莫非局踏靡骋之遗意也"：

1. 孔子解释"谓天盖高"四句说："此言上下畏罪，无所自容也"。

2. 桓宽言秦始皇峻文峭法："百姓侧目重足，不寒而栗"。

3. 荀悦曰："以天之高，而不敢举首，以地之厚，而不敢投足，……以六合之大、匹夫之微，而一身无所容焉。"

4. 《后汉书·李固传》载言："非命之世，天高不敢不局，地厚不敢不踏。"

5. 袁宏说："万物波荡，孰任其累？六合徒广，容身靡寄。"

6. 左思《咏史》末首："落落穷巷士，抱影守空庐，出门无通路，枳棘塞中途"。

7. 岑参《西蜀旅舍春叹》："四海犹未安，一身无所适，自从兵戈动，遂觉天地窄"。

8. 李白《行路难》："大道如青天，我独不得出"。

9. 杜甫《赠苏四傒》："乾坤虽宽大，所适装囊空，……况乃主客间，古来逼侧同"，又《逃难》："乾坤万里内，莫见容身畔"。

10. 柳宗元《乞巧文》："乾坤之量，包容海岳，臣身甚微，无所投足"。

11. 孟郊《送别崔纯亮》："出门即有碍，谁谓天地宽"。

12. 张为《主客图》摘鲍溶句："万里歧路多，一身天地窄"。

13. 李贺《酒罢张大彻索赠诗》："陇西长吉摧颓客，酒阑感觉中区窄"。

14. 梅尧臣《行路难》："途路无不通，行贫足如缚。轻裘谁家子，百金负六博；蜀道不为难，太行不为恶。平地乏一钱，寸步沦沟壑"。

15. 元好问《论诗绝句》："高天厚地一诗囚"。

16. 刘辰翁题《文姬归汉图》七古结句："天南地北有归路，四海九州无故人"。

17. 利登《骹稿·走佛岩道中》："沸鼎无活鳞，四顾谁善地；不辰自至斯，乾坤古无际"。

18. 白居易《小宅》："宽窄在心中"。

19. 聂夷中《行路难》："出处全在人，路亦无通塞"。

20. 宋奚〔三点水旁上或下火〕《声声慢》："算江湖，随人宽窄"。

21. 曹植《仙人篇》："万里不足步，轻举凌太虚"，《五游》："九州不足步，愿得凌云翔"。

22. 司马相如《大人赋》："宅弥万里兮，曾不足以少留；悲世俗之追隘兮，揭轻举而远游"。

23. 《水浒》中林冲、杨志等皆叹："闪得俺有家难奔，有国难投"。

24. 歌德名篇写女角囚系，所欢仗魔鬼法力，使囹圄洞启，趣其走，女谢曰："吾何出为？此生无所望已！"

25. 王尔德名剧中或劝女角出亡异国，曰："世界偌大"，女答："大非为我也；在我则世界缩如手掌小尔，且随步生荆棘。"盖斯世已非其世，群伦将复谁伦，高天厚地，于彼无与，有碍麾骋，出狱犹如在狱，逃亡亦等拘囚。

钱锺书有三处评点，饶有情致：

其一：

刘辰翁题《文姬归汉图》七古结句："天南地北有归路，四海九州无故人"；正言"无归路"也，却曰"有归路"，而以"无"缓急相料理之"故人"反衬明意，语更婉挚。——此文笔曲折，意在写"无归路"，却写"有归路"，但归去却又"无故人"，还是"无归路"，是欲写"无"先写"有"，欲抑先扬也。

其二：

即以孟郊为例，《长安旅情》又曰："我马亦四蹄，出门似无地"，而《登科后》曰："春风得意马蹄疾，一日看尽长安花"；岂非长安随人事为"宽窄"耶？——孟郊登科后，长安之道"宽窄"如前，境遇却由举步维艰一变而为春风马蹄、大道通天了；说明天地之"宽窄"随心情际遇而变也。

其三：

《诗》、李、杜等言天地大而不能容己，马、曹言天地小而不足容己；途穷路绝与越世出尘，情事区以别焉。——李白、杜甫等言天地大而不能容己，司马相如、曹植等言天地小而不足容己；前者言途穷路绝，后者言越世出尘，貌同心异，入世之心和出世之情迥然有别也。

三章、【"潜伏"而仍"孔炤"】

"鱼在于沼，亦匪克乐；潜虽伏矣，亦孔之炤。"——这是《诗经—正月》中的一句诗，大意是，鱼儿生活在池沼，并非如见之逍遥。即使深藏而不动，依然历历在目，无处可藏。

对此句有两种不同的阐释，一是郑《笺》，一是《中庸》。

《笺》："池，鱼之所乐，而非能乐，潜伏于渊，又不足以逃，甚昭昭易见。"

——《笺》注："潜伏"而仍"孔炤",即天地间无所遁逃,无所隐匿。

《礼记·中庸》言"君子内省不疚",犹言君子内省而无愧于心,就是援引"潜虽伏矣,亦孔之照"二句来阐述的,郑玄为此加注:

"言圣人虽隐遁,其德亦甚明矣"。——对"潜伏"而仍"孔炤"这一层意思,郑玄在注《正月》时,解为:欲隐而无处可逃;在注《中庸》时,解为:欲隐而美德更彰。

钱锺书认为,将"潜伏"而仍"孔炤"这一层意思解释为欲隐而美德更彰,是《中庸》断章取义,郑玄又牵强附会去谬解。相反,欲隐而无处可逃是正解。

钱锺书原文为:

诗极言居乱世之出处两难,虽隐遁而未必幸免。"潜伏"而仍"孔昭",谓天地间无所逃,岩谷中不能匿,非称其闇然日章。

钱锺书又指出"潜鱼"为"一喻两柄"。关于喻之两柄曾多次提到,是一个喻体运用于两个本体而意思适反,此又一例。

黄庭坚《宿旧彭泽怀陶令》诗:"潜鱼愿深眇,渊明无由逃",即本郑《笺》义。——黄庭坚诗,把陶渊明比作"潜鱼",是远害逃生,此"潜鱼"比喻之一柄。

《大雅·旱麓》:"鸢飞戾天,鱼跃于渊。"——诗经《旱麓》句,"鱼跃于渊"犹如"海阔凭鱼跃",是得意遂生,是"潜鱼"比喻之另一柄。

四章、【"哿"之字意与句型】

"民今之无禄,天夭是椓:哿矣富人,哀此穷独!"是《正月》最后一句诗。钱锺书此则论述句中"哿"之字意与句型,因此,有必要对此句字词疏通一下:

无禄:不幸。(杨伯峻注:"无禄,今言不幸。")

民今之无禄:老百姓现今之不幸。

夭,象形,从中途折断,动词,表示夭折、夭寿。

椓(zhuó):打击。

天夭是椓:老天中途降下的无情打击。

哿(gě):《古诗文网》解为:快乐;《现代汉语词典》解为:可;嘉。

哿矣富人:此句译文以"哿"解之不同而有区别。(后面再谈)

惸独:孤苦伶仃的人。

哀此惸独：悲哀呀，这些孤苦伶仃的人。

整句大意也留待后面再说。

关于"哿"之字意，《传》、《笺》、《正义》解为"可"，王引之解为"乐"。

《传》："哿，可也。"《笺》："富人已可，穷独将困。"《正义》："可矣富人，犹有财货以供之，哀哉此单独之民，穷而无告。"

王引之训"哿"为乐，援引了《礼运》、《左传》、《钱神论》等典籍，其中谈了一个理由是：

"哿"与"哀"为"对文"，"哀者忧悲，哿者欢乐"

对于上述两种对"哿"字的不同注解，钱锺书谈了自己的看法：

然窃谓训"哿"为"可"，虽非的诂，亦自与"哀"对文；此种句法语式无间古今雅俗，毛、郑、孔意中必皆有之。故毛、郑只解"哿"为"可"而孔承焉，转辗引申为"乐"者，王氏之创获，未保为《传》、《笺》之本旨也。

"可"虽然不能解尽"哿"的字意，但"可"字却完全可以作为"哀"字的对文，而不是王引之所说的只有用"乐"作"哀"的对文。所谓"对文"是用具有对立意思的字眼组成一种句式。王引之的观点是偏狭的。他认为只有"乐"才能和"哀"相对，犹如只允许黑和白成为对文，不允许红、黄、蓝等颜色和白成为对文。

钱锺书说，毛《传》郑《笺》解"哿"为"可"，孔《正义》承续，后辗转引申为"乐"是王引之的独创。比较而言，可能孔继承了毛、郑的原意，王却游离了毛、郑的原意。简言之，训"哿"为"可"较之训"哿"为"乐"可能更确切。

往下，钱锺书列举了诸多例句，说明后世一直承袭了"哿矣富人，哀此穷独"这样的句型，并印证训"哿"为"可"的正确：

1. 《谷梁传》文公九年："毛伯来求金。求车犹可，求金甚也。"

2. 《汉书·王莽传》下："东方为之语曰：'宁逢赤眉，不逢太师，太师犹可，更始杀我。'"

3. 《后汉书·南蛮传》："益州谚曰：'虏来尚可，尹来杀我。'"

4. 《晋书·罗尚传》："蜀人言曰：'蜀贼尚可，罗尚杀我。'"

5. 《宋书·王玄谟传》："军士为之语曰：'宁作五年徒，不逢王玄谟，玄谟犹自可，宗越更杀我。'"

6. 古乐府《独漉篇》："独漉独漉，水深泥浊，泥浊尚可，水深杀我。"

7. 唐章怀太子《黄台瓜辞》:"三摘犹自可,摘绝抱蔓归。"

8. 李白《独漉篇》:"独漉水中泥,水浊不见月,不见月尚可,水深行人没。"

9. 储光羲《野田黄雀行》:"穷老一颓舍,枣多桑树稀,无枣犹可食,无桑何以衣。"

10. 鲍溶《章华宫行》:"岂无一人似神女,忍使黛蛾常不伸;黛蛾不伸犹自可,春朝诸处门常锁。"

11. 杜荀鹤《旅泊遇郡中叛乱》:"郡侯逐出浑闲事,正是銮舆幸蜀年。"

12. 韩驹《陵阳先生诗》卷二《题蕃骑图》:"回鞭慎莫向南驰,汉家将军方打围;夺弓射汝犹可脱,夺汝善马何由归。"

13. 张嵲《防江》第二首:"虏犹涉吾地,饮马长淮流,饮马尚犹可,莫使学操舟。"

14. 陆游《剑南诗稿》卷六二《夏秋之交,小舟早夜往来湖中,戏成绝句》之八:"荷花折尽浑闲事,老却尊丝最恼人。"

15. 元好问《遗山诗集》卷一《宿菊潭》:"军租星火急,期会切莫违,期会不可违,鞭扑伤心肌,伤肌尚云可,夭阏使人悲。"

16.《西厢记》第二本第三折莺莺唱:"而今烦恼犹闲可,久后思量怎奈何。"

17.《水浒》第六回邱小乙唱:"你在东时我在西,你无男子我无妻,我无妻时犹闲可,你妒夫时好孤凄。"

18.《二郎神锁齐天大圣》第一折乾天大仙白:"这仙酒犹闲可,这九转金丹,非遇至人,不可食之。"

列举了上述诸例后,钱锺书总结道:

莫不承转控送,即"哿矣富人,哀哉穷独"之句型。

对"哿"字,假如解为"乐","民今之无禄,天夭是椓;哿矣富人,哀哉穷独"即可译为:百姓如今多不幸,老天降灾雪加霜。富贵人家多欢乐,可怜穷人贫且独。

而假如解"哿"为"可","民今之无禄,天夭是椓;哿矣富人,哀哉穷独"即可译为:百姓如今多不幸,老天降灾雪加霜。富人灾年尚可过,穷人灾年无法活。

相比之下,后一种解译似更加贴切。

类似于"百姓如今多不幸,老天降灾雪加霜。富人灾年尚可过,穷人灾年无法活"是一种句型，上引 18 例均是。

这个句型是表达凡事都有一个尺度，在这个尺度内，尚能接受和允许，超出这个尺度就绝对不能接受和允许了。或者用哲学语言来表达，凡事渐进都有一个临界点，超出这个临界点，事情的性质就变了。

比如：夫妻闹矛盾，骂骂人尚能忍耐，动手就不可容忍了。

钱锺书用"承转控送"四个字来描述这个句型，这种句型的句子由几个短句组成，一般有"可"、"犹可"、"自可"、"闲可"等字眼的短句就是"控"，表示事情可以允许的情况；在"控"句前的短句是"承转"，表示事情应有的状态却发生了转变，在"控"句后的短句是"送"，表示情况变化突破了可以允许的界限而不可容忍。

钱锺书最后说，一种句型形成了定式，究竟用什么言辞来表达就用不着死拘了。

如果按照王引之的逻辑，"哀"的对文必须为"乐"，那么，"好孤凄"的对文就不能为"犹闲可"，而必须是"真快活"；"甚"、"杀我"、"抱蔓归"、"行人没"、"怎奈何"，都不能和"可"成对文，那上面的例句都不能成立了。"花"必须对"柳"，是小孩初学对偶时玩得把戏。

五章、【怨天】

"民今方殆，视天梦梦。"这也是《正月》里的一句诗，大意是：百姓正在危难，上天昏睡不知。

毛《传》注："王者为乱梦梦然。"大意是，象征君王胡作非为昏昏然。

一些研究《诗经》的学者，认为"天方荐瘥"（苍天无眼正降下重重祸患）、"昊天不惠"（苍天大老爷不肯施恩眷顾）等诗句是写君王，而《云汉》之"王曰於乎，……天降丧乱，……昊天上帝（老天爷挟着秋风施展暴虐）"等句是写苍天。

钱锺书说，此种区分，似可不必。

远古先民是笃信董仲舒所说的"天人相与"、"天人感应"、"君权神授"那一套的，认为天道和人事之间是互相参与、相互感应、相互影响的，君王是天子，其所作所为是上天的意旨。顺着这个思路，人们怨恨君王不解气，便开始怨恨君王背后的苍天。

老百姓痛苦至极便呼天，呼天不应，就怨恨天、诅咒天。

钱锺书说:

"所谓善言天者必取譬于人也。"——善于谈天的都是用人来做比喻。

然怨天、诅天、问天者,尚信有天;苟不信有天,则并不怨诅诘问。——怨恨天、诅咒天、责问天,还是相信有天的,倘若不相信有天,就不会去怨恨它、诅咒它、责问它了。

夫矢口出怨望怒骂之语者,私衷每存格天、回天之念,如马丁·路德所谓:"吾人当时时以此等咒诅唤醒上帝。"其事无用,而其心则愈可哀已。——怨天、诅天和怒骂还是期望唤醒老天,所谓"苍天有眼",但看到无济于事后,痛苦便越发深重,反过来悲叹自己命苦而绝望。

以上是怨天无知,恨天无眼。

而下面的感叹,是假定苍天有知,却置百姓疾苦于不顾,其恨天之情又深一层——"怨天之有知而仍等无知,较仅怨天之无知,已进一解。"

陈子龙指斥苍天有知而无能,有心而无力,行与愿违。

——陈子龙"则谓天有知而无能,有心而无力,行与愿乖,故不怨之恨之,而悲之悯之,更下一转,益凄挚矣。"

黄周星指斥苍天已经老糊涂了,整天浑浑噩噩,昏昏欲睡。——黄椿辑黄周星《黄九烟先生别集》有《枭啸序》、《诘天公文》等皆谓"此公""年齿长矣,聪明衰矣",又"沉醉"、"假寐"。

潘问奇为屈原喊冤叫屈,用比喻来抒发感慨:颜回好人却寿短、盗跖坏人而善终,楚国黎民曾经哭诉苍天,苍天却一直装聋作哑。——潘问奇《拜鹃堂诗集》卷二《屈原墓》之三:"颜渊盗跖殊修短,此日青天定有心,楚国王孙曾一问,奈他聋哑到如今。"

更有"天不管"者,即"不作为"的老天爷。——《五灯会元》卷一三华严休静章次:"问:'大军设天王斋求胜,贼军亦设天王斋求胜,未审天王赴阿谁愿?'师曰:'天垂雨露,不拣荣枯!'"

即:天王不识好歹,不问黑白,"一视同仁"。——《容斋四笔》:"两商人入神庙。其一陆行欲晴,许赛以猪头;其一水行欲雨,许赛以羊头。神顾小鬼言:'晴干吃猪头,雨落吃羊头,有何不可?'"

即:庙神骑墙,模棱两可。

外国文艺也有描写老天爷装聋作哑的。——法国有一古剧,搬演"聋子上帝",斯莱尔夫人《杂记》撮述其情景。上帝作老叟状,酣卧云上,一天使摇撼之，疾呼曰："上皇之爱子〔耶稣〕命在须臾，乃尚如醉汉熟睡耶！"上帝喃喃呓语曰："魔鬼捉将我去！所言何事，我一字未闻也"。

百姓生不如死，求告无门，痛恨至极，不得已迸发出呐喊诅咒，撕心裂肺：——《豆棚闲话》卷一一载《边调曲儿》："老天爷，你年纪大，耳又聋来眼又花。你看不见人，听不见话。杀人放火的享着荣华，吃素看经的活饿杀。你不会做天，你塌了罢！你不会做天，你塌了罢！"

六章、【诅祖宗】

倘若有人说，《诗经》有的篇什诅祖宗、骂父母，有谁会相信？然而，这却是事实。

"父母生我，胡俾我瘉，不自我先，不自我后。"——父母生我不逢时，为何令我遭祸殃？苦难不早也不晚，此时恰落我头上。

《诗经》中尚有诸多篇什于此同类。

《小弁》："天之生我，我辰安在？"——老天爷你生我来到人世间，我什么时候才能时来运转？

《桑柔》："我生不辰，逢天僤怒！"——生不逢时我真惨，遇上老天怒气旺。

这些都是遭逢丧乱痛苦不堪而发的愤激之言，慨叹有生不如无生，即怨怪父母不该在战乱、饥荒等年头把自己生下来。

这种念头，《诗经》为发端，后世亦屡见不鲜：

1. 王梵志诗："还你天公我，还我未生时"。
2. 《敦煌掇琐》之《五言白话诗》："还我未生时"、"慈母不须生"、"慈母莫生我"。
3. 王若虚："艰危尝尽鬓成丝，转觉欢华不可期。几度哀歌向天问：何如还我未生时？
4. 方岳《辛丑生日小尽月》："今朝廿九，明朝初一，怎欠秋崖个生日？客中情绪老天知，道这月不消三十！"
5. 古希腊诗人悲愤云："人莫如不生，既生矣，则莫如速死"。
6. 培根诗叹人生仕隐婚鳏，无非烦恼，故求不生，生则祈死。
7. 密尔敦诗写原人怨问上帝云："吾岂尝请大造抟土使我成人乎？"。
8. 海涅病中诗云："眠固大善，死乃愈善，未生尤善之善者"。

9. 德国俗谚亦谓人能未生最佳，惜乎有此佳运者，世上千万人中无一焉。

10. 索福克勒斯悲剧亦云："最佳莫如不生"。

11. 近世爱尔兰诗人叶芝尝赋小诗敷陈其意，而申言早死为次佳事。

12. 海涅复有一诗云："死固大佳，而母氏不生吾侪则尤佳"。

13. 王梵志诗有云："寄语冥路道，还我未生时"。

14. 王若虚《还家》第五首云："几度哀歌向天道，何如还我未生时"。

因为痛苦至极，所以他们的逻辑是：迟死不如早死，早死不如不生。

钱锺书指出，因为自己生不逢时而诅咒祖宗、父母者，以《诗经—正月》"父母生我，胡俾我瘉"为滥觞，后世诸篇什是其余波。

更有甚者，《诗经》中尚有比《正月》更过分的诗句是骂先祖不是人：

《四月》云："先祖匪人，胡宁忍予？"《笺》："我先祖匪人乎，人则当知患难，何为曾使我当此乱世乎？"（匪人：不是人）

《正义》注曰：人困窘至极就怨怪自己不该来到人世间，由怨言进而为怒骂，以至诅咒自己的祖宗，其恨毒之情更过于《正月》、《小弁》，类似《旧约全书》中的先知咒骂自己之诞生、父母之孕育等。

儒生对此是看不过去的，讳莫如深，所以，极力进行掩盖和曲解。儒生解"匪人"为：彼人、先祖不该将我生而为人等，以维护《诗经》"温柔敦厚"作为诗教的正统形象。

儒生尊《经》而懦，掩耳不敢闻斯悖逆之言，或解为："先祖不以我为人乎？"或解为："先祖乎？我独非人乎？"或解"匪人"为"彼人"、为"非他人"、为"不以人意相慰恤"，苦心曲说，以维持"《诗》教"之"温柔敦厚"。

王夫之指责郑、孔不该把《诗经》的一些言辞解释为"市井无赖"的口吻。然而，这却是《诗经》的本来面目，里面就保留有先民的粗口。这或许是《诗经》的朴质珍贵之处，郑、孔恰恰尊重文本，不容儒生以道统之标尺来歪曲和篡改。

钱锺书援引前人实事求是的言论，以强调《诗经》言辞中确实有粗话。

夫《三百篇》中有直斥，有丑诋，词气非尽温良委婉，如黄彻《碧溪诗话》卷一〇谓《诗》"怨邻骂坐"，王世贞《弇州四部稿》卷一四七谓《诗》"不尽含蓄"，曾异撰《纺授堂集》卷一《徐叔亨山居次韵诗序》谓《诗》"骂人"、"骂夫"、"骂父"、"骂国"、"骂皇后"、"骂天"、"朋友相骂"，"兄弟九族相骂"，贺贻孙《诗筏》谓《诗》"刺人不讳"，魏礼《魏伯子文集》卷一《跋出郭九行》

谓《诗》"直斥者不一而足"，顾炎武《日知绿》卷一九谓《诗》"亦有直斥不讳"，张谦宜《絸斋诗谈》卷一谓《诗》"骂人极狠"。《四月》之自斥乃祖为"匪人"，其忧生愤世而尤不能忍俊者尔。

附录：《管锥编—毛诗正义》第五十三则

正月

（一）乌为周室王业之象

"瞻乌爰止，于谁之屋。"《传》："富人之屋，乌所集也。"按张穆《殷（去"殳"）斋文集》卷一《〈正月〉瞻乌义》略云：二语深切著明，乌者，周家受命之祥；《春秋繁露·同类相动》篇引《尚书传》言，"周将兴之时，有大赤乌衔谷之种而集王屋之上者，武王喜，诸大夫皆喜；凡此皆古文《泰誓》之言，周之臣民，相传以熟，幽王时天变叠见，讹言朋兴，诗人忧人命将坠，故为是语。"其说颇新。观下章曰："召彼故老，讯之占梦；具曰予圣，谁知乌之雌雄？"足见乌所以示吉凶兆象，非徒然也。《史记·周本纪》，《太平御览》卷九二〇等引《书纬·中候》、《瑞应图》皆记赤乌止武王屋上事。《后汉书·郭太传》："太傅陈蕃、大将军窦武为阉人所害，林宗哭之于野，恸。既而叹曰："……'瞻乌爰止，不知于谁之屋'耳？"章怀注："言不知王业当何所归"。得张氏之解，乌即周室王业之征，其意益明切矣。

（二）局天蹐地

"谓天盖高，不敢不局；谓地盖厚，不敢不蹐。"按《节南山》亦云："我瞻四方，蹙蹙靡所骋。"《大雅·既醉》："其类维何，室家之壶。"《传》："壶、广也。"《国语·周语》下叔向引《诗》语而说之曰："'壶'也者，广裕民人之谓也。"钱大昕《十驾斋养新录》卷一申言曰："夫古人先齐家而后治国；父子之恩薄，兄弟之志乖，夫妇之道苦，虽有广厦，常觉其隘矣。"人情切理之论也。王符《潜夫论·爱日》："治国之日舒以长，……乱国之日促以短。"读《既醉》、《节南山》、《正月》诸什，亦可曰：国治家齐之境地宽以广，国乱家哄之境地仄以逼。此非幅员、漏刻之能殊，乃心情际遇之有异耳。《说苑·敬慎》又《孔子家语·好生》记孔子说"谓天盖高"四语云："此言上下畏罪，无所自容也。"桓宽《盐铁论·周秦》言秦世峻文峭法，"百姓侧目重足，不寒而栗"，即引《正月》此数语；荀悦《汉纪》卷二五论王商亦引此数语而敷陈曰："以天之高，而不敢举首，以地之厚，而不敢投足，……以六合之大、匹夫之微，而一身无所容焉。"《后汉书·李固传》亭长叹曰："非命之世，天高不敢不局，地厚不敢不蹐。"同声共慨，不一而足，如袁宏《三国名臣序赞》："万物波荡，孰任其累？六合徒广，容身靡寄。"左思《咏史》末首："落落穷巷士，抱影守空庐，出门无通路，枳棘塞中途。"岑参《西蜀旅舍春叹》："四海犹未安，一身无所适，自从兵戈动，遂觉天地窄"；李白《行路难》："大道如青天，我独不得出"；杜甫《赠苏四徯》："乾坤虽宽大，所适装囊空，……况乃主客间，古来逼侧同"，又《逃难》："乾坤万里内，莫见容身畔"；柳宗元《乞巧文》："乾坤之量，包容海岳，臣身甚微，无所投足"；孟郊《送别崔纯亮》："出门即有碍，谁谓天地宽"；张为《主客图》摘鲍溶句："万里歧路多，一身天地窄"；利登《骰稿·走佛岩道中》："沸鼎无活鳞，四顾谁善地；不辰自至斯，乾坤古无际"；以至《水浒》中如第一一回林冲、第一六回杨志等皆叹："闪得俺有家难奔，有国难投"，哀情苦语，莫非局蹐靡骋之遗意也。

〔增订三〕李贺《酒罢张大彻索赠诗》："陇西长吉摧颓客，酒阑感觉中区窄"；梅尧臣《宛陵先生集》卷三六《行路难》："途路无不通，行贫足如缚。轻裘谁家子，百金负六博；蜀道不为难，太行不为恶。平地乏一钱，寸步沧沟壑。"又唐宋名家咏叹"四方靡骋"之两例。

无门可出，出矣而无处可去，犹不出尔，元好问《论诗绝句》所谓"高天厚地一诗囚"。刘辰翁题《文姬归汉图》七古结句："天南地北有归路，四海九州无故人"；正言"无归路"也，却曰"有归路"，而以"无"缓急相料理之"故人"反衬明意，语更婉挚。歌德名篇写女角囚系，所欢仗魔鬼法力，使囹圄洞启，趣其走，女谢曰："吾何出为？此生无所望已！"王尔德名剧中或劝女角出亡异国，曰："世界偌大"（The world is very wide and very big），女答："大非为我也；在我则世界缩如手掌小尔，且随步生荆棘。"（No, not for me, For me the world is shrivelled to apalm's breadth, and where l walk, there are thorns）盖斯世已非其世，群伦将复谁伦，高天厚地，于彼无与，有碍靡骋，出狱犹如在狱，逃亡亦等拘囚。白居易《小宅》："宽窄在心中"；聂夷中《行路难》："出处全在人，路亦无通塞"；宋奚〔三点水旁上或下火〕《声声慢》："算江湖，随人宽窄"；三语足概此况。一人之身，宽窄正复不常。即以孟郊为例，《长安旅情》又曰："我马亦四蹄，出门似无地"，而《登科后》曰："春风得意马蹄疾，一日看尽长安花"；岂非长安随人事为"宽窄"耶？若曹植《仙人篇》："四海一何局？九州安所如！"，则貌同心异；下文云："万里不足步，轻举凌太虚。"亦如其《五游》之"九州不足步，愿得凌云翔"，或《七启》之"志飘飘焉，崚崚焉，似若狭六合而隘九州"，即司马相如《大人赋》所谓："宅弥万里兮，曾不足以少留；悲世俗之追隘兮，朅轻举而远游。"《诗》、李、杜等言天地大而不能容己，马、曹言天地小而不足容己；途穷路绝与越世出尘，情事区以别焉。

（三）"潜伏"而仍"孔炤"

"鱼在于沼，亦匪克乐：潜虽伏矣，亦孔之炤。"《笺》："池，鱼之所乐，而非能乐，潜伏于渊，又不足以逃，甚昭昭易见。"按《礼记·中庸》言"君子内省不疚"，即引"潜虽伏矣"二句，郑玄注："言圣人虽隐遁，其德亦甚明矣。"与《笺》说异。盖《中庸》断章取义，郑因而迁就，此《笺》则发明本意也；参观《左传》卷论襄公二十八年。诗极言居乱世之出处两难，虽隐遁而未必幸免。"潜伏"而仍"孔昭"，谓天地间无所逃，岩谷中不能匿，非称其闇然日章。

〔增订四〕黄庭坚《宿旧彭泽怀陶令》诗："潜鱼愿深眇，渊明无由逃"，即本郑《笺》义。

视《四月》之"匪鹑匪鸢，翰飞戾天，匪鳣匪鲔，潜逃于渊"，语逾危苦。《易·中孚》："豚鱼吉。"王弼注："鱼者，虫之隐者也。"在沼逃渊，即鱼之所以为"隐虫"耳。《大雅·旱麓》："鸢飞戾天，鱼跃于渊。'与《四月》语亦一喻二柄之例；彼言得意遂生，此言远害逃生，又貌同心异者。

（四）"哿"之字意与句型

"民今之无禄，天夭是椓：哿矣富人，哀此穷独！"《传》："哿，可也。"《笺》："富人已可，穷独将困。"《正义》："可矣富人，犹有财货以供之，哀哉此单独之民，穷而无告。"按王引之《经义述闻·毛诗》中记其父谓毛传之"可"，是"快意惬心之称"；"哿"与"哀"为"对文"，"哀者忧悲，哿者欢乐"；"哿"与"嘉"俱"以'加'为声，而其义相近"，因举《礼运》"嘉"训"乐"，《左传》"哿"训"嘉"，而斥《正义》"失《传》、《笺》之意"；又谓《雨无正》之"哀哉不能言"对"哿矣能言"，亦资佐证。晋鲁褒《钱神论》："钱多者处前，钱少者处后，处前者为君长，处后者为臣仆，君长者丰衍而有余，臣仆者穷竭而不足；《诗》云：'哿矣富人，哀哉穷独！'岂是之谓乎！"（《全晋文》卷一一三);似于“哿”字已同王解。然窃谓训“哿”为“可”,虽非的诂,亦自与“哀”对文;此种句法语式无间古今雅俗,毛、郑、孔意中必皆有之。故毛、郑只解“哿”为“可”而孔承焉,转辗引申为“乐”者,王氏之创获,未保为《传》、《笺》之本旨也。《谷梁传》文公九年:“毛伯来求金。求车犹可,求金甚也。”《汉书·王莽传》下:“东方为之语曰:‘宁逢赤眉,不逢太师,太师犹可,更始杀我。’”《后汉书·南蛮传》:“益州谚曰:‘虏来尚可,尹来杀我。’”《晋书·罗尚传》:“蜀人言曰:‘蜀贼尚可,罗尚杀我。’”又《李特载记》载语同,易“罗尚”为“李特”;《宋书·王玄谟传》:“军士为之语曰:‘宁作五年徒,不逢王玄谟,玄谟犹自可,宗越更杀我。’”古乐府《独漉篇》:“独漉独漉,水深泥浊,泥浊尚可,水深杀我。’”唐章怀太子《黄台瓜辞》:“三摘犹自可,摘绝抱蔓归。”李白《独漉篇》:“独漉水中泥,水浊不见月,不见月尚可,水深行人没。”储光羲《野田黄雀行》:“穷老一颓舍,枣多桑树稀,无枣犹可食,无桑何以衣。”鲍溶《章华宫行》:“岂无一人似神女,忍使黛蛾常不伸;黛蛾不伸犹自可,春朝诸处门常锁。”杜荀鹤《旅泊遇郡中叛乱》:“郡侯逐出浑闲事,正是銮舆幸蜀年。”韩驹《陵阳先生诗》卷二《题蕃骑图》:“回鞭慎莫向南驰,汉家将军方打围;夺弓射汝犹可脱,夺汝善马何由归。”张嵲《防江》第二首:“虏犹涉吾地,饮马长淮流,饮马尚犹可,莫使学操舟。”(《后村大全集》卷一七六引,四库馆辑本《紫薇集》卷二改“虏犹”为“不虞”)陆游《剑南诗稿》卷六二《夏秋之交,小舟早夜往来湖中,戏成绝句》之八:“荷花折尽浑闲事,老却尊丝最恼人。”元好问《遗山诗集》卷一《宿菊潭》:“军租星火急,期会切莫违,期会不可违,鞭扑伤心肌,伤肌尚云可,夭阏使人悲。”以至《西厢记》第二本第三折莺莺唱:“而今烦恼犹闲可,久后思量怎奈何。”或《水游》第六回邱小乙唱:“你在东时我在西,你无男子我无妻,我无妻时犹闲可,你妩夫时好孤凄。”或《二郎神锁齐天大圣》第一折乾天大仙白:“这仙酒犹闲可,这九转金丹,非遇至人,不可食之。”莫不承转控送,即“哿矣富人,哀哉穷独”之句型。杨万里《诚斋集》卷七《秋雨叹》之八:“枯荷倒尽饶渠着,滴损兰花太薄情。”不用“犹可”、“尚可”,而句法无异,亦如用“浑闲事”。脱毛《传》之“可”必训“乐”方得“与‘哀’对文”,则与“好孤凄”对之“犹闲可”,当训为“真快活”耶?“可”与“甚”、“杀我”、“抱蔓归”、“行人没”、“怎奈何”,无一不成对文,亦正如其与“哀”为对文。王氏之“对文”,则姜夔《白石道人诗说》所谓:“花’必用‘柳’对,是儿曹”耳。毛、郑以来,说诗者于"哿"之训"可"，相安无事，亦征句法既有定型，遂于字义不求甚解。此亦言文词者所不可不知也。

（五）怨天

"民今方殆，视天梦梦。"《传》："王者为乱梦梦然。"按说诗者以《节南山》之"天方荐瘥"、"昊天不惠"，《小旻》之"昊天疾威"等句概谓为指君王，如《云汉》之"王曰於乎，……天降丧乱，……昊天上帝"等句，方说为苍天，大可不必。先民深信董仲舒所谓"天人相与"；天作之君，由怨君而遂怨天，理所当然。人穷则呼天，呼天而不应，则怨天诅天，或如《小弁》之问天："何辜于天？我罪伊何？"《晋书·天文志》下康帝建元二年岁星犯天关，安西将军庾翼与兄冰书曰："此复是天公愦愦，无皂白之征也。"；"愦愦"即"梦梦"矣。然怨天、诅天、问天者，尚信有天；苟不信有天，则并不怨诅诘问。庾信《思旧铭》不云乎："所谓天乎，乃曰苍苍之气：所谓地乎，其实抟抟之土。怨之徒也，何能感乎？"——"徒"，徒然也。《荀子·天论》篇又柳宗元《断刑论》下、《时令论》下、《天说》、《昔（衣旁）说》之类剖析事理，不大声以色，庶几真不信有天；若《史记·伯夷列传》慨叹"倘所谓天道，是耶非耶？"郁怒孤愤，是尚未能忘情。柳宗元《唐故尚书户部郎中魏府君墓志》、《亡友故秘书省校书郎独孤君墓碣》、《亡姑渭南县尉陈君夫人权厝志》、《亡姊崔氏夫人墓志盖石文》、《亡妻弘农杨氏志》、《祭吕衡州文》皆痛言无"天道"、天无"知"、"不可恃"、"不可问"、"苍苍无信、莫莫无神"，而怨毒之意，洋溢词外；《先太夫人河东县太君归祔志》、《亡姊前京兆府参军裴君夫人墓志》骨肉悲深，至责天之"忍"，其《天说》所讥为"大谬"者，竟躬自蹈之，盖事理虽达，而情气难平，《祭吕衡州文》所谓："怨逾深而毒逾甚，故复呼天以云云。"夫矢口出怨望怒骂之语者，私衷每存格天、回天之念，如马丁·路德所谓："吾人当时时以此等咒诅唤醒上帝。"（We must now and then wake up our Lord God with such words）其事无用，而其心则愈可哀已。《豆棚闲话》卷一一载《边调曲儿》："老天爷，你年纪大，耳又聋来眼又花。你看不见人，听不见话。杀人放火的享着荣华，吃素看经的活饿杀。你不会做天，你塌了罢：你不会做天，你塌了罢！"潘问奇《拜鹃堂诗集》卷二《屈原墓》之三："颜渊盗跖殊修短，此日青天定有心，楚国王孙曾一问，奈他聋哑到如今。"黄榗辑黄周星《黄九烟先生别集》有《皋啸序》、《诘天公文》等皆谓"此公""年齿长矣，聪明衰矣"，又"沉醉"、"假寐"。怨天之有知而仍等无知，较仅怨天之无知，已进一解。陈子龙《陈忠裕全集》卷二八《天说》:"我悲夫天有其权而不能用也!我悲夫天有其盛心而辄失也!柳宗元以为天无所用心,太过。"则谓天有知而无能,有心而无力,行与愿乖,故不怨之恨之,而悲之悯之,更下一转,益凄挚矣。有哲学家谓人之天良不能左右人之志事,乃"无能为力之无上权力";其语可借以形容陈氏之"天"。讥"老天爷"耳聩目眊,又似当世西人所谓"聋子上帝":"失聪失明,不死永生。"

〔增订三〕法国有一古剧,搬演"聋子上帝",斯莱尔夫人《杂记》撮述其情景。上帝作老叟状,酣卧云上(an old man lying fast asleep with clouds under him),一天使摇撼之,疾呼曰:"上皇之爱子〔耶稣〕命在须臾,乃尚如醉汉熟睡耶!"上帝喃喃呓语曰:"魔鬼捉将我去!所言何事,我一字未闻也"。亦滑稽善讽者矣。盖言其伺隙匿踪,则上帝如偷儿鼠子,言其放心废务,则上帝如聋子醉人;两者并行,初不相倍,犹人既察察为明,每亦昏昏发梦。所谓善言天者必取譬于人也。

古罗马大诗人尝咏诸天高夐清静,无虑无为,超然物外,勿顾人世间事;则宋词中惯语"天不管"(黄庭坚《河传》、秦观《河传》、朱淑真《谒金门》等),可断章隐括。《五灯会元》卷一三华严休静章次:"问:'大军设天王斋求胜,贼军亦设天王斋求胜,未审天王赴阿谁愿?'师曰:'天垂雨露,不拣荣枯!'"《容斋四笔》:"两商人入神庙。其一陆行欲晴,许赛以猪头:其一水行欲雨,许赛以羊头。神顾小鬼言:'晴干吃猪头,雨落吃羊头,有何不可?'"堪为"天不管"之佳例。虽未言天公痴聋而不啻言之,虽未言无天而不啻言天之有若无矣。参观《楚辞》卷论《九歌·大司命》。

(六)诅祖宗

"父母生我,胡俾我瘉,不自我先,不自我后。"按《小弁》:"天之生我,我辰安在?"《桑柔》:"我生不辰,逢天僤怒!"胥遭逢丧乱而自恨有生不如无生也。皎然《诗式·跌宕格》及范摅《云溪友议》卷六皆引王梵志诗:"还你天公我,还我未生时。"《敦煌琐掇》第三〇、三一种《五言白话诗》屡有"还我未生时"、"慈母不须生"、"慈母莫生我"之句;乃本释氏破生死关之意。王若虚忧患余生,取而点化,工于唱叹:"艰危尝尽鬓成丝,转觉欢华不可期。几度哀歌向天间:何如还我未生时?"(《滹南遗老集》卷四五《还家》)方岳《辛丑生日小尽月》:"今朝廿九,明朝初一,怎欠秋崖个生日?客中情绪老天知,道这月不消三十!"(《秋崖先生小稿》卷三七《鹊桥仙》)情凄怨而语则诙婉。古希腊诗人（Theognis）悲愤云："人莫如不生（Best were it never to have been born），既生矣，则莫如速死。"齐心同调实繁有徒。后世如培根诗叹人生仕隐婚鳏，无非烦恼，故求不生，生则祈死（What then remaines? but that we still should cry/Not to be borne, or, being borne, to dye）密尔敦诗写原人怨问上帝云："吾岂尝请大造抟土使我成人乎？"（Did Irequest thee, Maker, from my clay/To mould me Man?）海涅病中诗云："眠固大善，死乃愈善，未生尤善之善者。"德国俗谚亦谓人能未生最佳，惜乎有此佳运者，世上千万人中无一焉。均"父母生我，胡俾我瘉"，而求"还我未生"也。

〔增订四〕索福克勒斯悲剧亦云："最佳莫如不生"（Not to be born is best）。近世爱尔兰诗人叶芝尝赋小诗敷陈其意，而申言早死为次佳事（"Never to have lived is best, ancient writers say;/Never to have drawn the breath of life, never to have looked into the eye of the day;/The second best's a gay goodnight and quickly turn away"）。海涅复有一诗云："死固大佳，而母氏不生吾侪则尤佳"。

〔增订五〕索福克勒斯语为希腊作者常言，例如 Homer; Plutarch; Dio Chrysostom。王梵志诗有云："寄语冥路道，还我未生时"；王若虚《还家》第五首云："几度哀歌向天道，何如还我未生时"（《全金诗》卷一九）。如出一口，戚戚有同心矣。

《四月》云："先祖匪人，胡宁忍予？"《笺》："我先祖匪人乎，人则当知患难，何为曾使我当此乱世乎？"《正义》："人困则反本，穷则告亲，故言'我先祖匪人'，出悖慢之言，明怨恨之甚。"则由怨言进而为怒骂，诅及己之祖宗，恨毒更过于《正月》、《小弁》，大类《旧约全书》中先知咒骂己之诞生、母之孕育等。儒生尊《经》而懦，掩耳不敢闻斯悖逆之言，或解为："先祖不以我为人乎？"或解为："先祖乎？我独非人乎？"或解"匪人"为"彼人"、为"非他人"、为"不以人意相慰恤"，苦心曲说，以维持《诗》教之"温柔敦厚"。如王夫之《〈诗经·稗疏〉》即诃斥郑、孔以"市井无赖"口吻说此二句。夫《三百篇》中有直斥，有丑诋，词气非尽温良委婉，如黄彻《碧溪诗话》卷一〇谓《诗》"怨邻骂坐"，王世贞《弇州四部稿》卷一四七谓《诗》"不尽含蓄"，曾异撰《纺授堂集》卷一《徐叔亨山居次韵诗序》谓《诗》"骂人"、"骂夫"、"骂父"、"骂国"、"骂皇后"、"骂天"、"朋友相骂"，"兄弟九族相骂"，贺贻孙《诗筏》谓《诗》"刺人不讳"，魏礼《魏伯子文集》卷一《跋出郭九行》谓《诗》"直斥者不一而足"，顾炎武《日知绿》卷一九谓《诗》"亦有直斥不讳"，张谦宜《絸斋诗谈》卷一谓《诗》"骂人极狠"。《四月》之自斥乃祖为"匪人"，其忧生愤世而尤不能忍俊者尔。《溽南遣老集》卷三评宋儒解《论语》之失有三，一曰"求之过厚"，凡遇"忿疾讥斥"，必"周遮护讳而为之说"，以归于"春风和气"；解《诗》者其"失"惟均，且亦不仅宋儒为然也。

钱锺书论"语法程度"

《管锥编—毛诗正义》札记第五十四则

《管锥编—毛诗正义》第五十四则《雨无正》，副标题为《语法程度》。

钱锺书此则谈中国古代散文、格律诗、词、曲这几种文体的语法程度问题。这个问题在钱锺书之前没有人讨论过，是其创见。

"三事大夫，莫肯夙夜；邦君诸侯，莫肯朝夕。"

这是《雨无正》中的一句诗。大意是：（在大周宗室破灭的情况下，）那些司徒公卿中下大夫们，不肯早起晚睡为国事奔忙。各邦国君王和列位诸侯啊，不肯朝夕陪王伴驾在身旁。

钱锺书此则从"莫肯夙夜"、"莫肯朝夕"这句诗谈起，讨论语法程度问题。

【诗文"语法程度"之比较】

按明叶秉敬《书肆说铃》卷上："此歇后语也。若论文字之本，则当云：'夙夜在公'、'朝夕从事'矣。——叶秉敬说"莫肯夙夜"、"莫肯朝夕"这两句话是歇后语，即"夙夜"、"朝夕"后面的话承前省略了，"文字之本"即原本完整的话应该是"夙夜在公"、"朝夕从事"。

钱锺书赞同叶氏的见解。

"文字之本"就是通常的语法或散文的句法，但诗、词、曲等韵文因为字数和声律的限制，常常出现承前省略（歇后语）、倒置等不合"文字之本"的情况。

为了理解这里所说的意思，我先举两个大家较熟悉的例子：

其一：杜甫诗《秋兴—其八》："香稻啄余鹦鹉粒，碧梧栖老凤凰枝。"

此句的"文字之本"是："鹦鹉啄余香稻粒，凤凰栖老碧梧枝"。

其二：苏轼词《赤壁怀古》句："故国神游，多情应笑我，早生华发。"

这句词中的"多情应笑我"不是通常语法，其"文字之本"是："应笑我多情"。

诗词中之所以出现这种不合通常语法的句法，是由于作者表达特定情意的需要或格律、声韵的限制而不得已为之。这样做的结果是语言不通畅、费解，造成语法程度下降。

钱锺书说散文是"解放语"，诗词是"束缚语"：

"散文则无此等禁限，……犹西方古称文为'解放语'，以别于诗之为'束缚语'。……诗家亦惯以足加镣、手戴铐而翩翩佳步、仙仙善舞，自喻惨淡经营。"

散文没有那么多限制，可以自由组织词句，韵文则不同，必须合乎平仄、声韵、字数的要求，犹如戴着镣铐跳舞。但韵文特别是诗词曲又特别精炼，写得好尤其隽永、优雅，古代文人往往特别爱好这一口，以显示自己的才学，孜孜以求，废寝忘食，惨淡经营，乐此不疲，谓之"因难见巧"。

关于诗律，钱锺书说：

"韵语既困羁绊而难纵放，苦绳检而乏回旋，命笔时每恨意溢于句，字出乎韵，即非同狱囚之银铛，亦类旅人收拾行胜，物多箧小，安纳孔艰。无已，"上字而抑下，中词而出外"（《文心雕龙·定势》，譬诸置履加冠，削足适履。"

钱锺书写格律诗有《槐聚诗存》存世，其原序曰："余童时从先伯父与先君读书，经、史、"古文"而外，有《唐诗三百首》，心焉好之。独索冥行，渐解声律对偶，又发家藏清代各家诗集泛览焉。及毕业中学，居然自信成章。实则如鹦鹉猩猩之学人语，所谓"不离鸟兽"者也。本寡交游，而牵率酬应，仍所不免。且多俳谐嘲戏之篇，几于谑虐。代人捉刀，亦复时有。此类先后篇什，概从削弃。自录一本，绛恐遭劫火，手写三册，分别藏隐，幸免灰烬。"

可见，钱锺书是深知旧体诗的个中三昧的。所谓"困羁绊而难纵放，苦绳检而乏回旋"是说旧体诗的条条框框太束缚人，犹练武之人因场地小施展不开拳脚，常常诗句不能涵盖思想，用字精当却不合韵脚，此类苦恼即使不便比作囚徒戴镣铐，也好像出行因旅行箱狭小装不下必带物品。无奈何，为了迁就平仄、声韵，只好把前面的用字移到后面，本句的意思挪到下句，腾挪倒置，不一而足，好比带帽穿鞋，削足适履。

关于词律，钱锺书说：

"词之视诗,语法程度更降,声律愈严,则文律不得不愈宽,此又屈伸倚伏之理。"

为了更好地理解钱锺书的见解,可以参看张中行《诗词读写丛话》:

"诗是照格律(或宽或严)作,词是照谱填。谱是更严的格律(字句、声音方面的要求更为复杂)。更严,也就会更难吧?大体说是这样。细说呢,难有各方面的。"

"诗律细,只细到,一般是分辨平仄,特殊是有些古诗押入声韵;词就花样繁多,如早期,可唱的时候还要分辨清浊,分辨五音,现在不能唱了,有的地方还要分辨上去,有的地方却容许以入代平,等等。"

"总而言之,是讲词的格律,要比讲诗的格律麻烦得多。"

世事很难两全其美,因为词律更细、更严,所以,在表达上词比诗疏离"文字之本"更厉害,换言之,词的"语法程度"比诗更低。

关于曲律,钱锺书说:

"曲尚容衬字,李元玉《人天乐》冠以《制曲枝语》,谓"曲有三易",以"可用衬字、衬语"为"第一易";诗、词无此方便,必于窘迫中矫揉料理。故歇后、倒装,科以"文字之本",不通欠顺,而在诗词中熟见习闻,安焉若素。"

曲与词从体裁形式到音韵格律上都是十分相似的,即它门都是长短句子错杂的、讲究平仄、对仗和用韵的,都是格律诗的一种变体。

在曲律中还较普遍地出现平、上两声相通的现象,即应当用上声的地方,往往可以代之以平声。

曲在句式上与诗词很不相同的地方是可以用衬字,衬字是在曲律规定的字句之外增添进去的,在歌唱的时候轻轻带过,不占重要的乐拍,也不必讲究平仄,这对作者来说,是语意表达上的一种方便。

在讲述了诗、词、曲各自的声律特点之后,钱锺书总结说:

此无他,笔、舌、韵、散之"语法程度",各自不同,韵文视散文得以宽限减等尔。"

我以为,钱锺书所谓"语法程度"是以通常语法或散文之句法为基准,来衡量其它文体的语法水准,和基准靠近则语法程度较高,反之,则较低。

据钱锺书陈述和分析,我以为,历史上出现的几种主要文体,散文是基准,当然语法程度最高;其次是曲,语法程度较高;再次是诗,语法程度较低;最次是词，语法程度最低。

（为何把曲的语法程度排在诗、词之前？曲的平仄格律某些方面比词更严，但因为它允许使用衬字，使得曲的语句非常通畅。）

【《三百篇》语法优缺点及其影响】

钱锺书说：

后世诗词险仄尖新之句，《三百篇》每为之先。

钱锺书把疏离"文字之本"的句子称为"险仄尖新之句"，指出《三百篇》首开先河，后世之作是其余波。

《诗》《七月》已导夫先路："七月在野，八月在宇，九月在户，十月蟋蟀，入我床下。"——此句按"文字之本"，"蟋蟀"是主语，通常应该为"蟋蟀七月在野，八月在宇，九月在户，十月入我床下"；《七月》将主语"蟋蟀"移在"十月"之后，可谓标新立异。"险仄尖新"，此首开风气。

后世"险仄尖新"之诗句如：

1. 李颀《送魏万之京》："朝闻游子唱骊歌，昨夜微霜初渡河。"

   按"文字之本"应是：昨夜微霜，〔今〕朝闻游子唱骊歌初渡河。

2. 白居易《长安闲居》："无人不怪长安住，何独朝朝暮暮闲。"

   按"文字之本"应是：无人不怪何〔以我〕住长安〔而〕独〔能〕朝朝暮暮闲。

3. 黄庭坚《竹下把酒》："不知临水语，能得几回来。"

   按"文字之本"应是：临水语："不知能得几回来"。

这些诗句不仅是本句倒装，而且竟是跨句倒装，"语法程度"较低，往往时序、事理颠倒，是很费解的。唯有按"文字之本"理顺后才能通畅。

疏离"文字之本"的句子，《诗经—七月》是源，李颀、白居易等诗是流，它们遥遥相承，如出一辙，不谋而合，并非刻意模仿，而是情势使然，因诗句都要讲究声律，古今一致。

钱锺书说：经儒谈《诗》，因为他们对词章缺乏真知实学，墨守"文字之本"，看到《诗》有不符"文字之本"的地方，便训诂之，纠正之，往往曲解了诗文的原意；看到经史的毛病，即用墨为药用笔为针加以诊治，其解也往往不能尽情达意。

钱锺书这里实际上是提醒，将古人诗文不合常轨的句子还原为"文字之本"时，一定要吃透文本原意，一定要懂得诗词曲等韵文的声韵规则。这需要极高的文化素养和仔细的推敲。

往下，钱锺书对《三百篇》及其它诗文中不合通常语法的句子进行了深入细致的讨论，并还原于"文字之本"，指出其中有些句子约省太甚，不能达意，不可取。

钱锺书举例说：如《诗经—小宛》："壹醉日富。"《笺》注："饮酒一醉，自谓日益富。"倘若不加衬字注解，则"壹醉日富"约省过度而不通。

后世省约而不通的句子如：

唐权龙褒之"檐前飞七百，雪白后园强"，宋宗室子之"日暖看三织，风高斗两厢"，字约而词不申，苦海中物，历代贻笑。

钱锺书指出，《三百篇》优多劣少，白璧微瑕，不能全盘肯定；《三百篇》既为风雅之宗，亦是恶词之祖。——"《三百篇》清词丽句，无愧风雅之宗，而其芜词累句，又不啻恶诗之祖矣。"

最后，钱锺书写道：

《朱子语类》卷一二二论吕祖谦说《诗》云："人言何休为'公羊忠臣'，某尝戏伯恭为'毛、郑佞臣'。"其语殊隽。韩愈口角大似《三百篇》之"佞臣"，而王世贞则不失为《三百篇》之诤臣。《诗经》以下，凡文章巨子如李、杜、韩、柳、苏、陆、汤显祖、曹雪芹等，各有大小"佞臣"百十辈，吹嘘上天，绝倒于地，尊犹如璧，见肿谓肥。不独谈艺为尔，论学亦有之。"

钱锺书指出，对《三百篇》以来的文章巨子，不宜学佞臣之献媚君主，不分青红皂白一味吹捧，以至认鱼目为珍珠；要去粗取精，去伪存真，光大优秀，针砭瑕疵。

这些都充分体现了钱锺书先生治学上实事求是的独立批判精神，为后来学子之垂范！

附录：《管锥编—毛诗正义》第五十四则

雨无正·语法程度

《雨无正》通首不道雨，与题羌无系属。《关雎》篇《正义》谓："名篇之例，义无定准。……或都遗见文，假外理以定称。"亦似不足以慨此篇。《困学纪闻》卷三谓《韩诗》此篇首尚有两句："雨无其极，伤我稼穑。"则函盖相称矣。

"三事大夫，莫肯夙夜；邦君诸侯，莫肯朝夕。"按明叶秉敬《书肆说铃》卷上："此歇后语也。若论文字之本，则当云：'夙夜在公'、'朝夕从事'矣。元人《清江引》曲云：'五株门前柳，屈指重阳又'，歇后语也；《诗》云：'天命不又'，'室人入又'，'矧敢多又'，已先之矣。"叶氏究心小学，著书满家，此则亦颇窥古今修词同条共贯之理；其言"文字之本"，即通常语法或散文之句法耳。盖韵文之制，局囿于字数，拘牵于声律，卢延让《苦吟》所谓："不同文、赋易，为著'者'、'之'、'乎'。"散文则无此等禁限，"散"即如陆龟蒙《江湖散人歌》或《丁香》绝句中"散诞"之"散"，犹西方古称文为"解放语"，以别于诗之为"束缚语"。尝有嘲法国作者谨守韵律云："诗如必被桎梏而飞行，文却如大自在而步行。"诗家亦惯以足加镣、手戴铐而翩翩佳步、仙仙善舞，自喻惨淡经营。

〔增订三〕尼采论古希腊文艺，以系链舞蹈喻举重若轻、因难见巧，亦取韵律示例。谈者每称引之，而鲜知其本诸旧喻也。十九世纪一英国诗人不作"十四行"体，语人曰："系链而舞，非吾所能。"（I never could dance in fetters.）《诗话总龟》前集卷一一引《王直方诗话》称张耒赞石延年大字云："井水骇龙吟，蚁封观骥骤。"揣拟艺事于束缚局趣之中，有回旋肆放之观，用意正同镣铐之足资舞容矣。参观 1882～1883 页，又《宋诗选注·苏轼》注三、《杨万里》注二五。

韵语既困羁绊而难纵放，苦绳检而乏回旋，命笔时每恨意溢于句，字出乎韵，即非同狱囚之银铛，亦类旅人收拾行滕，物多箧小，安纳孔艰。无已，"上字而抑下，中词而出外"（《文心雕龙·定势》），譬诸置履加冠，削足适屦。曲尚容衬字，李元玉《人天乐》冠以《制曲枝语》，谓"曲有三易"，以"可用衬字、衬语"为"第一易"；诗、词无此方便，必于窘迫中矫揉料理。故歇后、倒装，科以"文字之本"，不通欠顺，而在诗词中熟见习闻，安焉若素。此无他，笔、舌、韵、散之"语法程度"（degrees of grammaticalness），各自不同，韵文视散文得以宽限减等尔。后世诗词险仄尖新之句，《三百篇》每为之先。如李颀《送魏万之京》："朝闻游子唱骊歌，昨夜微霜初渡河。"（"昨夜微霜，〔今〕朝闻游子唱骊歌初渡河"）白居易《长安闲居》："无人不怪长安住，何独朝朝暮暮闲。"（"无人不怪何〔以我〕住长安〔而〕独〔能〕朝朝暮暮闲"）黄庭坚《竹下把酒》："不知临水语，能得几回来。"（"临水语"：'不知能得几回来'"）皆不止本句倒装，而竟跨句倒装。《诗》《七月》已导夫先路："七月在野，八月在宇，九月在户，十月蟋蟀，入我床下。"（"蟋蟀七月在野，八月在宇，九月在户，十月入我床下"）造车合辙，事势必然，初非刻意师仿。说《诗》经生，于词章之学，太半生疏，墨守"文字之本"，睹《诗》之铸语乖刺者，辄依托训诂，纳入常规；经疾史恙，墨炙笔针，如琢方竹以为圆杖，盖未达语法因文体而有等衰也。叶氏举例有《小雅·宾之初筵》："三爵不识，矧敢多又"，"室人入又"，毛、郑皆释"又"为"复"，则歇后兼倒装，正勿须谓"又"通"侑"，俾二句得合乎"文字之本"耳。"屈指重阳又"，歇后省"到"字；顾其歇后，实由倒装，"屈指又重阳"固五言诗常格，浑不觉省字之迹。词之视诗，语法程度更降，声律愈严，则文律不得不愈宽，此又屈伸倚伏之理。如刘过《沁园春》："拥七州都督，虽然陶侃，机明神鉴，未必能诗。"刘仙伦《贺新郎·赠建康郑玉脱籍》："不念琐窗并绣户，妾从前，命薄甘荆布。"（不念从前琐窗并绣户，妾命薄，甘荆布）杨无咎《玉抱肚》："把洋澜在，都卷尽与，杀不得这心头火。"元好问《鹧鸪天》："新生黄雀君休笑，占了春光却被他。"

刘光祖《鹊桥仙》："如何不寄一行书，有万绪千端别后。"属词造句，一破"文字之本"，倘是散文，必遭勒帛。诗中句如贯休《题一上人经阁》："师心多似我，所以访师重。"（"重"、平声，"重〔来〕访师"）王安石《众人》："众人纷纷何足竞，是非吾喜非吾病"（"非非吾病"）

苏轼《试院煎茶》："分无玉碗捧蛾眉"（"蛾眉捧玉碗"，"玉碗蛾眉捧"）陈与义《次韵周尹潜感怀》："胡儿又看绕淮春，叹息犹为国有人。"（"犹为国有人乎？"）郭麐《灵芬馆诗》初集卷一《新葺所居三楹》："成看三径将，醉许一斗亦。"郑珍《巢经巢诗集》卷五《得子佩讯寄答》："如何即来尔，为吐所怅每。"可嗤点为纤诡或割裂，皆伤雅正，而斯类于词中，则如河东之白豕焉。

〔增订四〕《晋书·夏侯湛传》载湛《抵疑》："吾子所以褒饰之太矣！"以"太"字作句尾，后世文中所罕，而诗词中频见，晋乐府《上声歌》之八："春月暖何太，生裙迮罗袜"（《乐府诗何》卷四五），其古例也。杜甫《从事行》："乌帽拂尘青骡粟，紫衣将炙绯衣走"，《入奏行》："与奴白饭马青刍"，《狂歌行》："身上须缯腹中实"；苟为散文，"粟"字前之"饲"字、"马"字前之"与"字、"实"字前之"须"字，均不可约省。

《诗》语每约省太甚，须似曲之衬字，始能达意。如《小宛》："壹醉日富。"

《笺》："饮酒一醉，自谓日益富。"《何人斯》："其心孔艰。"《笺》："其持心甚难知。"《十月之交》："艳妻煽方处。"《笺》："于艳妻有宠方炽盛之时，并处于位。"《谷风》："无草不死，无木不萎。"《正义》："无能使草不有死者，无能木不有萎者。"《大东》："小东大东。"《笺》："小亦于东，大亦于东。"郑、孔此等注疏岂非只衬字耶？又岂不酷类李开先《词谑》所嘲"衬字太多，如吃蒙汗药，头重脚轻"耶？唐权龙褒之"檐前飞七百，雪白后园强"，宋宗室子之"日暖看三织，风高斗两厢"，字约而词不申，苦海中物，历代贻笑。其急如束湿，蜷类曲躬，《三百篇》中，不乏伦比，大可引以解嘲。韩愈《荐士》谓"周诗三百篇，雅丽理训诰，曾经圣人手，议论安敢到！"王世贞《弇州四部稿》卷一四四则谓《诗》"旨别浅深，词有至未"，因一一摘其疵累，虽未尽允，而固非矮人观场者。《三百篇》清词丽句，无愧风雅之宗，而其芜词累句，又不啻恶诗之祖矣。

〔增订一〕《朱子语类》卷一二二论吕祖谦说《诗》云："人言何休为'公羊忠臣'，某尝戏伯恭为'毛、郑佞臣'。"其语殊隽。韩愈口角大似《三百篇》之"佞臣"，而王世贞则不失为《三百篇》之诤臣。《诗经》以下，凡文章巨子如李、杜、韩、柳、苏、陆、汤显祖、曹雪芹等，各有大小"佞臣"百十辈，吹嘘上天，绝倒于地，尊珷如璧，见肿谓肥。不独谈艺为尔，论学亦有之。

钱锺书论"炼字"

《管锥编—毛诗正义》札记第五十五则

　　《管锥编—毛诗正义》第五十五则《小弁》，副标题为《炼字》。

　　钱锺书此则谈不能把《三百篇》那些不认识的古字误判为古人所"炼"之字，要善于披沙沥金，慧眼去发现连城之璧——那些千锤百炼、炉火纯青的字眼，切莫把珷玞之类的美石当成宝玉。

　　"伐木掎矣，析薪扡矣。"是《诗经—小弁》中的一句诗。

　　《传》："掎其颠，随其理。"——砍树要用绳子将树冠牵引着，以防树断后倒下砸伤人，劈柴要顺着纹理砍。掎（jǐ）：牵引。扡（chǐ）：顺着纹理劈开。

　　按焦循《雕菰集》卷一〇《诗说》："余有老柘二株，召善攻木者修剔之，乃登柘，以绳先缚其枝，而后斧之。《小弁》之诗曰：'伐木'云云，即伐木之情状，而炼一'掎'字以写之。余屋后土垣圮于雨，召佣客筑之。垣成，以绳缠柳鞭之，使坚。《緜》之诗曰：'削屡冯冯。''屡'者敛也，敛之使坚；'削'用锸，'屡'用鞭，二字尤炼甚。说诗者以姚合、贾岛病在刻意雕琢，偶举此二条以讯之。"

　　焦循《诗说》中写道，"伐木掎矣，析薪扡矣"这句诗是描写伐木的情状。

　　所炼之字，"掎"也。

　　接着举《緜》诗："削屡冯冯。"这是古时候先民把新垒的土墙锤实弄平，"削"用锸，把凸出铲平；"屡"用绳缠柳鞭之，使土墙结实；"冯冯"是"削""屡"土墙发出的声音。

　　所炼之字，"削"也，"屡"也。

　　焦循说，论诗之人常常指出姚合、贾岛作诗的毛病是刻意雕琢，这里随便举两个《诗经》的例子，以证古人炼字之精到。

王铎《拟山园初集》有黄道周序（《黄忠端公全集》未收）云：

"或又谓《三百》无意为诗也。今请观'阴靷'、'鋈续'，'襜裪'、'绲縢'、'儦儦'、'薨薨'、'洸洸'、'叟叟'，及夫'韡珤'、'稽庤'、'钩膺'、'镂锡'、'鞹鞃'、'浅蠛'、'莽蜂'、'大糦'，宁非古人攻琢而出者？"

王铎援引黄忠端之言，指认"阴靷"、"鋈续"等《三百篇》中的 16 个词都是古人精心锤炼之字。（阴靷：拉扯皮带穿铜环。靷（yìn）：引车前行的皮革。鋈（wù）续：以白铜镀的环紧紧扣住皮带。鋈，白铜；续，连续。）

钱锺书指出焦循、王铎、黄忠端列举的只不过是古字，不能看作是古人的"炼字"：

钱锺书说，焦循和王铎都知道《三百篇》是诗，依然把《三百篇》尊奉为经，过甚其誉。——（二说相类，皆知《诗》之为诗，而仍尊《诗》之为经，故过情溢美耳。）

姚合、贾岛诗纤弱、琐碎的篇什有之，但并不艰涩。——（姚、贾纤碎有之，了不坚涩。）

焦循所举的词汇只不过是古人当时通常用字，并不是古人在苦心"炼字"。比如古时"屡"字就是现在的"敛"字，能说现在所用的"敛"字是煞费苦心锤炼的结果吗？——（焦氏所举，只是古今语异，未征洗伐之功；例如"屡"即"敛"，得谓"敛"字"炼甚"乎？）

黄忠端所说的那 16 个词，除了"薨薨"形容众多称得上炼字，"叟叟"如"坎坎"是象声词，其它的词正如《论衡》所言，只是相隔时代久远而古今用词有别而已，不知情者会以为古人词汇鸿富而炼字精纯。——（黄氏所称，舍"薨薨"形容众多，尚可节取，"叟叟"象声，已见前论"坎坎"，其余都如《论衡·自纪》篇所言："后人不晓世相离远，此名曰语异，不名曰才鸿"。）

由此，钱锺书幽默起来，他说：

如此论诗，恰如《文心雕龙·练字》所嘲笑那样：而今发现一个字有些诡异，则对那几句话感到震惊，三个人不认识这个字，这个字就是妖怪了。

《三百篇》并非没有精雕细刻之词，就以《小弁》而论，"我心忧伤，惄焉如捣"，就能称得上惊心动魄，一字千金，对此，黄忠端等人竟没有发现而失之交臂了。

现如今，"惄焉如捣"已是成语，意思是：忧思伤痛，心中像有东西在撞击。形容忧伤思念，痛苦难忍。（恜（nì）：忧伤。）

读者诸君可鉴，这个"捣"字正是百炼成金之字，是"炼"字的典范之作，钱锺书赞其"惊心动魄，一字千金"，信然。

综上所述，钱锺书此则意在指出，焦循、王铎、黄忠端等前人把古今异字，即《三百篇》中那些后世不常用的古字错认成了古人所"炼"之字，而忽视了古人真正精雕细刻，千锤百炼之字。

《三百篇》中自然含有连城之璧，而焦循、王铎、黄忠端他们未能慧眼识珠，反而错把"斌玞"之类似玉而非玉的美石当成了宝玉。

附录：《管锥编—毛诗正义》第五十五则

小弁 · 炼字

"伐木掎矣，析薪扡矣。"《传》："掎其颠，随其理。"按焦循《雕菰集》卷一〇《诗说》："余有老柘二株，召善攻木者修剔之，乃登柘，以绳先缚其枝，而后斧之。《小弁》之诗曰：'伐木'云云，即伐木之情状，而炼一'掎'字以写之。余屋后土垣圮于雨，召佃客筑之。垣成，以绳缠柳鞭之，使坚。《緜》之诗曰：'削屡冯冯。''屡'者敛也，敛之使坚；'削'用锤，'屡'用鞭，二字尤炼甚。说诗者以姚合、贾岛病在刻意雕琢，偶举此二条以讯之。"王铎《拟山园初集》有黄道周序（《黄忠端公全集》未收）云："或又谓《三百》无意为诗也。今请观'阴靷'、'鋈续'，'齺衲'、'绳滕'、'儦儦'、'麃麃'、'洸洸'、'叟叟'，及夫'鞹瑍'、'穮蓘'、'钩膺'、'镂锡'、'鞙鞑'、'浅蠛'、'莽蜂'、'大糦'，宁非古人攻琢而出者？"二说相类，皆知《诗》之为诗，而仍尊《诗》之为经，故过情溢美耳。姚、贾纤碎有之，了不坚涩。焦氏所举，只是古今语异，未征洗伐之功；例如"屡"即"敛"，得谓"敛"字"炼甚"乎？黄氏所称，舍"麃麃"形容众多，尚可节取，"叟叟"象声，已见前论"坎坎"，其余都如《论衡·自纪》篇所言："后人不晓世相离远，此名曰语异，不名曰才鸿"。以此求文，则将被《文心雕龙·练字》篇所嘲："岂直才悬，抑亦字隐。……一字诡异，则群句震惊，三人弗识，将成字妖。"《三百篇》非无攻琢、雕铢之词，即以《小弁》论，"我心忧伤，恜焉如捣"，可称惊心动魄，一字千金，乃竟交臂失之。《诗》自有连城之璧，而黄、焦徒识斌玞尔。

钱锺书论"有名无实之喻"

《管锥编—毛诗正义》札记第五十六则

《管锥编—毛诗正义》第五十六则《大东》，副标题为《有名无实之喻》。

只见那三足鼎立的织女星，整日整夜七次移位运转忙。虽然一天一夜七移运转忙，终归不能织成锦绣的花样。再看那颗明亮亮的牵牛星，也不能像人间真牛拉车厢。……南部天空箕星在发光，但并不能把糠粃来簸扬；北部天空斗星闪闪亮，但并不能像斗子用来酌酒浆。——"跂彼织女，终日七襄；虽则七襄，不成报章。睆彼牵牛，不可以服箱。……维南有箕，不可以簸扬。维北有斗，不可以挹酒浆。"

以上是《诗经—大东》的诗句，郑玄《笺》、孔颖达《正义》注为"有名无实之喻"。——《笺》："织女有织名尔。"《正义》："是皆有名无实。"

钱锺书主张对比喻进行分析，即：

一个对象要用比喻来表现，需援引另一个东西来打比方，但并非取另一个东西的全体，而只是取它某方面或某特性来比方。（详见《管锥编—周易正义》之《归妹（副题：比喻有两柄亦有多边）》）——按科以思辩之学，即引喻取分而不可充类至全也，参观《周易》卷论《归妹》。

钱锺书"引喻取分而不可充类至全"即他所创的比喻"多边"说，也称"分喻"：

"一物之体，可面面观，立喻者各取所需，每举一而不及余；……以彼喻此，二者部'分'相似，非全体浑同。'分'与吾所谓'边'印可。"（摘自《管锥编—周易正义—归妹》）

我读钱锺书先生《周易正义—归妹》时谈了自己对"多边"（分喻）的理

解，兹录如下：

比喻就是把本体比作喻体，或者说，以喻体来描写本体。喻体是不同于本体的另一个事物。

实际上，我们用比喻来描写本体，往往不是取用一个事物或现象的全体来作喻体，而只是取用该事物或现象的某一特性或某些方面来作喻体。事物或现象总是一个多特性的集合体，如月亮，圆是它的一个特性，明亮是它的又一个特性。不同的人因眼光不同、心意不同，在做比喻的时候，取用它的某一个特性来作喻体，这某一个特性——圆或明亮就是喻之"边"，圆是月的一个"边"，明亮是月的另一个"边"。

再举一个例，我们把姑娘比作花，姑娘是要描写的事物，是比喻的本体，花是用来打比方的，是另一个事物。花是多边的，花的色是一个"边"，花的香是另一个"边"，可能还有其他许多边。我们可以取花的色来作喻体，说姑娘像花一样鲜艳，也可以拿花的香来作喻体，说姑娘像花一样芬芳，当然也可以同时拿花的色和香两个特性做喻体。

一般地，一个事物或现象的特性是多方面的，用于比喻它是多边的，它的每一个边都可以拿来做喻体。这就是钱先生所说的"喻之多边"。

"有名无实之喻"也是分喻，也是用事物的一个"边"来作喻体，不过，这个"边"比较特殊。

这个"边"不是事物的物质属性，它只是事物的一个虚名，有名无实。如上述名"牵牛"、名"织女"，其实是星宿，根本就不是人，更免谈织布、放牛了。"箕星"也不是簸箕，"斗星"也不是斗子，都是有其名而无其实。以此类推，这一类的比方，都是"有名无实之喻"。

钱锺书指出，"有名无实之喻"，《诗经—大东》"织女""牵牛""箕星""斗星"这几句诗是祖构，后世很多此类比喻均承袭于此，是照葫芦画瓢。——此意祖构频仍，几成葫芦依样。

1. 《易林·小过》之《比》又《大畜》之《益》皆以"天女推床，不成文章；南箕无舌，饭多沙糠"为'虚象盗名"。

2. 《豫》之《观》又云："胶车木马，不利远驾。"

3. 《古诗十九首》："南箕北有斗，牵牛不负轭；良无磐石固，虚名复何益！"

4. 王符《潜夫论·思贤》："金马不可以追速，土舟不可以涉水也。"

5. 任昉《述异记》卷上:"魏武帝陵下铜驼、石犬各一,古诗云:'石犬不可吠,铜驼徒尔为!'"

6. 《抱朴子》外篇《博喻》:"锯齿不能咀嚼,箕舌不能辨味,壶耳不能理音,鬲鼻不能识气,釜目不能摅望舒之景,床足不能有寻常之逝。"

7. 《金楼子·终制》篇:"金蚕无吐丝之实,瓦鸡乏司晨之用。"

8. 《立言》篇上:"夫陶犬无守夜之警,瓦鸡无司晨之益,涂车不能代劳,木马不能驱逐。"《立言》篇下复以此数喻合之《抱朴子》诸喻而铺张之。

9. 《魏书·李崇传》请修学校表:"今国子虽有学官之名,无教授之实,何异兔丝、燕麦、南箕、北斗哉?"

10. 《北齐书·文宣纪》诏:"譬诸木犬,犹彼泥龙,循名督实,事归乌有。"

11. 《古乐府》:"道旁兔丝,何尝可络?田中燕麦,何尝可获?"

12. 李白《拟古》之六:"北斗不酌酒,南箕空簸扬。"

13. 韦应物《拟古》之七:"酒星非所酌,月桂不为食,虚薄空有名,为君长叹息。"

14. 白居易《寓意》之三:"促织不成章,提壶但闻声,嗟彼虫与鸟,无实有虚名。"

    又《放言》之一:"草萤有耀终非火,荷露虽团岂是珠?不取燔柴兼照乘,可怜光彩亦何殊!"

15. 韩愈《三星行》:"我生之辰,月宿南斗,牛旧其角,箕张其口。牛不见服箱,斗不挹酒浆,箕独具神灵,无时停簸扬。"则不只引申而能翻腾。

16. 黄庭坚《演雅》:"络纬何曾省机织?布谷未应勤种播。"

17. 杨万里《诚斋集》卷三六《初夏即事》:"提壶醒眼看人醉,布谷催农不自耕。"

18. 黄公度《莆阳知稼翁集》卷五《偶成》:"野鸟春布谷,阶虫秋络丝;呷呷空过耳,终不救寒饥。"

19. 刘克庄《后村大全集》卷一〇一《题汪荐文卷》摘其《演雅》中句云:"布谷不稼不穑,巧妇无褐无衣,提壶不可挹酒,络纬匪来贸丝。"

20. 郭文:《滇南竹枝词》:"金马何曾半步行,碧鸡那解五更鸣;侬家夫婿久离别,恰似两山空得名!"(《明诗纪事》乙签卷一三)

此类例子，钱锺书还举有很多，可拜读钱锺书《大东》札记原文，这里恕不赘录。

有二点须知：

其一，"有名无实之喻"之"无实"，不是曾经有，后来消失了，而是不曾有，压根就没有这回事，徒有其名耳。

其二，"有名无实之喻"可以从正面用意，也可以从反面用意，如《诗经—大东》写"维南有箕，不可以簸扬"，而李白《拟古》之六写："南箕空簸扬"，韩愈《三星行》写："箕独具神灵，无时停簸扬"，一说"箕星"不簸扬，一说"箕星"空簸扬，一说"箕星"簸扬不止；可见，虚名不仅可以引申而且可以翻腾也。

附录：《管锥编—毛诗正义》第五十六则

大东·有名无实之喻

"跂彼织女，终日七襄；虽则七襄，不成报章。睆彼牵牛，不可以服箱。……维南有箕，不可以簸扬。维北有斗，不可以挹酒浆。"《笺》："织女有织名尔。"《正义》："是皆有名无实。"按科以思辩之学，即引喻取分而不可充类至全也，参观《周易》卷论《归妹》。此意祖构频仍，几成葫芦依样。《易林·小过》之《比》又《大畜》之《益》皆以"天女推床，不成文章；南箕无舌，饭多沙糠"为'虚象盗名'；《豫》之《观》又云："胶车木马，不利远驾。"《古诗十九首》："南箕北有斗，牵牛不负轭；良无磐石固，虚名复何益！"王符《潜夫论·思贤》："金马不可以追速，土舟不可以涉水也。"任昉《述异记》卷上："魏武帝陵下铜驼、石犬各一，古诗云：'石犬不可吠，铜驼徒尔为！'"《抱朴子》外篇《博喻》："锯齿不能咀嚼，箕舌不能辨味，壶耳不能理音，屬鼻不能识气，釜目不能撼望舒之景，床足不能有寻常之逝。"《金楼子·终制》篇："金蚕无吐丝之实，瓦鶪乏司晨之用"，《立言》篇上："夫陶犬无守夜之警，瓦鸡无司晨之益，涂车不能代劳，木马不能驱逐。"《立言》篇下复以此数喻合之《抱朴子》诸喻而铺张之。《魏书·李崇传》请修学校表："今国子虽有学官之名，无教授之实，何异兔丝、燕麦、南箕、北斗哉！"；《北齐书·文宣纪》诏："譬诸木犬，犹彼泥龙，循名督实，事归乌有"。《古乐府》："道旁兔丝，何尝可络？田中燕麦，何尝可获？"；李白《拟古》之六："北斗不酌酒，南箕空簸扬"；韦应物

《拟古》之七：“酒星非所酌，月桂不为食，虚薄空有名，为君长叹息”；白居易《寓意》之三：“促织不成章，提壶但闻声，嗟彼虫与鸟，无实有虚名”，又《放言》之一：“草萤有耀终非火，荷露虽团岂是珠？不取燔柴兼照乘，可怜光彩亦何殊！”韩愈《三星行》：“我生之辰，月宿南斗，牛旧其角，箕张其口。牛不见服箱，斗不挹酒浆，箕独具神灵，无时停簸扬”，则不只引申而能翻腾；黄庭坚《演雅》：“络纬何曾省机织？布谷未应勤种播”；杨万里《诚斋集》卷三六《初夏即事》：“提壶醒眼看人醉，布谷催农不自耕”；黄公度《莆阳知稼翁集》卷五《偶成》：“野鸟春布谷，阶虫秋络丝；呶呶空过耳，终不救寒饥”；刘克庄《后村大全集》卷一〇一《题汪荐文卷》摘其《演雅》中句云：“布谷不稼不穑，巧妇无褐无衣，提壶不可挹酒，络纬匪来贸丝”；郭文《滇南竹枝词》：“金马何曾半步行，碧鸡那解五更鸣；侬家夫婿久离别，恰似两山空得名！”（《明诗纪事》乙签卷一三）熊稔寰《南北徽池雅调》卷一《劈破玉·虚名》：“蜂针儿尖尖的做不得绣，萤火儿亮亮的点不得油，蛛丝儿密密的上不得簆，白头翁举不得乡约长，纺织娘叫不得女工头。有什么丝线儿相牵，也把虚名挂在傍人口！”。清初韩程愈《白松楼集略》卷五《槐国诗》三十首，尤为洋洋大观：《槐国》、《蜂衙》、《蛙鼓》、《蝶板》、《莺梭》、《雁字》、《麦浪》、《松涛》、《荷珠》、《竹粉》、《灯花》、《烛泪》、《花裀》、《柳絮》、《蒲剑》、《秧针》，《茭簪》、《荇带》、《芦笔》、《蕉缄》、《纸鸢》、《茧虎》，《游丝》、《苔钱》、《茄牛》、《蝉猴》、《橘灯》、《蛋鹤》、《核舟》、《莲蓬人》，皆七言绝句，小序云：“柳子厚《永州铁炉步志》亟讥世之无其实而冒其名者，偶雨中无事，思万物之不得实而冒其名，以欺乡里小儿者多矣！戏为小诗，以识感慨。”韩氏好吟而不工诗，词旨钝拙，音律未娴，此三十绝，依然吴蒙（如《芦笔》云：“江淹何劳梦襄求。”以江文通之名读为“淹没”之“淹”，误平为仄，失拈贻讥）较之同时吴伟业《梅村诗集》卷一三《茧虎》、《茄牛》、《鲞鹤》、《蝉猴》、《芦笔》、《橘灯》、《桃核船》、《莲蓬船》七律八首，不中作仆。然吴诗骛使事属对之能，韩诗寄控名责实之戒，宗旨不侔。柳宗元文云：“尝有锻铁者居，其人去而炉毁者不知年矣，独有其号冒而存。余曰：‘嘻！世固有事去名存而冒焉若是耶！’”虽亦斥冒名，其事却似王安石咏《谢安墩》诗所谓：“不应墩姓尚随公！”韩氏命题取材，乃言有名无实，非指实往名留，与柳文初不相类，盖遥承《诗·大东》之遗意而不自知耳！清季屠浚源《联珠百咏》增广《松钗》、《榆钱》、《芦笔》之类为百题，题各七律一首，偶有工者。韩、吴等诗皆咏“茧虎”，今语有"纸老虎"亦已见明季载籍。如《水浒》第二五回潘金莲激西门庆曰："急上场便没些用，见个纸虎也吓一交。"潘问奇《拜鹃堂诗集》卷一《五人墓》："竖刁任挟冰山势，缇骑俄成纸虎威。"清人沿用，如沈起凤《伏虎韬》第四折门斗白："闲人闪开！纸糊老虎来了！"亦指"有名无实"，犹德俚语所谓"橡胶狮子"，正瓦鸡、木马、南箕、北斗之连类矣。

〔增订一〕蒋士铨《忠雅堂诗集》卷二〇《秋声馆》之七："一切有形如是，发狮、纸虎、泥牛。"

西方儿歌举"分喻"之例，有曰："针有头而无发。"（A pin has a head, but no hair），"山有足而无股"（A hill has no leg, but has a foot），"表有手而无指"（A watch has hands, but no thumb or finger），"锯有齿不能噬"（A saw has teeth, but it does not eat）等等，皆"虚名"也。锯例尤与《抱朴子》、《金楼子》不谋而合。十六、十七世纪诗文中嘲讽虚冒名义，则每以情诗中词藻为口实。穷士无一钱看囊，而作诗赠女郎，辄奉承其发为"金"、眉为"银"，睛为"绿宝石"、唇为"红玉"或"珊瑚"、齿为"象牙"、涕泪为"珍珠"，遣词豪奢，而不办以此等财宝自救饥寒；十九世纪小说尚有此类滥藻，人至谑谓诗文中描摹女色大类珠宝铺之陈列窗，只未及便溺亦为黄金耳。或则侈陈情焰炽燃，五内若有洪炉，身却瑟缩风雪中，号寒欲僵。《左传》哀公二十五年所嘲"食言多矣，能无肥乎？"贾岛《客喜》所叹"鬓边虽有丝，不堪织寒衣"，仿佛斯意也。

钱锺书论"巫之一身二任"

《管锥编—毛诗正义》札记第五十七则

《管锥编—毛诗正义》第五十七则《楚茨》，副标题为《巫之一身二任》。

《小雅·楚茨》是《楚茨》中描写周王祭祖祀神的乐歌。

全诗六章，有序曲，有主体，有尾声，从稼穑言起，由垦荒到丰收，由丰收而祭祀，从祭祀祖先到祭后宴乐，详细展现了周代祭祀的全过程。结构严谨，叙述典雅。

《小雅·楚茨》第二章：祭祀开始，司仪将烹饪好的牛羊作为祭祀供品奉于祭坛之上，于是有"先祖是皇，神保是飨"这一句。

这一句，"神保"二字难解。不解、错解"神保"，全诗则扞格不通。

《传》注：保、安；《笺》注：鬼神安然地来享用祭祀供品。——（《传》："保、安也。"《笺》："鬼神又安而享其祭祀。"）

钱锺书说，毛《传》、郑《笺》都说错了，"神保"是代神现身的巫师。——（按毛、郑皆误；"神保"者，降神之巫也。）

飨是享受祭祀，品尝供品之意。

倘若"神保"是神灵；说神灵来一一品尝这些供品，难以理解。

钱锺书说"神保"是巫师；说巫师代神灵来一一品尝供品，显然很现实。

钱锺书说"神保"是巫师举了很多例子，他是采用"集例见义"的方法进行训诂的，考据如下：

1.《楚辞·九歌·东君》："思灵保兮贤姱。"洪兴祖注："说者曰：'灵保、神巫也。'"——《楚辞》及其注，神保即灵保，灵保即神巫，因此，神保即神巫。

2. 俞玉《书斋夜话》卷一申其说曰："今之巫者，言神附其体，盖犹古之'尸'；故南方俚俗称巫为'太保'，又呼为'师人'，'师'字亦即是'尸'字。""神保"正是"灵保"。——《书斋夜话》说，巫师自称神灵附体，南方民间称其为"太保"，又称"师人"、"灵保"，称呼不一，就是"神保"。

3. 本篇下文又曰："神保是格，报以介福。""神嗜饮食，卜尔百福。""神具醉止，皇尸载起，鼓锺送尸，神保聿归。""神嗜饮食，使君寿考。""神保"、"神"、"尸"一指而三名，一身而二任。——《小雅·楚茨》篇下文中的"神保"、"神"、"尸"三个词所说的都是巫师，巫师既是降神的人，又代替神显灵，一身而二任。

4. 盖乐必有舞为之容，舞必有乐为之节，二事相辅，所以降神。《诗》中"神"与"神保"是一是二，犹《九歌》中"灵"与"灵保"亦彼亦此。后世有"跳神"之称，西方民俗学著述均言各地巫祝皆以舞蹈致神之格思，其作法时，俨然是神，且舞且成神。——巫师降神时，既奏乐又舞蹈，《诗》中"神"与"神保"在降神前是"一分为二"，在降神后是"合二为一"，恰如《九歌》中"灵"与"灵保"是亦彼亦此。

尚有若干例子，大同小异，兹不赘引。

封建帝王喜欢自称天子，把统治黎民说成"君权神授"，实际上耍的是巫师那一套把戏。我以为，自古以来，各界名流凡是把自己装扮成大神者，均是"一身二任"的巫师，均是人格分裂、精神分裂者。

附录：《管锥编—毛诗正义》第五十七则

楚茨·巫之一身二任

"先祖是皇，神保是飨"；《传》："保、安也"；《笺》："鬼神又安而享其祭祀。"按毛、郑皆误；"神保"者，降神之巫也。《楚辞·九歌·东君》："思灵保兮贤姱"，洪兴祖注："说者曰：'灵保、神巫也'"；俞玉《书斋夜话》卷一申其说曰："今之巫者，言神附其体，盖犹古之'尸'；故南方俚俗称巫为'太保'，又呼为'师人'，'师'字亦即是'尸'字。""神保"正是"灵保"。本篇下文又曰："神保是格，报以介福"，"神嗜饮食，卜尔百福"；"神具醉止，皇尸载起，鼓锺送尸，神保聿归"，"神嗜饮食，使君寿考"。"神保"、"神"、"尸"

一指而三名，一身而二任。"神保是格"，"鼓锺送归"，可参稽《尚书·舜典》："夔典乐，神人以和，祖考来格。"乐与舞相连，读《文选》傅毅《舞赋》便知，不须远征。《说文》："巫：祝也。女能事无形，以舞降神者也"，而《墨子·非乐》上论"为乐非也"，乃引："汤之《官刑》有曰：'其恒舞于宫，是谓巫风。'"盖乐必有舞为之容，舞必有乐为之节，二事相辅，所以降神。《诗》中"神"与"神保"是一是二，犹《九歌》中"灵"与"灵保"亦彼亦此。后世有"跳神"之称，西方民俗学著述均言各地巫祝皆以舞蹈致神之格思，其作法时，俨然是神，且舞且成神。聊举正史、俗谚、稗说各一则，为之佐证。《汉书·武五子传》广陵王胥"迎女巫李女须，使下神祝诅。女须泣曰：'孝武帝下我'。左右皆伏。言：'吾必令胥为天子'！"前"我"、巫也，后"吾"、武帝也，而同为女须一人之身。元曲《对玉梳》第一出："俺娘自做师婆自跳神。"明高拱《病榻遗言》记张居正阴倾害而阳保全，"俗言：'又做师婆又做鬼。'"师婆、鬼神，"自做"、"又做"，一身二任。《聊斋志异》卷六《跳神》乃蒲松龄心摹手追《帝京景物略》笔致之篇，写闺中神卜，始曰："妇刺刺琐絮，似歌又似祝"，继曰："神已知，便指某：'姗笑我，大不敬！'"夫所谓"神"，即"妇"也，而"妇"、正所谓"神"也，"我"者，元稹《华之巫》诗所谓："神不自言寄余口"。反而求之《楚茨》、《九歌》，於"神"，"灵"与"神"、"神保"二一一二之故，不中不远矣。

钱锺书论"师尚父"

《管锥编—毛诗正义》札记第五十八则

《管锥编—毛诗正义》第五十八则《大明》，副标题为《师尚父》。

"维师尚父，时维鹰扬"是《诗经—大明》中的一句诗，大意是：三军统帅师尚父，指挥部队像雄鹰一样展翅翱翔。

"师尚父"就是那个大名鼎鼎的用直钩垂钓于渭水之上愿者上钩的姜太公。

姜太公，周朝东海人，名尚，字子牙。年老隐居于渭水之上，被文王寻访到后载而同归，封为太师，先后辅佐文王、武王灭纣。师，太师的简称，三公之首；尚，姜子牙之名；父，因姜子牙年高望重，被朝廷上下尊称为尚父。后来，人们将姜子牙尊称为"师尚父"，实际上，是"师"、"尚"、"父"三义之合成。

《传》："师、大师也，尚父、可尚可父。"

《正义》："刘向《别录》云'师之，尚之，父之，故曰师尚父，亦男子之美号。"——《传》解"师尚父"为可师、可尚、可父，《正义》据刘向《别录》解"师尚父"为师之，尚之，父之，均言"师尚父"可一分为三。实际上，"师尚父"本来就是官职、人名、尊称三义合一的。

钱锺书引《北齐书·徐之才传》、《献帝纪》为佐证：

《徐之才传》："郑道之常戏之才为'师公'，之才曰：'既为汝师，又为汝公，在三之义，顿居其两。"——郑道之常戏称徐之才为"师公"，徐之才回答他，我既然是你的老师，也是你的父亲（一日为师，终身为父）。你称我"师公"，"师尚父"三义，我立马占了两义。

徐之才博闻强识，喜欢调侃，机警过人。

《献帝纪》："卓既为太师，复欲称'尚父'，以问蔡邕。"——董卓做了太师，想别人称他为尚父，去征求蔡邕的意见。蔡邕说："昔武王以姜太公为师，辅佐周室成就王业，所以天下尊称他为尚父。今您功德诚高，还须加把力，平定关东。"劝其缓称，董卓才作罢。

陈述二例后，钱锺书说：

刘向陈义，世降浸晦；词章家嗜奇避熟，取资对仗，偶一用之。

刘向揭示了"师尚父"三字的涵义，后世未昭，慢慢就模糊其意，不知所云了。但个别作诗之人喜欢避熟求奇，偶尔把"师尚父"拿来用于对仗。

例一：

如苏颂《三月二日奉诏赴西园曲宴席赋呈致政开府太师》第二首："位冠三公师尚父，躬全五福寿康宁。"

三公，古代中央三种最高官衔的合称。周以太师、太傅、太保为三公。

五福，据《书经洪范》解：长寿——福寿绵长；富贵——钱财富足；康宁——身健心宁；好德——仁善宽厚；善终——安详离世。

此对仗佳妙，上联师尚父，下联寿康宁，位尊对寿长；人生夫复何求？！

以"师"对"寿"、"尚父"对"康宁"可，以"师"对"寿"、"尚"对"康"、"父"对"宁"亦可。

例二：

白埏《湛渊静语》卷一："有士人投启于真西山，以'爵齿德'对'师尚父'，馆客哂之。西山曰：'谓可师、可尚、可父。'"

《湛渊静语》载：有士子拜访真西山（真西山：真德秀，号西山，南宋后期著名理学家，与魏了翁齐名，学者称其为"西山先生"），士子用"师尚父"对"爵齿德"，遭到西山宾客嗤笑，以为不通，西山纠正此客，说，"师尚父"，可师、可尚、可父，和"爵齿德"正好对仗。

何为"爵齿德"？

孟子引曾子言"天下有达尊三：爵一，齿一，德一"，即：天下公认为尊贵的东西有三样：一个为爵位，一个为年龄，一个为道德。

而"师尚父"是：可"师"、可"尚"、可"父"。

可见，"师尚父"对"爵齿德"，旗鼓相当，不差累黍。

例三：

樊增祥《上翁尚书》第六首："名德已高师尚父，闲情犹寄画书诗。"——

上联称德高,"师尚父",下联言情闲,"画书诗",上下联三个字均分别可对,锱铢相称。

古典诗词鉴赏和习作,需懂对仗,多识鱼鸟草木之名、经史子集之典大有助益。

附录:《管锥编—毛诗正义》第五十八则

大明·"师尚父"

"维师尚父,时维鹰扬。"《传》:"师、大师也,尚父、可尚可父。"《正义》:"刘向《别录》云'师之,尚之,父之,故曰师尚父,亦男子之美号。'"按《北齐书·徐之才传》:"郑道之常戏之才为'师公',之才曰:'既为汝师,又为汝公,在三之义,顿居其两'";即仿刘向之解。后来以"尚父"连称,如《三国志·魏书·董、二袁、刘传》裴注引《献帝纪》:"卓既为太师,复欲称'尚父',以问蔡邕。"刘向陈义,世降浸晦;词章家嗜奇避熟,取资对仗,偶一用之。如苏颂《苏魏公集》卷一一《三月二日奉诏赴西园曲宴席赋呈致政开府太师》第二首:"位冠三公师尚父,躬全五福寿康宁。"自注刘向云云(此诗凡四首,亦见张嵲《紫微集》卷七,乃四库馆臣沿袭《永乐大典》卷九一七《师》字误编)。白埏《湛渊静语》卷一:"有士人投启于真西山,以'爵齿德'对'师尚父',馆客哂之。西山曰:'谓可师、可尚、可父。'"樊增祥《樊山集》卷一九《上翁尚书》第六首:"名德已高师尚父,闲情犹寄画书诗。"自注或投真西山启云云,盖数典忘祖,不记有汉唐注疏矣。

钱锺书论"执热"

《管锥编—毛诗正义》札记第五十九则

《管锥编—毛诗正义》第五十九则《桑柔》，副标题为《执热》。

钱锺书此则训诂"执热"二字。他按惯例，先列出《诗》句和《传》注、《笺》注，然后加以讨论。

"谁能执热，逝不以濯。"

《传》："濯所以救热也。"《笺》："当如手持热物之用濯。"

关于诗句"谁能执热，逝不以濯"，毛《传》注解了"濯"字："濯所以救热也"，但没有注解"执热"。

为何对"执热"未注呢？据胡承珙的看法是："毛于执字无传，以执持常语无烦故训耳。"（见胡承珙《毛诗后笺》），即：在毛公看来，执即执持在当时为日常用语，没必要训诂。

《笺》对上述诗句的注释则较为详明，把"谁能执热，逝不以濯"解读为"当如手持热物之用濯"，注"执热"为"手持热物"。

后世经生对《笺》将"执热"注为"手持热物"纷纷提出反对意见。

按黄生《义府》卷上驳郑笺及《孟子·离娄》章赵注之误，谓"执"如"执友"之"执"，言"固持"，乃"热不可解"之意，并引《千字文》、杜甫诗为例。

王鸣盛《蛾术编》卷八二与之不谋而合，舍《千字文》外，举《墨子》、韩愈文、陆龟蒙诗，而引杜诗尤详。

胡承珙《毛诗后笺》卷二五似未睹黄、王二氏书，仅据杨慎所引杜诗、韩文、段玉裁所引杜诗等，而补以《墨子》及杜诗一例。

上面这段话有几点要义：

1. 黄生反驳的对象是郑《笺》和《孟子·离娄》章赵注：

郑《笺》："当如手持热物之用濯。"

《孟子·离娄》章赵注："今也欲无敌於天下，而不以仁，是犹执热而不以濯也。"（朱熹集注："言谁能执热物而不以水自濯其手乎？"）

郑《笺》和《孟子·离娄》章赵注把"执热"解释成"手持热物"；黄生对此进行了反驳。

2. 黄生指出，郑《笺》和《孟子》"赵注"（赵：赵岐）的注释是对"执热"一词的误解，"执热"一词的正解为：

"'执'如'执友'之'执'，言'固持'，乃'热不可解之意'"。

何谓"执友"？何谓"热不可解"？

《礼记·曲礼上》："执友称其仁也。"执友，挚友，是十分亲密的朋友，知心好友。黄生说，"执友"之"执"是"固持"的意思，即友谊牢不可破；用以形容"热"，说"执热"就是指"热不可解"——热得无法摆脱，俗话说，热得无可奈何。

3. 什么是"执热"？

"执热"是外界热源给人身造成的热感，且热得无可奈何、难以消解，而不是"手持热物"。

王鸣盛、胡承珙和黄生在这个问题上的观点不谋而合；但三人所列的考据有所不同。

兹将黄生、王鸣盛、胡承珙的主要依据撮录于下：

1. 《千字文》："骸垢想浴，执热愿凉。"——身上有污垢想洗个澡，身上感燥热想冲个凉。

2. 杜甫诗《课伐木》：尔曹轻执热。——杜甫诗言：他因为无事给客人家奴仆讲课，奴仆很感谢，也不怕热，给他生火做饭。

3. 韩文：韩愈《答张籍书》："今乃大得所图，脱然若沉痾去体，洒然若执热者之濯清风也。"——现在已大大满足了心愿（指和张籍结交），一下子就像积年老病突然间离身一样轻松；也像浑身燥热的人忽然沐浴了凉风一样爽快。

4. 段玉裁所引杜诗："开襟仰内弟，执热露白头"；——"执热露白头"，大热天没戴帽子，太阳底下光着头。

5. 《墨子》之文:"孰能执热,鲜不用濯"。——如何消解浑身燥热,用水
   冲洗是好办法,难得有人不愿意这样做。

6. 胡承珙所引杜诗《大云寺赞公房四首》:"近公如白雪,执热烦何有。"
   ——赞公是京都名寺大云寺的住持,杜甫与其交游甚洽,诗意:"公诗用
   执热,俱作热不可解,言一对赞公,则心地自凉,觉烦嚣尽释矣"。(仇
   兆鳌《杜诗详解》)

7. 胡承珙所引杜诗《夏夜叹》:"何由一洗濯,执热互相望"。——怎样才
   能使戍边士兵能够洗洗澡呢? 他们苦于炎热却无可奈何地互相观望!

综上,前人诗文所言"执热"均于"手持热物"无关,而句句印证"执热"
为"固持"、为"热不可解",是人被热包裹着、熏烤着难解难分的煎熬。

钱锺书列出黄生三人的考据,意在表明,郑《笺》、《孟子赵注》之注是误
解,黄生、王鸣盛、胡承珙之注是正解。

段玉裁曰:"执热,言触热、苦热。濯,谓浴也……此诗谓谁能苦热,而
不澡浴以洁其体,以求凉快者乎? "见《〈诗〉"执热"解》。

段玉裁将"执热"解为"触热"、"苦热",和黄生将"执热"解为"固持"、
"热不可解"是高度一致的。

最后,钱锺书指出了锺惺的浅陋:

"《唐诗归》卷一九杜甫《课伐木》:"尔曹轻执热",锺惺评云:"考亭解
《诗》'谁能执热,逝不以濯','执'字作'执持'之'执'。今人以水濯手,
岂便能执持热物乎? 盖热曰'执热',犹云'热不可解',此古文用字奥处。'濯'
即洗濯之'濯',浴可解热也。杜诗屡用'执热'字,皆作实用,是一证据,
附记于此焉。"

锺、谭荒陋,数百年间嗤笑之者,齿欲冷而面几如靴皮,宜学人于其书,
未尝过而问也。

锺惺在自著《唐诗归》中评论杜甫《课伐木》诗"尔曹轻执热",先说考
亭(朱熹)把"执热"之"执"解释成执持之"执"是误解;(锺惺反驳道,
今人用水洗手,能拿热物吗?)

然后说,"执热"应解释为"热不可解";最后说,杜甫诗中多次用"执热"
一词皆作实用,都用作"手持热物"。

从上面所引的杜诗看,"尔曹轻执热"、"开襟仰内弟,执热露白头"、"何
由一洗濯,执热互相望"等,其中"执热"一词根本没有"手持热物"的含义。

锺惺不顾事实，妄加揣测，激起钱锺书的义愤和抨击。

钱锺书不无嘲讽地说，锺惺、谭元春（竟陵派代表）于学刻求深幽孤峭，往往寡陋无稽，错谬叠出，数百年遭学人嗤笑，其著述虽多而无人过问。

附录：《管锥编—毛诗正义》第五十九则

桑柔·"执热"

"谁能执热，逝不以濯。"《传》："濯所以救热也。"《笺》："当如手持热物之用濯。"按黄生《义府》卷上驳郑笺及《孟子·离娄》章赵注之误，谓"执"如"执友"之"执"，言"固持"，乃"热不可解"之意，并引《千字文》、杜甫诗为例。王鸣盛《蛾术编》卷八二与之不谋而合，舍《千字文》外，举《墨子》、韩愈文、陆龟蒙诗，而引杜诗尤详。胡承珙《毛诗后笺》卷二五似未睹黄、王二氏书，仅据杨慎所引杜诗、韩文、段玉裁所引杜诗等，而补以《墨子》及杜诗一例。《唐诗归》卷一九杜甫《课伐木》："尔曹轻执热"，锺惺评云："考亭解《诗》'谁能执热，逝不以濯'，'执'字作'执持'之'执'。今人以水濯手，岂便能执持热物乎？盖热曰'执热'，犹云'热不可解'，此古文用字奥处。'濯'即洗濯之'濯'，浴可解热也。杜诗屡用'执热'字，皆作实用，是一证据，附记于此焉。"锺、谭荒陋，数百年间嗤笑之者，齿欲冷而面几如靴皮，宜学人于其书，未尝过而问也。

钱锺书论"《诗》咏兵法"

《管锥编—毛诗正义》札记第六十则

　　《管锥编—毛诗正义》第六十则《常武》，副标题为《〈诗〉咏兵法》。

　　"王旅啴啴，如飞如翰，如江如汉，如山之苞，如川之流。绵绵翼翼，不测不克，濯征徐国。"——王师兵强马壮，势若鸷鸟掠空，亦若江汉汹涌。静如山坚固不移，动如川一泻千里。军营绵绵排列齐，战无不胜有神机，一举征讨定淮夷。

　　这是《诗经—常武》中的几句诗。

　　钱锺书说，这几句诗不简单，它咏的是兵法啊！

　　《传》："啴啴然、盛也；疾如飞；挚如翰；苞、本也；绵绵、靓也；翼翼，敬也。"——毛《传》注简单，只是对诗句中比较生僻的字进行了疏解。

　　《笺》："啴啴、闲暇有余力之貌；其行疾自发举，如鸟之飞也，翰，其中豪俊也；江汉以喻其盛大也，山本以喻不可惊动也；川流以喻不可御也；王兵安靓且皆敬。"——郑《笺》解释比《传》详细一些，解释了一些句意。

　　《正义》："兵法有动有静：静则不可惊动，故以山喻；动则不可御止，故以川喻。兵法应敌出奇，故美其不可测度。"——解释最好的是孔颖达的《正义》，点明了《常武》诗在写兵法，并阐明兵法之所在。

　　钱锺书对《传》《笺》《正义》比较之后，指出：

　　按《笺》胜《传》，《正义》又胜《笺》，以兵法释之，尤为具眼。

　　钱锺书认为，对《常武》这几句诗的注疏，《笺》比《传》好，《正义》又比《笺》好，《传》、《笺》、《正义》三者，一个比一个详实，一个比一个精到。

　　孔颖达的《正义》从兵法角度解诗，尤其独具慧眼。

　　孔颖达《正义》此注值得称道，倘若此注不阐明《常武》这几句诗在咏兵法，芸芸读《诗》之人是难以知晓的，体现了《正义》较其它注释的高明之处，它毋宁是一种发现。

首先，钱锺书将《常武》句和《江汉》句作比较：

《江汉》虽云："江汉浮浮，武夫滔滔。""江汉汤汤，武夫洸洸。"不若此诗于"如江如汉"之后，进而言其静如山、动如川也。

《江汉》"江汉浮浮，武夫滔滔"、"江汉汤汤，武夫洸洸"译成白话是，长江汉水波涛滚滚，出征将士意气风发；长江汉水浩浩荡荡，出征将士威武雄壮。

"江汉浮浮，武夫滔滔"、"江汉汤汤，武夫洸洸"这两句诗分别为《汉江》前两章的起兴句，且兴中含喻，以江汉之滔滔状写军队之威猛雄壮。

《江汉》之句虽有气势，但不如《常武》之句。

《常武》句和《江汉》句一样，均用江水和汉水之浩浩写军师之威猛，不同的是，《常武》进一步用"静如山、动如川"表现了王师用兵的奇诡。

"静如山、动如川"正是写用兵如神，是兵法啊！

接着，钱锺书援引姜南对《常武》这几句诗的阐述：

姜南《学圃余力》解此章略云："如飞，疾也：如江，众也；如山，不可动也；如川，不可御也；绵绵，不可绝也；翼翼，不可乱也；不测，不可知也；不克，不可胜也。《孙子》曰：'其疾如风，其徐如林，侵略如火，不动如山，难知如阴阳，动如雷霆。'《尉缭子》曰：'重者如山如林，轻者如炮如燔。'二子言兵势，皆不外乎《诗》之意。"实即申《正义》之意，庶几无剩义。

姜南将《常武》这几句诗和《孙子兵法》及《尉缭子》进行了对比，发现二者惊人的相似：

《诗》"如飞，疾也"、"如江，众也"、"如川，不可御也"、"绵绵，不可绝也"＝《孙子》"其疾如风"、"侵略如火"＝《尉缭子》"轻者如炮如燔"。

《诗》"如山，不可动也"、"翼翼，不可乱也"＝《孙子》"其徐如林"、"不动如山"＝《尉缭子》"重者如山如林"。

《诗》"不测，不可知也；不克，不可胜也"＝《孙子》"难知如阴阳，动如雷霆"。

姜南认为，孙子和尉缭子二子论兵势，不外乎《诗》之所言。

钱锺书说，姜南之言阐释了孔颖达《正义》注疏的内涵，几乎没有遗漏。

然而，钱锺书指出，姜南在阐释孔疏之意时，还是遗漏了引用《孙子—虚实》篇的重要论断，即"夫兵形象水"一语，此语用来阐释"如江如汉"、"如川"绝妙；另外，枚乘《七发》、《荀子·议兵》、《韩诗外传》、《淮南子·兵略训》的相关论述均言"静如山"而"动如川"，辞异意同，与《孙子》论兵法极其相似。

归结起来，《常武》之"如山之苞"（静如山），"如川之流"（动如川），"不测不克"，即强调用兵重在知己知彼，因势而变，静如处子，动如脱兔，攻守兼备，出奇制胜。

《孙子》之《军争篇》、《兵势篇》和《虚实篇》论兵法和《常武》之诗咏兵法是天作之合：

"其疾如风，其徐如林，侵掠如火，不动如山，难知如阴阳，动如雷霆"（《孙子—军争篇》）

"凡战者，以正合，以奇胜。故善出奇者，无穷如天地，不竭如江海。终而复始，日月是也。死而更生，四时是也。声不过五，五声之变，不可胜听也；色不过五，五色之变，不可胜观也；味不过五，五味之变，不可胜尝也；战势不过奇正，奇正之变，不可胜穷也。奇正相生，如循环之无端，孰能穷之哉！"（《孙子—兵势篇》）

"夫兵形象水，水之形，避高而趋下，兵之形，避实而击虚。水因地而制流，兵因敌而制胜。故兵无常势，水无常形，能因敌变化而取胜者，谓之神。"（《孙子—虚实篇》）

《孙子》谓兵法如阴阳，无非奇正、常变、分合、实虚、彼此、多寡、强弱、方圆、行藏、利害、取舍、进退、攻守等等正反两面，然具体战况千奇百怪，瞬息万变，需审时度势，周密谋划，并因时因地因人等客观情势随机应变，用长击短，以达所向披靡，百战不殆。

注：钱锺书所引《孙子》"其疾如风，其徐如林，侵略如火，不动如山，难知如阴阳，动如雷霆"和现行《孙子兵法》文本略有出入，现行文本为："故其疾如风，其徐如林，侵掠如火，不动如山，难知如阴，动如雷震"。

本篇札记从钱锺书所引。

附录：《管锥编—毛诗正义》第六十则

常武·《诗》咏兵法

"王旅嘽嘽，如飞如翰，如江如汉，如山之苞，如川之流。绵绵翼翼，不测不克，濯征徐国。"《传》："啴啴然、盛也；疾如飞；挚如翰；苞、本也；绵绵、靓也；翼翼，敬也。"《笺》："啴啴、闲暇有余力之貌；其行疾自发举，如鸟之飞也，翰，其中豪俊也；江汉以喻其盛大也，山本以喻不可惊动也；川流以喻不可御也；王兵安靓且皆敬。"《正义》："兵法有动有静：静则不可惊动，故以山喻；动则不可御止，故以川喻。兵法应敌出奇，故美其不可测度。"按《笺》胜《传》，《正义》又胜《笺》，以兵法释之，尤为具眼。《江汉》虽云："江汉浮浮，武夫滔滔。""江汉汤汤，武夫洸洸。"不若此诗于"如江如汉"之后，进而言其静如山、动如川也。姜南《学圃余力》解此章略云："如飞，疾也：如江，众也；如山，不可动也；如川，不可御也：绵绵，不可绝也；翼翼，不可乱也；不测，不可知也；不克，不可胜也。《孙子》曰：'其疾如风，其徐如林，侵略如火，不动如山，难知如阴阳，动如雷霆。'《尉缭子》曰：'重者如山如林，轻者如炮如燔。'二子言兵势，皆不外乎《诗》之意。"实即申《正义》之意，庶几无剩义。姜氏仅引《孙子·军争》篇；《虚实》篇尚有"夫兵形象水"一语，可以释"如江如汉"、"如川"，枚乘《七发》正以"波涌涛起"比之"军行"及"勇壮之卒"，"遇者死，当者坏"。《苟子·议兵》篇："圜居而方止，则若盘石然。"《韩诗外传》卷三演之曰："圜居则若丘山之不可移也，方居则若盘石之不可拔也。"仅言其静，未及其动。《淮南子·兵略训》则曰："击之若雷，薄之若风，炎之若火，凌之若波。"又曰："止如邱山，发如风雨。"则与《孙子》相似。"如飞"而能"翼翼"，又塔索（Tasso）写十字军行军名句所谓"速而有律"耳。